古典詩歌研究彙刊

第 二 一 輯

龔鵬程 主編

第 11 冊

范成大及其《石湖詞》研究

林 秀 潔 著

國家圖書館出版品預行編目資料

范成大及其《石湖詞》研究／林秀潔 著 — 初版 — 新北市：
花木蘭文化出版社，2017〔民106〕
目 2+192 面；17×24 公分
（古典詩歌研究彙刊 第二一輯；第 11 冊）
ISBN 978-986-404-872-4（精裝）
1.（宋）范成大 2. 宋詞 3. 詞論
820.91   106000432

ISBN-978-986-404-872-4

9 789864 048724

古典詩歌研究彙刊
第二一輯　第十一冊　　　ISBN：978-986-404-872-4

范成大及其《石湖詞》研究

作　　者　林秀潔
主　　編　龔鵬程
總 編 輯　杜潔祥
副總編輯　楊嘉樂
編　　輯　許郁翎、王筑　美術編輯　陳逸婷
出　　版　花木蘭文化出版社
社　　長　高小娟
聯絡地址　235 新北市中和區中安街七二號十三樓
　　　　　電話：02-2923-1455／傳眞：02-2923-1452
網　　址　http://www.huamulan.tw 信箱 hml810518@gmail.com
印　　刷　普羅文化出版廣告事業
初　　版　2017 年 3 月
全書字數　138607 字
定　　價　第二一輯共 22 冊（精裝）新台幣 33,000 元

范成大及其《石湖詞》研究

林秀潔　著

作者簡介

林秀潔，一九八二年生，臺灣臺北人。世新大學中國文學系畢業，國立高雄師範大學國文研究所文學碩士。現任桃園市立壽山高級中學教師。

提　要

　　范成大是「南宋四大家」或稱「中興四大詩人」之一，在詩壇已有地位，然而，其詞卻頗受忽視。文學史或詞史對范詞之關注較少，甚至略而不提，因此，本論文之研究目的有二：首先，釐清范成大詩詞之異，以及他在詞史上受忽略之因，並建立《石湖詞》在詞史上之定位；其次，以詞牌情境、意象、歷代選評等開拓《石湖詞》之研究面向，並探析《石湖詞》之價值。欲達成此研究目的，本文使用之研究方法有三：第一是「比較法」，藉由比較以達成同中求異、異中求同之目的；第二是「縱橫法」，藉由縱向，亦即歷時性的角度看詞人詞作，並且橫向兼顧同一時代之作家、作品；第三是「交叉法」，不侷限於中國文學的範疇，亦接觸相關學門之理論，使研究成果為立體的交叉型，而非單一直線型。

　　本論文之研究成果有三：

　　其一，詩與詞的比較。雖然詞在思想、數量、題材、開拓上不及詩，然而，若從王國維《人間詞話・刪稿十二》所言詞之特質「要眇宜修」、「詩之境闊，詞之言長」來審視《石湖詞》，可得知《石湖詞》承載的情感較詩明白而深刻，因此亦耐人尋味。

　　其二，詞牌情境設計與意象表現。《石湖詞》小令與長調各有其特色，小令在謀篇與章法上，有渾成，亦有變化，曲折多姿、含蓄有味。長調在時空設計上，多以「大境」經營，和小令多以「小境」開展有審美感受之異。此外，作品內容與詞牌風格、聲情常有呼應，聲情與文情相互配合，創造出的藝術效果更加動人。意象上，透過時間、空間、風物、典故意象能展現石湖之襟懷，藉由意象之修辭，則能加強情感色彩，豐富詞之魅力。

　　其三 歷代選評。本論文考察宋 元 明 清十本選集所選出的《石湖詞》十六首，雖然豪放詞僅選兩首，其餘皆婉約詞，數量上極不平均，但也能呈顯這兩者詞風均能得到肯定。王國維《人間詞話》對南宋詞頗有微詞，卻對專選南宋詞的《絕妙好詞》評道：「除張、范、辛、劉諸家外，十之八九，皆極無聊賴之詞。」將范成大被選入的詞摒除在他對南宋詞的否定之外，可說是對范成大詞間接的肯定。

　　本論文之價值在於收集、整理與《石湖詞》相關之歷代選、評，並以此開拓《石湖詞》研究面向，透過研究，建立《石湖詞》之詞史定位。

第一章　緒　論 ……………………………… 1

　第一節　研究動機與目的 ……………………… 1

　第二節　文獻探討 ……………………………… 3

　第三節　研究限制與範圍 ……………………… 8

　第四節　研究方法及論文架構 ………………… 9

第二章　范成大之生平事蹟與詞壇當時定位 13

　第一節　石湖生平事蹟 ………………………… 14

　　一、政治關懷與愛民思想 …………………… 14

　　二、生活樣貌與人生態度 …………………… 19

　　三、手足相依與朋友相惜 …………………… 25

　第二節　宋代詞壇與石湖詞之當代定位 ……… 30

　　一、開疆闢土的北宋詞壇 …………………… 31

　　二、極工極變的南宋詞壇 …………………… 34

　　三、承先啓後的石湖詞風 …………………… 37

第三章　《石湖詞》詞牌之情境設計 ………… 47

　第一節　小令之謀篇章法 ……………………… 49

　　一、謀篇 ……………………………………… 49

　　二、章法 ……………………………………… 59

　第二節　長調之時空設計 ……………………… 67

　　一、大小境之經營 …………………………… 68

　　二、以虛實見曲致 …………………………… 72

　第三節　詞牌風格與聲情 ……………………… 75

　　一、上承豪放，激越雄渾 …………………… 76

　　二、下開婉約，情韻悠長 …………………… 84

　　三、自創詞調，山水清音 …………………… 89

第四章　《石湖詞》之意象表現 ……………… 93

　第一節　意象概說 ……………………………… 93

　　一、意象形成 ………………………………… 94

　　二、意象界說 ………………………………… 97

　第二節　意象與石湖之襟懷 …………………… 99

目

次

一、時間意象與心境呈現：明朝車馬莫西東 100
二、空間意象與內心感觸：柳邊沙外古今情 110
三、風物意象與生命追求：燒香曳簟眠清樾 116
四、典故意象與精神思致：周郎去後賞音稀 121
第三節　意象之修辭藝術 127
一、情貌的生動：摹況、通感 127
二、情感的強化：轉化、映襯、譬喻 139
第五章　《石湖詞》之歷代選評 147
第一節　宋代對《石湖詞》之選評 148
一、黃昇《花庵詞選》 148
二、趙聞禮《陽春白雪》 151
三、周密《絕妙好詞》 153
第二節　明代對《石湖詞》之選評 156
一、陳耀文《花草粹編》 156
二、沈際飛《草堂詩餘四集》 157
三、卓人月、徐士俊《古今詞統》 158
第三節　清代對《石湖詞》之選評 159
一、朱彝尊《詞綜》 159
二、周濟《宋四家詞選》 162
三、陳廷焯《詞則》 163
四、王國維《人間詞話》 165
第六章　餘　論 171
第一節　范成大詞不如詩之思辨 171
一、詞不如詩之因 172
二、詩詞特色舉隅 173
第二節　《石湖詞》之特色與價值 177
一、《石湖詞》特色 177
二、價值與影響 179
參考書目 183
附錄：歷代詞選選石湖詞統計 191

第一章　緒　論

第一節　研究動機與目的

　　范成大是「南宋四大家」〔註1〕，或稱「中興四大家」之一，由此可見其創作在當時的地位。然而，此一稱號僅針對他在詩的成就而言，錢鍾書稱其組詩〈四時田園雜興〉爲「中國古代田園詩的集大成」〔註2〕，甚至讚譽道：「范成大就可以跟陶潛相提並稱，甚至比他後來居上」。正因范成大詩具有如此高的價值，不禁令人想一窺其創作之堂奧。范成大的創作成果不僅在詩，其文章、筆記、書法、詞皆有可觀之處。擅長田園詩的范成大，在詞爲小道的傳統詞體觀裡，以及「詩莊詞媚」〔註3〕、「詩之境闊，詞之言長」〔註4〕的詩詞差異之下，其

〔註1〕 尤袤、楊萬里、范成大、陸游並稱「南宋中興四大家」。並列之說，乃導源於尤袤與楊萬里的觀點，然二人提出時，都未將自己列入，而加入蕭德藻。以尤楊范陸並列爲四大家，並確定其排序的爲元代的方回。參陳義成〈南宋四大家間之交遊考述〉，《逢甲人文社會學報》第6期（2003年5月），頁66～67。

〔註2〕 錢鍾書：《宋詩選註》（北京：生活‧讀書‧新知三聯書店，2001年），頁328。

〔註3〕 「詩莊詞媚」指的詩的風格較莊重，而詞近於婉媚，其形成之原因受到社會文化背景、創作主體以及文體演進等因素的影響。參萬美娟：〈試論詩莊詞媚的原因〉，《山東教育學院學報》2006年第1期。

〔註4〕 王國維《人間詞話‧刪稿十二》：「詞之爲體，要眇宜修。能言詩之所不能言，而不能盡言詩之所能言。詩之境闊，詞之言長。」王國維

詞作會以何種面貌呈現？此爲筆者研究動機之一。

再者，綜觀范成大的研究現況，詞是較爲人所忽視的。〔註5〕目前研究《石湖詞》的學位論文僅黃聲儀於一九七五年所完成之《石湖詞研究及箋注》〔註6〕，如今已有許多研究面向可資開拓，此爲研究動機之二。

詞的產生最早起於隋代，歷經晚唐五代詞人努力創作、北宋蘇軾以詩爲詞的創作方式，及周邦彥在音律上的拓展，使詞體向前邁進。至南宋，辛棄疾以其際遇及才情，承接蘇軾；而姜夔則重視音律字句，承接周邦彥，鍛練辭采，使詞更加醇雅。其中，從蘇、辛一派詞風到姜夔所引領之古典詞風盛行，非一夕而成，范成大便是處於此過渡期之人，且他與姜夔交情匪淺，因此，他在古典詞風的形成中，扮演何種地位，實值得探討。王偉勇《南宋詞研究》標舉出范成大「上承豪放，下變婉約」〔註7〕的詞史地位，筆者希望能就此角度，對《石湖詞》有更深入的研究。

今人著作裡，對范成大的讚美和批評皆有之。讚美者如孫望、常國武主編之《宋代文學史》評范成大：「詞風於婉約、豪放之外，別具面目。……並有不步趨前人的獨特情調」〔註8〕；周汝昌亦認爲「石

著，徐調孚校注：《校注人間詞話》（台北：頂淵，2007 年），頁 43。

〔註5〕 研究范成大的學位論文，詩的部分有三本：林天祥：《范成大山水田園詩研究》（台南：成功大學歷史語言研究所碩士論文，1985 年）、文寬洙：《范成大田園詩研究》（台北：政治大學中國文學研究所碩士論文，1986 年）、高碧雲：《范成大紀遊詩研究》（台北：台灣師範大學國文系在職進修碩士班，2004 年）。筆記的研究有一本：卓玉婷：《入蜀記與吳船錄比較研究》（高雄：高雄師範大學國文教學研究所碩士論文，2006 年），書法則有：王心悅：《陸游與范成大的書法研究——兼論宋金的蘇黃米傳統》（台北：台灣大學藝術史研究所碩士論文，1998 年）。

〔註6〕 黃聲儀：《石湖詞研究及箋注》（台北：台灣師範大學碩士論文，1975 年）。

〔註7〕 王偉勇：《南宋詞研究》（台北：文史哲，1987 年），頁 280。

〔註8〕 孫望、常國武主編：《宋代文學史》（北京：人民文學出版社，2006 年），頁 71〜73。

湖詞是有生活、有內容、有藝術、而又風格多變的,其長處尤在不循
南宋詞家雕琢藻繪的途徑,故其成就並不在同時諸家之下。」〔註9〕
批評其詞者,則如陳如江云:「嚴格地說,范成大詞的思想意義並不
大」〔註10〕王際明亦云:「范成大的田園詞只關注農村自然景色的描
寫,充滿詩情畫意,卻未能展示豐富多彩的人情物力和深刻的時代內
容。」〔註11〕可見直至今日,其詞作優劣依然仁智互見;而文學史或
是評論者常僅就其作品之一端,爲其詞下結論,如此,無法有全面而
公允的評價。筆者希望能拓展《石湖詞》之研究面向,也從研究及歷
代評價之中,探析其詞的價值與地位。

第二節　文獻探討

　　文獻探討旨在歸結前人研究成果,找出論述不足之處,並從中修
正自己的研究。此處所探討的文獻乃針對范成大的詞,及輔助詞作背
景的生平資料,分別就專著、學位論文、期刊加以探討,並彎台灣、
大陸、香港的研究成果。

　　首先,就專著而言,張劍霞之《范成大研究》對范成大生平、創
作有整體的觀照,本論文撰述范成大生平及創作有參酌此書。此書第
三章「范成大之文學」第二節爲「范成大詞風之探討」〔註12〕,單獨
列舉石湖詞加以探討之用意頗佳,然篇幅僅有四頁,且看法不出黃聲
儀所論,因此對范詞雖有所述及,然在研究上拓展稍少,此爲美中不
足之處。另外,王偉勇《南宋詞研究》〔註13〕雖非研究范成大之專著,

〔註 9〕周汝昌:《范石湖集・前言》,〔宋〕范成大撰:《范石湖集》(台北:
　　　　河洛,1975 年),頁 7。
〔註 10〕陳如江:《唐宋五十名家詞論・范成大詞論》(上海:華東師範大學
　　　　出版社,1992 年),頁 150～151。
〔註 11〕王際明:〈范仲淹與范成大文學創作之我見〉,《范學論文集・第三卷》
　　　　(香港:景范教育基金會,2006 年),頁 227～228。
〔註 12〕張劍霞:《范成大研究》(台北:學生書局,1985 年),頁 111～114。
〔註 13〕王偉勇:《南宋詞研究》(台北:文史哲,1987 年),頁 280～291。

然第四章第三節以「上承豪放，下變婉約」爲范成大的詞風、詞史定位做一精要的概括，對本論文有所啓發，因此於此一併探討。此書對於南宋時代背景以及范成大之作品、仕途、生活均有述及，如將范成大著名的「石湖」置於「權貴豪富粉飾太平」下討論，以社會風氣做背景，對范成大其人其詞之認識，能夠眼界更廣而更深入。

大陸地區的專著，黃畬《石湖詞校注》〔註 14〕有參酌黃聲儀之校注，亦有推陳出新之處，可與黃聲儀之論文互相參酌。書後附有彊村校記、版本考、序跋、詞話、傳記等，蒐羅廣泛，爲本論文重要參考資料。其中，此書所載之何夢華鈔本未見於台灣，因此藉此書又得以補充筆者未見資料之憾。此外，《范成大年譜》則爲研究范成大生平的重要研究成果。孔凡禮《范成大年譜》〔註 15〕與于北山《范成大年譜》〔註 16〕爲一北一南范成大年譜之雙璧。若以內容與體例來看，于北山則又更勝一籌，其年譜乃融年譜、評傳爲一體，在關鍵處，可見到他精要的評論、分析。〔註 17〕趙維平〈高山仰止　景行行止——于北山《范成大年譜》讀評〉更指出這本是集作家、作品與社會環境於一體的著作。內容上，旁徵博引，史書、地方志、詩文、詞……都在資料蒐羅之內；體例上，每年另設「時事」一段，梗概交代當年國家大事，更有助於讀者勾勒當時背景。〔註 18〕此外，也能根據史料與推理，糾正前人說法的訛誤，更精確釐析范成大的生平。作品不能孤立於作家之外，該年譜中，作品的繫年，〔註 19〕對於本論文探討詞的

〔註 14〕黃畬：《石湖詞校注》（濟南：齊魯書社，1989 年）。

〔註 15〕孔凡禮：《范成大年譜》（濟南：齊魯書社，1985 年）。

〔註 16〕于北山：《范成大年譜》（上海：上海古籍出版社，2006 年）。〈出版說明〉載此書 1965 年定稿，1987 年出版。

〔註 17〕參《范成大年譜》前之〈出版說明〉（上海：上海古籍出版社，2006 年），頁 1。

〔註 18〕參趙維平：〈高山仰止　景行行止——于北山《范成大年譜》讀評〉，《淮陰師範學院學報・哲學社會科學版》2007 年第 3 期，頁 334～335、344。

〔註 19〕于北山之《范成大年譜》於譜文之後的附錄將作品一併引出，如乾

創作背景有相當的幫助。

其次，就學位論文而言，有黃聲儀所著《石湖詞研究及箋注》〔註20〕。此論文分成「甲編　研究篇」與「乙編　箋注篇」。「研究篇」又分成石湖先生傳略、石湖先生年譜及石湖詞內容、技巧、風格之探討，「箋注篇」則有彊村叢書載石湖詞七十一首及彊村叢書載石湖詞補遺三十三首，及石湖逸詞十首，最後是集逸句三句。除了逸句之外，共錄一百零四首，以「訂」、「校」、「箋」、「注」的體例釋詞，自己的研究心得則在「箋」後以「聲儀按」表現。此論文爲台灣《石湖詞》的唯一箋注，因此在《石湖詞》研究上，有篳路藍縷之功。此書對石湖詞的個別作品有明確釐析，對詞的整體研究亦有開創，足以啓迪後學。

大陸地區未見題爲《石湖詞》的學位論文，僅有金國正《南宋孝宗詞壇研究》〔註21〕有論及《石湖詞》。此書著眼於孝宗詞壇整體面貌，對范詞研究者來說，優點是所討論到的思想、背景可以與《石湖詞》彼此映照互證；缺點則是資料散列，如第二章〈孝宗時期的文藝思想〉探討「崇蘇熱下的盛世文藝觀」探討石湖受蘇軾的影響，〔註22〕第三章〈詞人的生活模式與歌詞創作〉在「仕宦生活」及「退隱生活」、〔註23〕第六章〈其他詞人群體的聚集〉有「以范成大爲中心」的探討。〔註24〕然整體來說，將範圍縮小至孝宗詞壇，更能精確

道八年（1172）譜文有「約鄰人遊石湖」，附錄則列《詩集》卷十一〈初約鄰人至石湖〉，以及《石湖詞》〈念奴嬌〉（湖山如畫）一首，對於作品繫年有所幫助。然而，從年譜中蒐羅出的詞作繫年僅有八首，因此無法爲其詞做出完整繫年。

〔註20〕黃聲儀：《石湖詞研究及箋注》（台北：台灣師範大學碩士論文，1975年）。

〔註21〕金國正：《南宋孝宗詞壇研究》（上海：華東師範大學博士論文，2006年）。

〔註22〕金國正：《南宋孝宗詞壇研究》，頁 31。

〔註23〕金國正：《南宋孝宗詞壇研究》，頁 49、61～62。

〔註24〕金國正：《南宋孝宗詞壇研究》，頁 133～138。

掌握當時的詞學思想，對於俯瞰時代思想下的范詞頗有助益。

最後，探討范成大及其詞的期刊部分，台灣僅有陳義成〈南宋四大家間之交游考述〉〔註25〕論述范成大之交游，分三個時期探討尤、楊、范、陸之間的往來，認爲四大家間之交游，疏密差別很大，如范成大與楊萬里相知深篤，與陸游相識最早卻頗爲疏離。大陸地區之期刊可從生平及詞作兩方面來看，首先是生平部分，于北山〈論范成大〉〔註26〕從「奉使不屈的志士」、「熱愛祖國、同情人民的詩人」勾勒范成大政治、思想。交遊上，則有于北山〈范成大交游考略〉〔註27〕介紹與范成大交遊的二十二人，徐新國亦有〈范成大與楊萬里的交往〉〔註28〕、〈平生故人端有幾——范成大與陸游的交往〉〔註29〕。其次，作品部分，論其整體詞風有兩篇，分別是華巖〈論石湖詞〉〔註30〕及黃德金〈論石湖詞〉〔註31〕。華巖〈論石湖詞〉先將《石湖詞》分成初期、中期、晚年時期的風格討論，再就思想內容、藝術特徵予以頗析，其論點有獨到之處，所提出石湖小令、長調風格迥然不同之說，對本論文有所啓迪。黃德金〈論石湖詞〉探討石湖詞的題材及風格，也考察其詞風形成之藝術、文化背景以及他個人的藝術崇尙。兩篇文章都詳盡的釐析《石湖詞》各個面向，在《石湖詞》研究的領域裡，

〔註25〕 陳義成：〈南宋四大家間之交游考述〉，《逢甲人文社會學報》第 6 期，2003 年 5 月，頁 65～84。

〔註26〕 于北山：〈論范成大〉，《江海學刊》第 4 期，1982 年，頁 102～107。

〔註27〕 于北山：〈范成大交游考略〉，《中華文史論叢》第 25 卷，1983 年 2 月，頁 177～198。

〔註28〕 徐新國：〈范成大與楊萬里的交往〉，《古典文學知識》第 93 卷，2000 年 11 月，頁 65～72。

〔註29〕 徐新國：〈平生故人端有幾——范成大與陸游的交往〉，《古典文學知識》第 87 卷，1999 年 11 月，頁 50～54。

〔註30〕 華巖：〈論石湖詞〉，《詞學》第六輯（上海：華東師範大學出版社，1988 年），頁 137～151。

〔註31〕 黃德金：〈論石湖詞〉，複印報刊資料編輯部：《中國古代‧近代文學研究》（北京：中國人民大學書報資料中心，1990 年），第 8 期，頁 128～133。

都具有重要的參考價值。《二十世紀中國文學研究・宋代文學研究》
〔註32〕討論石湖詞之章節裡，僅列黃德金之文，而未提華嚴〈論石湖詞〉，為遺珠之憾。其次，就《石湖詞》之單篇詞作進行賞析者，則有徐新國〈理脈可尋　自然移情——范成大〈眼兒媚〉品賞〉〔註33〕以及阮忠、于蓓李〈借問浮世有幾回嬋娟明月——范成大〈念奴嬌・雙峰疊嶂〉解讀〉〔註34〕皆對這兩篇作品提出個人見解。

香港地區，則有范氏後學成立之「景范教育基金會」所出版的《范學論文集》，目前共四冊。此書刊載范姓傑出人物的相關論文，七篇論及范成大，其中，討論范成大詞者有〈情深與境闊：范仲淹范成大詞對讀〉〔註35〕、〈范仲淹與范成大文學創作之我見〉〔註36〕。前者以相同主題審視、比較范仲淹與范成大之詞，提高范成大詞之地位。此外，對於范成大詞作，有其深刻之體會，因此本文在討論詞作時，亦有引述。後者則就整體創作著眼，在詞的部分，與前人殊異之處較少。

綜述以上文獻，可知范成大生平的研究，已有相關文論以年譜方式鉅細靡遺探討，另有期刊從任官、交游、思想等切入。因此，在前人研究基礎上，本文主要從「作品」的角度拓展，聯繫范成大的生平。另外，由文獻探討可知，前人鮮少留意「范成大之詞壇定位」，於此，本論文將特別加以關注並析論。至於詞作上，由於華嚴已點出石湖小令、長調風格之差異，惜未能深入探討，故本文從詞牌角度，專節分

〔註32〕 張毅撰：《二十世紀中國文學研究・宋代文學研究》（北京：北京出版社，2001年），頁1058～1059。
〔註33〕 徐新國：〈理脈可尋　自然移情——范成大〈眼兒媚〉品賞〉，《古典文學知識》第2期，2004年，頁19～21。
〔註34〕 阮忠、于蓓李：〈借問浮世有幾回嬋娟明月——范成大〈念奴嬌・雙峰疊嶂〉解讀〉，《古典文學知識》第1期，2007年，頁23～29。
〔註35〕 喬力：〈情深與境闊：范仲淹范成大詞對讀〉，《范學論文集・下冊》（香港：新亞洲文化基金會有限公司，2004年），頁21～63。
〔註36〕 王際明：〈范仲淹與范成大文學創作之我見〉，《范學論文集・第三卷》（香港：景范教育基金會，2006年），頁219～230。

析謀篇章法、時空設計、聲情，以拓展相關文獻之論點。除此之外，意象、歷代選評部分，前人鮮少探討，或不夠深入，留有探索、發揮之空間，此亦爲本論文研究撰述之重點。

第三節　研究限制與範圍

　　本論文依據《彊村叢書》〔註37〕所收范成大詞，輔以黃畬《石湖詞校注》以及黃聲儀《石湖詞研究及箋注》。今所見《彊村叢書》收石湖詞七十一首，補遺二十三首，僅有九十四首。黃聲儀《石湖詞研究及箋注》載有石湖逸詞十首，分別輯自《全蜀藝文志》一闋，《永樂大典》五闋，《咸淳臨安志》一闋，《御選歷代詩餘》三闋。另外，黃畬《石湖詞校注》又從北京圖書館珍藏明抄本輯佚八首，共收一百零九首。依據這三本書相互比勘，共得《石湖詞》共一百一十二首。然而，宋代楊萬里長子楊長孺曾爲《石湖詞》撰寫跋文，中有提及石湖詞數量：「後九年，忽得《餘研亭稿》二百十有二闋，遂入宅于石湖，無盡藏中毫髮無遺恨矣。」〔註38〕可見當時他所見到的范成大詞《餘研亭稿》有二百二十首。因此石湖詞佚失頗多，如今只見到當時的一半，因此僅能在有限的範圍內討論。

　　本文做的是單一詞人之研究，亦即「個體研究」，需要關注的是，在了解詞人的人格個性和精神世界的基礎上，進而去把握他的創作個性或藝術個性，並評判他的成就、地位和影響。〔註39〕鑑於此，本文從「知人」、「論世」〔註40〕以進入《石湖詞》的研究領域，先論

〔註37〕〔清〕朱祖謀校輯：《彊村叢書》（台北：廣文，1970年）。

〔註38〕〔明〕解縉、姚廣孝等纂：《永樂大典》卷二千二百六十六卷（台北：世界，1962年），頁11。

〔註39〕王兆鵬：《詞學研究方法十講》（北京：北京大學出版社，2008年），頁28。

〔註40〕《孟子·萬章下》：「以友天下之善士爲未足，又尚論古之人。頌其詩，讀其書，不知其人可乎？是以論其世也，是尚友也。」孟子此段闡述除了與當世善士交友，更要頌古人詩、讀古人書與論古人之世，此說對於當世探尋古人之思想亦能有所啓發。

其生平事蹟與當時詞壇定位，並藉此建立文中所探討的詞作背景。其次，就一百一十二首《石湖詞》爲主要研究範圍，藉由詞牌及意象，開拓《石湖詞》研究面向，探析石湖詞之不同層面。最後，探討歷代對《石湖詞》的選評，包括詞話中論及石湖其人其詞者，或是選本對其作品之選取。最後再從以上討論面向，探析其特色與價值。

第四節　研究方法及論文架構

「研究方法」是研究時如何發現問題、解決問題的方法，透過方法以達成研究之目的。因此，各學科有相同，亦有相異之方法。本文研究單一作家及其詞作，使用的研究方法有三：〔註41〕

第一，比較法，藉由比較兩種以上的學術思想或事物，釐析其共同點，亦發掘各具的特點。因此，比較的目的有兩種，一是同中求異，二是異中求同。研究范成大生平時，范成大使金一事的研究即使用「比較法」。使金一事各書皆有載，透過比較，可發現說法有出入，如《南宋詞史》云：

> 所以這次出使，他據理力爭，不僅更改了南宋皇帝向金使跪拜受書的極大侮辱性禮儀，同時還使金國不得不同意交還河南宋室陵寢，表現出南宋使臣不畏強暴的凜然氣節，外交上取得了巨大的勝利。

于北山《范成大年譜》卻云：

> 而石湖……在金主面前則慷慨陳詞，被拘客館則賦詩明志，風骨節概，亦有足多，雖未成功，不應苛責。〔註42〕

周汝昌亦云：

〔註41〕王兆鵬《詞學研究方法十講》針對詞學研究的目錄、版本、校勘、輯佚……等，提出實際的操作方法，其中，第一講提出詞學領域五種讀書方法，包括比較法、縱橫法、網羅法、交叉法、聯想法，其中有探討如何發現問題、解決問題，因此已涵括研究的精神與方法，且皆針對詞領域而立說，今參酌使用之。

〔註42〕于北山：《范成大年譜》，頁142。

范成大此行在外交使命上也並未獲得結果，但在愛國主義
的堅強精神上，仍然發生了好的影響和作用，所以值得稱
讚。〔註43〕

同中求異，可發現范成大有達成使命與未達成使命的差別。異中求
同，則是其氣節得到讚許。藉由「比較法」的使用，可發現問題所在，
亦能藉由多種文獻間之比較，以解決問題。因此，本論文裡，探討小
令與長調、范成大詩與詞，亦藉由比較的方式拓展深度與廣度。

　　第二，縱橫法，「縱」是縱向的研究，亦即從歷時性的角度看詞
人詞作，「橫」則是橫向兼顧同一時代之作家、作品。以縱向研究來
說，本論文探討范成大的詞壇定位，先探討整體宋代詞壇之風貌，再
進而為其作品尋一定位，即是從「縱向」，亦即「史」的角度做研究。
另外，本文第五章為歷代《石湖詞》之選評，從宋、元、明、清之選
本、詞話中探討被選錄的詞作，以及選錄的多寡、次數，都是藉由「縱
向」研究得以完成。「橫向」研究，則是探析范成大與同時代作家之
關係，如了解范成大與姜夔、楊萬里、陸游等友人的交情，對於解讀
他的作品頗有助益，也能探析作家間的相互影響。

　　第三，交叉法，指的是研究時，不侷限於中國文學的範疇，亦接
觸相關學門之理論，使研究成果為立體的交叉型，而非單一直線型。
本文研究范成大之詞作意象，探討其中色彩的使用時，與之相關的色
彩心理、實驗美學裡的「顏色美」都在研究範圍之內。〔註44〕此外，
西方格式塔心理學派所提出的「異質同構」〔註45〕也為本論文所使
用，此皆以「交叉法」拓展研究的視野。

　　透過上述研究方法之使用，本論文共析為六章，章節及內容之安

〔註43〕山東大學文史哲研究所主編：《中國歷代著名文學家評傳》第三卷
　　　　（濟南：山東教育出版社，1983 年），頁 416。
〔註44〕賴瓊琦：《設計的色彩心理》（台北：視傳文化，1997 年）、朱光潛：
　　　　《文藝心理學》附錄〈近代實驗美學・顏色美〉，頁 341～355。
〔註45〕童慶炳：《中國古代心理詩學與美學》（北京：中華，1997 年），頁
　　　　154～160。

排爲：

　　第一章爲「緒論」，首先說明研究動機與目的，再概述文獻探討、研究限制與範圍，最後闡述研究方法與論文架構。

　　第二章探討「范成大之生平事蹟與詞壇當代定位」。本章以知人、論世的方式進入《石湖詞》的研究領域。首先探討范成大的生平事蹟，從作品聯繫其政治、文學、生活、交友、家庭，並以此見其思想與作爲。接著，探究南、北宋詞壇發展，以及《石湖詞》創作風格，並釐析《石湖詞》受到忽視之原因，及在南宋詞壇之地位。

　　第三章爲「《石湖詞》詞牌探析」。詞作中小令與長調有截然不同的風格，因此分別討論。小令從「謀篇」檢視詞中的起拍、過片、結拍，探討詞的結構特色，再從「章法」上的曲直、虛實、疏密探析詞中內容材料之組織。長調因爲篇幅較長，其中曲折層次甚多，因此以時間、空間探討詞中所建構出的世界。首先就王國維《人間詞話》所提出之大、小境，辨析《石湖詞》中小令、長調風格迥異之因。其次，就陳匪石《聲執》所提出之「憶往事」、「寫夢境」、「設想」，探析范成大以此三者營造出的虛實空間，以及如何藉由實和虛相結合增添詞中曲致。最後，討論「詞牌風格與聲情」，釐析他在豪放、婉約以及自創詞牌之下的創作風格與詞作聲情，以呼應第二章《石湖詞》創作風格。

　　第四章爲「《石湖詞》意象探析」。首先，就意象的形成與使用做一概說，再界定意象一詞之內涵、意義。其次，探討「意象與石湖之襟懷」，透過意象，可以尋繹出作者以主觀對客觀事物的選擇、使用。以「時間意象」探尋詞中心境呈現，再探析「空間意象」呈顯之內心感觸；以及「風物意象」交織出他對生命的追求，最後就「典故意象」看詞中雜揉的精神思致。再次，探討「意象之修辭藝術」，修辭亦是作者對客觀形象的的選擇與組合，因此也可視爲意象的面向之一。因此，第三節探討摹況、轉化、映襯、譬喻、通感爲詞中增添之力量以及對於詞作風格塑造之助益。

　　第五章爲「《石湖詞》之歷代選評」。探討宋、元、明、清之詞選
及批評著作對《石湖詞》的選擇、評價。先對各詞選的選者以及選錄
特色加以釐析，再探討選錄《石湖詞》之數量、篇目，以及選錄之因。
宋朝以黃昇《花庵詞選》、趙聞禮《陽春白雪》、周密《絕妙好詞》爲
代表，元朝則取陸輔之《詞旨》，因爲只選「警句」，且與周密《絕妙
好詞》有宗派關係，因此附於《絕妙好詞》之後討論。明代則以陳耀
文《花草粹編》、沈際飛《草堂詩餘四集》及卓人月、徐士俊《古今
詞統》較有影響力，因此討論這三部詞選。清代以浙西、常州爲兩大
派，因此首先探討浙西派朱彝尊《詞綜》及常州派周濟的《宋四家詞
選》，再探討先宗浙西後轉爲常州派的陳廷焯所選的《詞則》，以明其
宗尚不同，對范成大的評論及選擇之差異。最後，以王國維《人間詞
話刪稿・三四》對宋朝選本的批評，以釐析對范成大詞的評價。若以
前幾章所引述之詞話評論爲《石湖詞》評論之「點」，此章各朝代之
選評爲「線」，則至此，試圖從中建構《石湖詞》批評之「面」。

　　第六章爲結論，歸納本論文各章節的研究心得。首先就范成大
「詞不如詩」做思考與辨證，再歸納、說明《石湖詞》之特色與價值，
以見本論文的研究成果。

第二章　范成大之生平事蹟與
詞壇當時定位

　　「詞」這一文體歷經晚唐五代的發展，到了宋代，詞人與作品數量之多，使宋詞呈現繽紛多彩之樣貌。歷來論詞者，有以時代區分，亦有以豪放婉約之風格區分，范成大即是處於南宋從豪放過渡到婉約之風的詞人。他被譽爲「南宋四大家」〔註1〕之一，然此一稱號乃針對他在詩的成就而言，詞的部分，則鮮少受到注意。詞話中論及范成大者，幾無針對其詞風做整體評述，而歷來論宋詞者，大部分亦未提及范成大，〔註2〕僅有少部分詞史已注意到若將他納入，則有助於建立詞史的完整性。〔註3〕本章首論范成大在政治上的作爲及其思想、生活；次論宋代詞壇概況，探討范成大於此中扮演的角色。期望能

〔註1〕尤袤、楊萬里、范成大、陸游並稱「南宋中興四大家」。

〔註2〕如楊海明《唐宋詞史》（南京：江蘇古籍出版社，1987 年），吳熊和《唐宋詞通論》（杭州：浙江古籍出版社，1985 年）之「南宋詞別集」皆無提及《石湖詞》。

〔註3〕如陶爾夫、劉敬圻之《南宋詞史》將范成大置於「婉約詞的進展與深化」（哈爾濱：黑龍江人民出版社，1992 年）、史仲文：《兩宋詞史》則將范詞列於「宋詞的狂放期」，並云「他詞的影響或許不是很大，但如果遺漏了他，就顯得詞史有缺。」（北京：中國社會出版社，2005年），頁 231。

從「知人」、「論世」〔註4〕以進入石湖詞領域。

第一節　石湖生平事蹟

　　范成大字至能〔註5〕，吳縣人。〔註6〕少年時，欲買山無貲，取唐人「只在此山中」之語，自號此山居士，又慕元魯山爲人，一字幼元，後號石湖居士。生於宋欽宗靖康元年（西元1126年）六月初四日，卒於宋光宗紹熙四年（1193），享年六十八歲。他一生仕宦順遂，積極展現其政治理念與愛民思想，對生活具有一份賞玩的興致，因而在出使或任地方官時有許多筆記創作。他的人生態度並不因爲生活的富裕而失去方向，能夠如此，乃因爲有儒者精神與佛道思想牽引他的人生。家庭上，因爲早孤，使他擔負起照顧弟妹的責任，手足之間的感情也就更爲深厚，與朋友往來亦能眞心相待，有許多情感眞摯的唱酬之作。

一、政治關懷與愛民思想

　　石湖一生仕宦，對於時政的關懷及改善人民的生活不遺餘力，宋・樓鑰《攻媿集》：「噫！胸中之有兵甲，世稱小范之才高；扁舟之泛江湖，或謂鴟夷之仙去。皆爾鄉閭之舊，豈其苗裔之餘。無忝前良，以全晚節。」〔註7〕舉出同樣姓范的前人：范仲淹與范蠡，前者抵禦西夏，後者輔佐越王功成之後，能有放下一切的人生智慧。范成大不

〔註4〕　《孟子・萬章下》：「以友天下之善士爲未足，又尚論古之人。頌其詩，讀其書，不知其人可乎？是以論其世也，是尚友也。」孟子此段闡述除了與當世善士交友，更要頌古人詩、讀古人書與論古人之世，此說對於當世探尋古人之思想亦能有所啓發。

〔註5〕　方健：〈關於范成大生平行實的考訂〉第一條即爲「范成大字『至能』，而非『致能』」《歷史文獻研究》第18期（1999年9月），頁101。于北山《范成大年譜》亦說明「作『致』者非」，頁1。

〔註6〕　方健考訂稱范成大應爲「吳縣人」，稱「吳郡人」欠妥。方健：〈關於范成大生平行實的考訂〉，《歷史文獻研究》，頁105。

〔註7〕　〔宋〕樓鑰撰：《攻媿集》（台北：新文豐，1984年），頁534。

懼危難出使金國，任地方官又多有建設，直到晚年則退隱石湖，其功績雖不如前人顯赫，然在對國家人民的貢獻上亦足以媲美前人。

（一）莫把江山誇北客

　　西元 1127 年金人攻陷汴京，山河破碎，徽、欽二帝被擄，范成大即出生在這樣一場國家屈辱的風暴前，而他的一生也都處於宋金對峙的局面。范成大十七歲時，紹興和議〔註8〕訂成，從此宋朝的經濟負擔又更加沉重，地位也更卑下。紹興十四年（1144），朝廷於蘇州建富麗的姑蘇館以接待金國使者。青年時期的范成大見此情形，曾以〈秋日二絕〉抒發對此局勢的憂傷：「碧蘆青柳不宜霜，染作滄州一帶黃。莫把江山誇北客，冷雲寒水更荒涼。」〔註9〕第三句透露出自己的擔憂，害怕金人更加認識江南的美好景色，更起佔領之心。末句又翻進一層，想到即使向金人誇耀這片山水，但擺在眼前的事實卻是「冷雲寒水」的荒涼景象，恐怕金人見了也不會動心，更甚，偏安一隅，何足誇耀？

　　憂國憂時的情懷除了在詩中展現，在詞中有更強烈的宣洩，如乾道六年（1170）使金途中所作的〈水調歌頭‧燕山九日作〉（萬里漢家使）裡寫著「萬里漢家使，雙節照清秋。舊京行遍，中夜呼禹濟黃流。」希望自己能夠像大禹治洪流一般在兩國既成的規範下替南宋朝廷挽回尊嚴，只是此行雖然保住尊嚴，卻未能改變情勢。乾道九年（1173）赴廣西的途中他以〈滿江紅‧清江風帆甚快，作此與客劇飲歌之〉（千古東流）明志，而云「擊楫誓，空驚俗。休拊髀，都生肉」。祖逖擊楫而誓的堅決心志、馮唐拊髀的悲憤，在此時范成大的詞裡，以「空」與「休」的消極想法，傳達失望之意。他時刻盼望能收復故土，以〈水調歌頭〉（細數十年事）中，「斂秦煙，收楚霧，熨江流」

〔註8〕　宋金紹興和議計有兩次，第一次爲紹興八年（1138），第二次爲紹興十一年（1141）。此處指第二次，此次合約除了割地、及每年向金貢納絹、銀外，更約定宋向金稱臣。

〔註9〕　〔宋〕范成大撰：《范石湖集》（台北：河洛，1975 年），頁 5。

的豪氣，展現他豪壯的雄心與企盼，但清醒時，眼前的現實卻是「關河離合、南北依舊照清愁」（〈水調歌頭〉（細數十年事））的清冷情景，使他更加難受，可見他擔憂國家時局之深。

主戰、主和向來是國家遇外侮時，意見分歧之處。范成大之立場，表現在《歷代名臣奏議》論「日力、國力、人力」之中，〔註10〕文中提到「世事無窮，而三力有限」，因此必須先鞏固此三力，復能從事其他事業。王偉勇認爲石湖的立場不偏主戰、主和，乃以客觀態度，衡量當時國情，主張「先安內而後壞外」。〔註11〕

不主戰並非因石湖貪生怕死，其仕宦生涯重要的事件莫過於奉命出使金國。乾道六年（1170）五月，石湖任起居郎、假資政殿大學士、左太中大夫等職，並且擔任金祈請國信史，孝宗盼能收復河南宋陵寢地及更定跪拜的受書之禮。然國書中僅載陵寢事，更改受書禮一事則要范成大自行向金國皇帝交涉。職是之故，此行可謂身負重任，且恐有性命之危，因此朝臣皆畏懼不敢受命，〈神道碑〉即紀載此事：

> 上語公曰：「朕以卿氣宇不羣，親加選擇。聞外議洶洶，官屬皆憚行，有諸？」公曰：「無故遣泛使，近於求釁，不戮則執。臣已立後，仍區處家事爲不還計，心甚安之。」〔註12〕

范成大不畏生命之危，甚至在行前將家中事安排妥當，表現即使爲國犧牲在所不辭的精神。范成大在金朝廷呈上私書，爲金朝所不許，甚至到太子怒而欲殺，幸有越王阻止始保全性命。〔註13〕九月自金還，所請二事都沒有成功。〔註14〕然石湖此行所表現的氣節與膽識已讓金

〔註10〕〔明〕黃淮、楊士奇編：《歷代名臣奏議》卷九十六（上海：上海古籍，1989年），頁1323～1324。

〔註11〕王偉勇：《南宋詞研究》（台北：文史哲，1987年），頁284～285。

〔註12〕〔宋〕周必大：〈資政殿大學士贈銀青光祿大夫范公成大神道碑〉，于北山：《范成大年譜》，頁424。

〔註13〕〔元〕脫脫等同修：《宋史・范成大傳》卷386（台北：藝文，1972年），頁4781。

〔註14〕有說二事皆成功者，如陶爾夫、劉敬圻《南宋詞史》（哈爾濱：黑龍

國臣僚感到欽佩。于北山記載此年事蹟後，特別說明：

> 而石湖爲爭朝廷體貌，毅然受命，不計安危，登車就道。
> 在金主面前則慷慨陳詞，被拘客館則賦詩明志，風骨節概，
> 亦有足多，雖未成功，不應苛責。較之洪邁、湯邦彥輩屈
> 服於金廷威脅困辱之下，狼狽而歸，不可同日語矣。〔註15〕

處於強大的金國壓力之下，勇於敢言之精神已爲不朽。同樣可窺見范
成大爲官之態度的是乾道七年（1171）朝廷欲以外戚知閣門事張說簽
書樞密院事，左司員外郎兼侍講張栻認爲張說不宜執政，石湖當時爲
中書舍人，拒不起草相關文件，並且面諫皇上。在無人敢言的情況，
他依舊展現果敢的態度以及堅持的精神，並在此事件之後自動求去，
最後以集英殿修撰出知靜江府（今廣西桂林）、廣西經略安撫使，爲
當時人敬重。

（二）血指流丹鬼質枯

前已提及石湖希望先安內，因此任職地方官時對於能改善人民
生活之事不遺餘力，于北山簡要整理他任地方官時的功績：

> 任職地方官時，興利除弊，不遺餘力，如在處州（今浙江
> 麗水），創義役，復堤堰，興水利，建橋樑；在靜江（今廣
> 西桂林），釐鹽政，獎士類，修古蹟；帥蜀（四川成都）時，
> 減酒稅，罷科糴，練將士，修堡寨，蠲租賦，薦人才；知
> 明州（浙江寧波）時，蠲積欠，罷進奉；知建康（江蘇南
> 京）時，舉荒政，賑饑民，捐稅斂，開軍倉以濟貧乏，移
> 餘財以代秋租。〔註16〕

江人民出版社，1992年），頁217。孫望、常國武主編《宋代文學史》
則言范成大「不辱使命，爲南宋朝廷贏得了威信」未提及成功與否。
（北京：人民文學出版社，2006年第3次印刷），頁63。
〔註15〕于北山：《范成大年譜》，頁142。
〔註16〕于北山：《范成大年譜》，頁1～2。范成大任職地方官的政績另參彭
小明、趙治中：〈宋代詩人范成大在處州的政事與創作〉一文，《廣
西社會科學》第9期（2004年4月），頁137～139。何開粹：〈治桂
三年嶺表流芳──記范成大在桂林〉，《中共桂林市委黨校學報》第
三卷第一期（2003年3月），頁61～64。張邦煒、陳盈潔：〈范成大

石湖任內的功績不勝枚舉，如上述的「義役」，可使人民貧富相助，減少因差役造成的經濟及爭訟問題。另外，他在處州還有解決當地因為貧困而棄養兒女的情形，凡此無不表現他愛護人民的一面。

石湖的愛民思想亦反映在他的田園詩裡，詩中一則展現農村景物、生活圖畫，再則也深刻描摹農民生活的艱辛以及被剝削的慘痛，像是〈夏日田園雜興〉之十一云：「采菱辛苦廢犁鉏，血指流丹鬼質枯。無力買田聊種水，近來湖面亦收租。」〔註17〕這首詩起首即說採菱人雖然不用拿鋤頭下田耕作，但卻依舊辛苦，原因為何？因為這項工作會使手指被菱角刺破而受到折磨，因此採菱人枯瘦得不成人形。他們之所以選擇這項工作，即因無力買田，但至末了，連湖面皆要收租，雖然並無道出採菱人的抱怨，但是悲慘之境已可以想像。宋代需負擔龐大的歲貢，民間老百姓也就必須承受賦稅之苦。詩以白描的方式刻畫出農民的辛苦以及現實的殘酷，同時也展現了范成大對人民生活的關懷之情。

上述總總，皆可看出石湖的愛民思想，雖然仕宦之途平順，得以享受豪奢的生活，但卻未因此而忽略地方官之職責，反而積極改善人民生活、整頓地方不合理的制度。他不僅自身抱持愛民思想，並冀望能將思想傳達給上位者，於淳熙四年（1177）三月上〈民為邦本箚子〉可見一斑：

> 臣聞民為邦本，本固邦寧。帝興王成，未有不得民而能立邦家之基也。得民有道，仁之而已。省縣役、薄賦斂，蠲其疾苦而便安之，使民力有餘，而其心油然知后德之撫我，則雖天不能使之變，而況蠻夷盜賊水旱之作，安能搖其本而輕動哉？〔註18〕

治蜀述論〉，《四川師範大學學報》第 31 卷第 5 期（2004 年 9 月），頁 129～136。

〔註17〕〔宋〕范成大撰：《范石湖集》，頁 375。

〔註18〕〔明〕黃淮、楊士奇同編：《歷代名臣奏議・仁民》卷 108（台北：台灣學生書局，1964 年），頁 1464。

「仁民」、「愛民」的思想其實就是他儒者精神的展現，他深知唯有使人民安定，才是國家富強之本。

二、生活樣貌與人生態度

宋代的制祿之厚是「恩逮於百官者，唯恐其不足，財取於萬民者，不留其有餘。」〔註19〕因此大量的財富集中於皇室和官僚階層，官員既然擁有豐厚的俸祿，也就可供他們縱情享樂。重文輕武的政策下，宋代的官員多是有高度文化修養的士大夫，因此享樂的方式多輕歌曼舞，淺斟低唱。〔註20〕范成大的父親范雩是宣和六年進士，母親蔡氏乃書法家蔡襄之女，文彥博外孫女，雖然范成大出生時蔡襄已去世，但生於此書香世家，讓范成大在文學、史學甚至是書法藝術上都成就斐然。〔註21〕

（一）作記妙手，品賞生活

范成大處於前述南宋經濟背景之下，其優渥生活可想而知。其中最為人所知者，為吳縣西南的石湖別墅。盧熊《蘇州府志》卷七〈園第〉對石湖別墅有詳細記載：

> 石湖在吳縣西南十二里，蓋太湖之一派，范蠡所從入五湖者。參政范成大創別墅於此，因越來溪故城，隨地勢高下而為亭榭，植以名花，而梅為獨盛。別築農圃堂，對愣伽寺，下臨石湖，孝宗御賜「石湖」二大字。……又有北山堂、千巖觀、天鏡閣、玉雪枝、錦繡坡、說虎軒、夢漁軒、綺川亭、臨鷗亭、越來城等處，以天鏡閣為第一。……春時士大夫游賞者，獨以不到此為恨。〔註22〕

〔註19〕〔清〕趙翼：《二十二史箚記》卷25（台北：商務，1968年），頁485。

〔註20〕參袁行霈主編：《中國文學史》第三卷（北京：高等教育出版社，2002年），頁12。

〔註21〕范成大的書法成就可參王心悅：《陸游與范成大的書法研究——兼論宋金的蘇黃米傳統》（台北：台灣大學藝術史研究所碩士論文，1998年）及許國平：〈南宋書家范成大的書法藝術及佳作考析〉，《文物世界》第3期（2007年），頁43～49。

〔註22〕〔明〕盧熊：《蘇州府志》（台北：成文，1983年），頁321。

據此，可以看出石湖別墅之宏富與對亭台樓閣的講究，甚至士大夫以無法到此遊賞爲遺憾。楊萬里亦曾作客於此，將他對此留下的深刻印象寫入〈寄題石湖先生范至能參政石湖精舍〉之中：

> 萬頃平湖石琢成，尚存越壘對吳城。如何豪傑干戈地，卻入先生杖屨中。古往今來眞一夢，湖光月色自雙清。東風不解談興廢，只有年年春草生。〔註23〕

石湖別墅除了有廣闊的建築，更有歷史背景作爲烘托，再加上美好的湖光月色與春草，已然成爲楊萬里心中一幅景致秀麗的畫卷了。另外，清‧丁紹儀《聽秋聲館詞話》亦記載石湖：「宋范文穆成大曾館姜白石於石湖，後此吳夢窗、張玉田亦寄跡焉。道光初，吳門諸詞家擬於石湖建祠，祀三詞人。……」〔註24〕石湖別墅除了在當時文人心中留下深刻印象，對於後代文人亦有所影響。

除了有石湖別墅展現他品賞生活之一端，范成大一生仕宦而奔走多處，舉凡出使或是赴任途中，都會將沿途景色或是所見所感逐一記下，展現品味人生的意趣。這些記錄直接呈現當時的所見所感，成爲探討他生活樣貌的最佳資料。孔凡禮依時間順序點校了石湖之筆記爲《范成大筆記六種》〔註25〕，其中，《驂鸞錄》、《吳船錄》、《攬轡錄》爲日記體遊記。若僅就所見而未能以情感或學養輔之，則日記體遊記易流於空洞瑣碎、枯燥乏味，然石湖之遊記避免了此一缺失，因此受到重視。如清代陸心源云：「余惟遊記之源，蓋出於史家之支流。宋以後作者踵接，然往往瑣屑穢雜，無關法戒，故自石湖、放翁而外，傳者甚寡。」〔註26〕可見范成大的遊記能夠流傳久遠，即在於能避免

〔註23〕 〔宋〕楊萬里：〈寄題石湖先生范至能參政石湖精舍〉，《誠齋詩集‧荊溪集》卷12（台北：臺灣中華，1970年），頁8～9。

〔註24〕 〔清〕丁紹儀撰：《聽秋聲館詞話》卷二，唐圭璋編：《詞話叢編》（三）（台北：新文豐，1988年），頁2599。

〔註25〕 參〔宋〕范成大撰；孔凡禮點校：《范成大筆記六種》（北京：中華書局，2004年），頁3～32。

〔註26〕 〔清〕陸心源撰：《儀顧堂集》卷五（台北：台聯國風出版社，1970年），頁189。

「瑣屑穢雜」之病，而以獨到看法融入其中，以下酌參《范成大筆記六種》做簡要介紹。

《攬轡錄》乃奉使金國途中寫下，詳細記載從宋到金的全部行程，並考察名勝古蹟及金宮殿之布局和金國文武官員、百姓的情況。經過他的體察與呈現，這些史料非但成爲研究金國歷史地理的重要文獻，還有表達遺民懷念故國、迫切希望恢復的心情。范成大的好友陸游夜讀《攬轡錄》，而作詩：「公卿有黨排宗澤，帷幄無人用岳飛。遺老不應知此恨，亦逢漢節解沾衣。」〔註27〕可見范成大雖客觀記錄所見情形，但因愛國心志未減，因此讀者讀來仍能覺察其心志而受感動。

《驂鸞錄》爲范成大出知靜江府途中寫下，考察並記錄當代一些知名人物，以及當時的經濟活動；並且在衡山南嶽寺記下精品壁畫，成爲研究繪畫史的珍貴資料。另外，楊愼《詞品》論及「詞家多用心字香」時云：

> 蔣捷詞云：「銀字箏調。心字香燒。」張于湖詞：「心字夜香清。」晏小山詞：「記得年時初見，兩重心字羅衣。」范石湖《驂鸞錄》云：「番禺人作心字香，用素馨茉莉半開者，著淨器中。以沉香薄劈，層層相間，密封之。日一易，不待花蔫。花過香成。」所謂心字香者，以香末縈篆成心字也。心字羅衣，則謂心字香薰之爾。或謂女人衣曲領如心字，又與此別。〔註28〕

解讀心字香時，特別引《驂鸞錄》加以解釋，此書爲范成大由蘇州赴桂林沿途所記，因此所見不拘於一時一地，讀之除了增廣見聞，更可用來解釋不同地方人物的風俗習慣。

《桂海虞衡志》是自桂林入蜀時途中追憶而作，書中記載以桂林

〔註27〕〈夜讀范至能攬轡錄言中原父老見使者多揮涕感其事作絕句〉，〔宋〕陸游著，錢仲聯校注：《劍南詩稿校注》（上海：上海古籍，1985 年），頁 1822～1823。

〔註28〕〔明〕楊愼：《詞品》卷之二，唐圭璋編：《詞話叢編》（一），頁 464。

為中心的廣大廣右地區的植物、動物、礦產、土產、工技、巖洞、風俗、氣候、文字等,可說是廣右地區的博物志。

《吳船錄》記載離開成都至入盤門為止,本書較為突出的是宋太祖年間,僧人繼業奉命到天竺求舍利以及貝多葉書,這次長達十二年的宗教活動並不見於他書,且繼業原先記載已佚,范成大敏銳的意識到這些記錄的重要性,因此將之轉錄,收入本書,這些記錄已成為研究宗教史、中外交通史的重要文獻。明何宇度寫道:「宋陸務觀、范石湖皆作記妙手,一有《入蜀記》,一有《吳船錄》,載三峽風物,不異丹青圖畫,讀之躍然。」〔註29〕稱陸游和范成大為「作記妙手」可見他們在描寫所見的山水景物上有巧妙之處。〔註30〕

以上四本筆記除可見他所經歷之處的山水、文物……等,更顯示出范成大富博的學識與細微的觀察力。他的識見與喜好,同樣的展現在對植物的品賞與著墨上。范成大奉祀還鄉之後,又建范村,且種植許多梅花,此事記於〈梅譜・序〉:

> 梅,天下尤物,無論智愚賢不孝,莫敢有異議。學圃之士,必先種梅,且不厭多,他花有無多少,皆不繫重輕。余於石湖玉雪坡,既有梅數百本,比年又於舍南買王氏僦舍七十楹,盡拆除之,治為范村,以其地三分之一與梅。〔註31〕

由首句對梅花的肯定,可見范成大對梅的喜愛之深,〈梅譜〉詳細記載十二種梅,如對早梅的敘述為:

> 早梅。花盛直腳梅。吳中春晚,二月始爛漫,獨此品於冬至前已開,故得早名。錢塘湖上亦有一種,尤開早。余嘗重陽日親折之,有「橫枝對菊開」之句。行都賣花者微先為奇,冬初折未開枝置浴室中,薰蒸令拆,強名早梅,終

〔註29〕〔明〕何宇度:《益部談資》,附於《入蜀記》後,(北京:中華,1985年),頁1。

〔註30〕此二書的內容與價值可參卓玉婷:《入蜀記與吳船錄比較研究》(高雄:高雄師範大學國文教學研究所碩士論文,2006年)。

〔註31〕〔宋〕范成大:《梅譜・序》,孔凡禮點校:《范成大筆記六種》,頁253。

瑣碎吳香。余頃守桂林，立春梅已過，元夕則嚼青子，皆
非風土之正。杜子美詩云：「梅蕊臘前破，梅花年後多。」
惟冬春之交，正是花時耳。〔註32〕

先對於梅的名稱作解釋，並加入所聽聞，最後並聯想到杜甫之詩。因
著對梅的喜愛，〈石湖詞〉裡有詠梅詞三首，清・蔣敦復《芬陀利室
詞話》卷三：「詞原於詩，即小小詠物，亦貴得風人比興之旨。唐五
代、北宋人不甚詠物，南渡諸公有之，皆有寄託，白石、石湖詠梅，
暗指南北議和事。……非區區賦物而已。」〔註33〕可見石湖在詠梅時，
或許也不經意的流露出他滿腔的愛國心志。

　　除了種梅以外，范成大又有種菊，《菊譜・序》提及「故名勝之
士，未有不愛菊者」〔註34〕，他對菊亦有喜愛之情，淳熙丙午年時，
范村所植之菊有三十六種，因此將菊花以黃花、白花、雜色分門別類
的介紹。從筆記中可看出范成大用心於生活之中才能有如此多細膩、
詳實的觀察記錄，《梅譜》、《菊譜》中對於植物的鑑賞、評論，也可
看出他生活品味。

（二）富貴由命，身遊物外

　　欲探討范成大生活的另一個面向，還可擴展至他的人生態度。
儒釋道的融和在宋代已成為一種趨勢，宋孝宗曾寫〈原道辯〉闡述對
三教的看法：「三教本不相遠，特所施不同，至其末流，昧者執之，
而自為異耳。以佛修心、以道養生、以儒治世可也，又何惑焉？」
〔註35〕范成大稱：「此書既出，儒術益明，二氏不廢。」〔註36〕可見
范成大主張將三家思想融匯互補。

〔註32〕　〔宋〕范成大：《梅譜》，孔凡禮點校：《范成大筆記六種》，頁254。

〔註33〕　〔清〕蔣敦復：《芬陀利室詞話》卷三，唐圭璋輯：《詞話叢編》（四），
　　　　　頁3675。

〔註34〕　〔宋〕范成大：《菊譜・序》，孔凡禮點校：《范成大筆記六種》，頁
　　　　　269。

〔註35〕　〔宋〕李心傳：《建炎以來朝野雜記》（北京：中華書局，1985年），
　　　　　頁379～380。

〔註36〕　〔宋〕黃震：《黃氏日鈔》引（台北：台灣商務，1971年），頁28。

　　范成大的儒者精神已於前文說明，不再贅述。他和佛教的淵源乃源自於十五歲時隨父親在杭州，居佛日山寺，跟佛僧舉上人往來，〔註37〕往來之中亦留下許多詩作。十九歲讀書於崑山薦嚴資福禪寺的機緣下，更結識多位寺僧，之後並留下他與寺僧談佛論理的故事。他對佛教裡的修行也有自己的看法，〈無盡燈後跋〉提到「念佛三昧，深廣微密，世但以音聲爲佛事，此書既出，當有知津者。」他針對當時情況提出修行不是以念佛多寡爲衡量的理念，可看出他在佛學上亦有獨到見解。〔註38〕

　　除了與禪宗、淨土宗一派有交往，他也和道教中人有往來，因此人生態度亦受影響。另外，他或許也受到老莊人生態度之啓發，莊子超脫的觀念時常展現於詞中，〔註39〕如：「宇宙此身元是客，不須悵望家何許」（〈滿江紅〉（罨畫溪山）），並且說「富貴功名皆由命，何必區區僕僕」（〈酹江月〉（浮生有幾）），這同時也可看出他了悟佛教所說的「空」與「常」。另外表現出受佛道思想影響的人生看法尚有〈滿江紅·冬至〉（寒谷春生）：「縱不能將醉作生涯，休拘束」、〈念奴嬌〉（吳波浮動）：「一笑閒身遊物外」對於世事人生多了一分徹悟與灑脫。

〔註37〕〔宋〕潛說友：《咸淳臨安志》卷八十一〈題佛日淨慧寺東坡題名〉：「……余年十五，往來山中，常與舉上人游，居其下。……吳郡范成大書。」《文淵閣四庫全書》第490冊（台北：臺灣商務，1983年），頁864。

〔註38〕參林德龍〈一個士大夫的進退出處──范成大晚年歸居退閒生活與佛道思想〉、魏道儒〈宗教融合與教化功能──以宋代兩種華嚴淨土信仰爲例〉，《中華佛學學報》第13期（民國89年）（台北：中華佛學研究所），頁299～305。

〔註39〕《莊子纂箋》：「察其死而本無生。非徒無生也，而本無形。非徒無形也，而本無氣。雜乎芒芴之間，變而有氣。氣變而有形。形變而有生。今又變之而死。是相與爲春夏秋冬四時行也。」錢穆：《莊子纂箋》（台北：東大，1993年），頁139。此段爲莊子向惠子說明爲何妻死卻箕踞鼓盆而歌，表達不應執著於人的外在形體，因爲一切僅是宇宙間的循環。范成大在詞中表現類似的想法。

　　佛道思想融合在宋詞中的表現有深淺不同的層次，有的只是擷拾詞語、化用典故，檃括故事，這屬於第一層次。而較爲深入的則是將佛道思想融入自己的人生哲學中，化爲觀察世界的方法，此乃第二層次。第三層次則是深入佛道之後，得其三昧又從容不迫的化入筆下，形成一種隱約含蓄的禪味詞、道情詞，形成空靈高妙的藝術作品。〔註40〕范成大不但將佛道思想化入生活裡，亦使用於詞中，因此不論從詞語的點化到言此而意彼的境界皆能觸及。

三、手足相依與朋友相惜

　　范成大早孤，頗受從兄范成象的照顧，和從兄弟也維持良好的感情。身爲家中長兄的他，亦擔負起照顧弟妹的責任，彼此的感情相當深厚。除了家人之外，朋友亦是重要的精神慰藉，除前已論述的姜夔外，更有時相唱酬的陸游、楊萬里。

（一）兄老那堪別數年

　　范成大父母分別在他十八、十四歲時卒，因爲早孤，和從兄弟之間的感情對他來說益顯重要。范成大早年曾有〈元夜憶群從〉一詩，表達元宵時對堂兄弟的懷念：「愁裡仍蒿徑，閒中更蓽門。青燈聊自照，濁酒爲誰溫？隙月知無夢，窗梅寄斷魂。遙憐好兄弟，飄泊兩江村。」〔註41〕其中以和范成象的情誼最爲深篤，淳熙八年（1180）成象卒時，范成大表達極度哀傷之情，因此寫道：「鄉之二老，獨餘一翁。我今雖歸，歸亦何心？」「兄之存亡，固爲范氏重輕；而白首殘年，抱觸目無窮之悲者，又某之所獨也！」〔註42〕

　　范成大父母卒時遺有三子三女，范成大身爲長兄，對於照顧弟妹盡心盡力，也因此無心應考科舉，十九歲讀書於崑山薦嚴資福禪寺

〔註40〕　史雙元：《宋詞與佛道思想》（北京：今日中國出版社，1992 年），頁5～6。
〔註41〕　〔宋〕范成大：《范石湖集》，頁 2。
〔註42〕　《范石湖大全集・祭亡兄工部文》，〔明〕解縉，姚廣孝等纂：《永樂大典》（台北：世界，1962 年），卷 14051。

「十年不出，竭力嫁二妹」〔註43〕，可見他對手足的感情。因爲父母的早逝，讓他們也就更加珍惜彼此相聚的時光，但回歸現實卻總是事與願違，使得他更加惆悵，心情寫在與妹妹分離時寫的詩〈周德萬攜孥赴龍舒法曹，道過水陽相見，留別女弟〉：

> 草草相逢小駐船，一杯和淚飲江天。妹孤忍使行千里，兄老哪堪別數年。馬轉不容吾悵望，櫓鳴肯爲汝留連？神如相此俱強健，綠髮歸來慰眼前。〔註44〕

此時妹妹已經嫁人，相見時間短暫，且因爲交通不便，生離之惆悵幾乎形同死別的哀傷。因爲下次相見不知何時，因此以「兄老」、「妹孤」表達相見之日不多，而現實的「不容」讓送別時的痛苦更加深沉。最後，迴轉心緒，以祝福與期望的語氣希望彼此都健康，可以在黑髮之日再相見，雖然不捨，但最後不忘以叮嚀作結，展現他的關懷。

另外，范成大有兩位弟弟，分別是范成績、范成己。范成績字致一，此時將隨蔡洸使金賀正旦，因此兄弟面臨分別，而寫下〈甲午除夜，猶在桂林，念致一弟使虜，今日當宿燕山會同館，兄弟南北萬里，感悵成詩〉：

> 把酒新年一笑非，鶺鴒原上巧相違。墨濃雲瘴我猶住，席大雪花君未歸。萬里關山燈自照，五更風雨夢如飛。別離南北人誰免？似此別離人亦稀！〔註45〕

除夕夜本應是一家團圓的日子，但此時兄弟卻即將分離千里之遠，「我猶在」與「君未歸」的強烈對比，更深化分離的痛苦。

（二）韶江石老簫音在

范成大的交遊情形前人已多所論述，如于北山〈范成大交遊考略〉〔註46〕介紹與范成大交遊的二十位友人，王瑞來〈范成大交遊考

〔註43〕〔宋〕周必大〈神道碑〉：「十年不出，竭力嫁二妹，無科舉意。」《范成大年譜》，頁421。
〔註44〕〔宋〕范成大：《范石湖集》，頁55。
〔註45〕〔宋〕范成大：《范石湖集》，頁185。
〔註46〕于北山：〈范成大交遊考略〉，《中華文史論叢》卷25（1983年2月），

略補正〉﹝註 47﹞則列出三十二人，孔凡禮〈范成大早期事跡考〉考證
范成大出仕前的交遊﹝註 48﹞，張劍霞《范成大研究》﹝註 49﹞則以十五
組，共十九人的方式簡述范成大的交友概況，亦有將交友範圍縮小為
南宋四大家者。﹝註 50﹞前人研究資料之富，考證之詳，因此，此處不
再泛論范成大的交友情形，而聚焦於與楊萬里之情誼，冀能透過兩人
的君子之交，以小見大，探悉范成大交友之誠。

　　范成大雖身居高位，對長輩景仰尊敬，對晚輩亦能有識拔的眼
光，拔擢人才不遺餘力。宋史本傳稱其「凡人才可用者，悉致幕下，
用所長，不拘小節，其傑然者露章薦之，往往顯於朝，位至二府。」
﹝註 51﹞其交友對象不拘地位高下尊卑，率皆以和善待之，如楊萬里引
薦時的姜夔仍為默默無名之士，石湖仍大方款待。緣此個性與交友態
度，使許多人樂於與之唱酬、交遊，如《古今詞話》載：「范致能，
陸務觀，以東南文墨之彥，至為蜀帥。在幕府日，賓主唱酬，每一篇
出，人以先覩為快。」﹝註 52﹞陸游亦曾在〈錦亭〉詩裡道「樂哉今從
石湖公」﹝註 53﹞，此亦為許多人之想法可知也。

頁 177～198。

﹝註 47﹞　王瑞來：〈范成大交遊考略補正〉，《文學遺產》增刊 17 輯（北京：
　　　　中華書局，1991 年），頁 173～209。

﹝註 48﹞　孔凡禮：〈范成大早期事跡考〉，《文學遺產》1983 年第 1 期，頁 55
　　　　～63。

﹝註 49﹞　張劍霞：《范成大研究》（台北：學生書局，1985 年），頁 30～54。

﹝註 50﹞　陳義成：〈南宋四大家間之交遊考述〉，《逢甲人文社會學報》第 6 期
　　　　（2003 年 5 月），頁 65～84。

﹝註 51﹞　〔元〕脫脫等同修：《宋史・范成大傳》卷 386（台北：藝文，1972
　　　　年），頁 4782。

﹝註 52﹞　〔宋〕楊湜：《古今詞話》詞話上卷，唐圭璋輯：《詞話叢編》（一），
　　　　頁 766～767。

﹝註 53﹞　〔宋〕陸游著，錢仲聯校注：《劍南詩稿校注》（上海：上海古籍，
　　　　1985 年），頁 548。陸游與范成大之交情可參陳義成：〈南宋四大家
　　　　間之交遊考述〉，文中提出范成大帥蜀二年與陸游有詩歌往來，然皆
　　　　為范唱陸和，且兩人晚歲鄉居相距未遠，而詩文相寄罕見，基於此
　　　　種種因素，而歸結出：「四大家中，相識最早的是陸游與范成大，但
　　　　二人交往卻頗為疏離。」，《逢甲人文社會學報》第 6 期（2003 年 5

「文人相輕，自古而然」，對同一年考取進士的范成大與楊萬里卻非如此，他們對彼此才氣頗爲推崇。楊萬里對於石湖的崇敬可見於《誠齋集》中他屢屢推舉「范尤陸蕭」四人，又在文中稱他們爲「近代風騷四詩將」〔註54〕，其中「范」指的即是范成大。范成大對楊萬里的賞識可從他晚年病中自編全集，完成後命兒子范莘求序於楊萬里一事中見出，楊萬里〈石湖先生大資參政范公文集序〉即記載了這一段：

> 予疇昔之晨，與客坐堂上，遙見一健步黃衣負一笈至庭下，呼兒諏其奚自，曰：「自參政公范氏也。」……索其書讀之，則公之子莘叩頭請曰：「……方先公之疾而未病也，日夜手編其詩文，數年成集，凡若干卷。逮將易簀，執莘手而授之，且曰：『吾集不可無序篇。有序篇非序篇，寧無序篇也。今四海文字之友，惟江西楊誠齋與吾好，且我知，微斯人疇可以囑茲事，小子識之。』」〔註55〕

從范成大囑咐兒子「有序篇非序篇，寧無序篇也」可見他對序的重視，而他所信任替他作序的人也就只有楊萬里，甚至言「今四海文字之友，惟江西楊誠齋與吾好」以見兩人推心置腹之情。對楊萬里如此推崇，亦因爲晚年頻繁的書信往返、酬唱，兩人在互訴衷曲裡，建立起深厚的情誼。如淳熙五年（1178）范成大爲言者論罷而歸石湖，冬至懷楊萬里，因而寫下〈冬至晚起枕上有懷晉陵楊使君〉：

> 新衣兒女鬧燈前，夢裡莊周正栩然。騎馬十年聽曉鼓，人生元有日高眠。多稼亭邊有所思，冬來撚卻幾行髭。也應坐擁黃紬被，斷角孤鴻總要詩。〔註56〕

詩裡著重個人心靈感受，語淺意深，情眞景眞，使人讀之有感，亦可

月），頁82。因此本論文不再深入探討二人之交情。

〔註54〕〔宋〕楊萬里：〈謝張功父送近詩〉，《誠齋詩集‧退休集》卷40，頁3。

〔註55〕〔宋〕楊萬里：〈石湖先生大資參政范公文集序〉，于北山：《范成大年譜》，頁407～408。

〔註56〕〔宋〕范成大：《范石湖集》，頁296。

見出兩人之間書信往返並非社交應酬一類，而是有深厚情誼爲基礎。楊萬里時在常州，收到之後也寫了〈和范至能參政寄二絕句〉：

生憎雁鶩只盈前，忽覽新詩意豁然。錦字展來看未足，玉蟲挑盡不成眠。夢中相見慰相思，玉立身長漆點髭。不遣紫宸朝補袞，卻教雪屋夜哦詩。

第一首詩表現出楊萬里收到范成大詩的喜悅之情與喜愛之意，第二首則表達思念與對范成大不戀棧官位的欣賞，從中可以見到楊萬里對范成大的欽佩。范成大也對楊萬里離開官場隱居頌美道：「公退蕭然眞吏隱，文名籍甚更詩聲」〔註57〕對其作品亦有欣賞之情，例如同一首詩裡云「句從月脅天心得，筆與冰甌雪碗清」。

　　淳熙八年（1181）范成大出知建康，楊萬里以〈寄賀建康留守范參政端明〉祝賀，因爲交通不便，書信往返時間甚久，因此石湖收到之後和詩云「韶江石老簫音在，庾嶺梅殘驛使遲。」〔註58〕前句乃引傳說中舜曾經登韶石演奏所作樂曲，後句則用六朝時陸凱自江南寄梅花給長安好友范曄之典。兩句表達雖然書信遲至，然依舊猶如簫音一般將永遠留存，亦猶如陸凱贈花之情意深厚。「韶江石老簫音在」用來表達兩人的友情亦十分貼切，時光逝去，但文人之間的相互珍重已流爲佳話。兩人之間相互唱和的詩歌頗多，在彼此回應激盪中益見交情。楊萬里自言贈詩的用意本在「木李拋將引瓊玖」〔註59〕，將自己的詩比作「木李」而范成大的詩是「瓊玖」，以謙虛的態度相互切磋學習，也使他們成爲終身知己。

　　瞭解石湖生平梗概，以及其詩作、筆記的成就之後，以下續探討宋詞與石湖詞的關係。

〔註57〕　〈次韻同年楊廷秀使君寄題石湖〉，《范石湖集》，頁285。
〔註58〕　〈次韻楊同年秘監見寄二首〉，〔宋〕范成大：《范石湖集》，頁314。
〔註59〕　〔宋〕楊萬里：〈和謝石湖先生寄二詩韻〉，《誠齋詩集‧江東集》卷35，頁6。

第二節　宋代詞壇與石湖詞之當代定位

歷來論詞以「婉約」為正，「豪放」為變，正變的觀念隱約存在宋人的詞論之中，只是尚未明確點出。到了明代，張綖首先提出詞分婉約與豪放二體：

> 詞體大略有二：一體婉約，一體豪放。婉約者欲其詞情縕藉，豪放者欲其氣象恢弘。蓋亦存乎其人。如秦少游之作，多是婉約；蘇子瞻之作，多是豪放。大約詞體以婉約為正，故東坡稱少游為「今之詞手」，後山評東坡詞「雖極天下之工，要非本色。」〔註60〕

詞人的創作中不拘於單一風格，因此張綖以秦少游、蘇子瞻做舉例時也只說「多是」婉約、「多是」豪放。將詞人以婉約、豪放作為區分僅是一方便法門，以該詞人某類作品數量較多，或是成就較高做為大致的區分，並非詞人全部作品的風格。

北宋詞壇承襲花間詞風〔註61〕又有所開創，經歷了前後期許多詞家的創作，至蘇軾、周邦彥可說是使得豪放、婉約風格的作品，達到高度的水準。其他詞人亦紛至沓來創作出許多作品，使詞進入「昌盛期」〔註62〕。到了南宋，此兩種風格得到進一步的繼承與開創，豪放詞以辛棄疾成就最著；婉約詞則以姜夔最擅勝場，在前人的基礎上加以發揮而極工極變。然詞風非一夕之間轉變，從辛棄疾引領豪放之

〔註60〕 〔明〕張綖《詩餘圖譜·凡例》，續修四庫全書編纂委員會編：《續修四庫全書·集部·詞類 1735》（上海：上海古籍出版社，1995 年），頁 473。

〔註61〕 後蜀趙崇祚編《花間集》，為最早的文人詞總集，共收晚唐、五代詞十八家。歐陽炯在《花間集序》描述花間詞人的創作情景為「綺筵公子、繡幌佳人，遞葉葉之花牋，文抽麗錦；舉纖纖之玉指，拍按香檀。不無清絕之辭，用助嬌嬈之態。」在此種生活背景與藝術風氣之下，作品也就傾向婉媚與艷麗，重視雕琢，雖非全部花間詞人都具有此特色，但其總體風格為此。參袁行霈主編：《中國文學史》（北京：高等教育出版社，2002 年），頁 450～453。

〔註62〕 史仲文：《兩宋詞史》將蘇軾、蘇派詞人以及周邦彥、大晟詞人等概括為「宋詞的昌盛期」。（北京：中國社會出版社，2005 年），頁 103～173。

風至姜夔再度開啓婉約詞風，中間經過許多詞家的努力，范成大即是其中之一，家境富裕且有能唱之家妓可歌，爲婉約詞風重視音律提供有利之創作條件。

一、開疆闢土的北宋詞壇

詞的產生最早起於隋代，宋・王灼《碧雞漫志》卷一：「蓋隋以來，今之所謂曲子者漸興。」〔註63〕宋・張炎《詞源》亦云：「自隋唐以來，聲詩間爲長短句。」〔註64〕隋代已有詞調，但詞的專家與專集至晚唐五代始出。後蜀・趙崇祚編的《花間集》自溫庭筠起共十八家，將晚唐到五代詞的菁華收羅其中。扼要言之，溫庭筠以穠豔細膩的筆法，傳達綿密隱約的感情，因此，張惠言評溫詞「深美閎約」〔註65〕，和溫庭筠齊名的韋莊風格清俊，詞藻疏淡。馮延巳開創南唐詞風，劉熙載《藝概》卷上言：「馮延巳詞，晏同叔得其俊，歐陽永叔得其深」〔註66〕，指出其詞影響北宋初年的晏殊、歐陽修。〔註67〕南唐中主李璟、後主李煜皆有詞作，李煜因爲經歷亡國之痛，詞中發抒對人事無常的喟歎，王國維云：「詞至後主而眼界始大，感慨遂深，遂變伶工之詞而爲士大夫之詞。」〔註68〕歷經晚唐五代詞人努力創作，詞體愈臻成熟，使北宋得以向前邁進，在「調、氣、品」〔註69〕

〔註63〕〔宋〕王灼：《碧雞漫志》卷一，唐圭璋編：《詞話叢編》（一）（台北：新文豐，1988年），頁74。

〔註64〕〔宋〕張炎注、夏承燾校注：《詞源注》（台北：木鐸出版社，1987年），頁9。

〔註65〕〔清〕張惠言：《詞選・序》：「自唐之詞人李白爲首……，而溫庭筠最高，其言深美閎約。」唐圭璋編：《詞話叢編》（二）（台北：新文豐，1988年），頁1617。

〔註66〕〔清〕劉熙載：《詞概》，唐圭璋編：《詞話叢編》（四），頁3689。

〔註67〕葉嘉瑩：〈馮延巳承先啓後之成就及王國維之境界說〉對於馮延巳的承先啓後地位有詳細說明，《詞學》第九輯（上海：華東師範大學出版社，1992年），頁50～72。

〔註68〕王國維：《人間詞話・十五》（台北：頂淵，2007年），頁8。

〔註69〕王易：《詞曲史》：「北宋詞較之五代，有三勝焉：一、慢詞繁重，音節紆徐，調勝也。二、局勢開張，便於抒寫，氣盛也。三、兼具剛

三方面勝於五代。

（一）北宋前期

北宋前期繼承晚唐五代詞體的發展又有所開拓，在北宋初有張先、柳永為詞的發展努力。清·宋翔鳳《樂府餘論》言及柳詞云:「耆卿失意無俚，流連坊曲，遂盡收俚俗語言，編入詞中，以便伎人傳習。一時動聽，散佈四方。其後東坡、少游、山谷輩相繼有作，慢詞遂盛。……余謂慢詞，當始耆卿也。」〔註70〕據此，柳永可說是開長調大量創作之先，因此有學者以柳永為宋詞的奠基人。〔註71〕柳詞內容多描寫男女感情、羈旅行役情懷以及感嘆生平，將這些題材以「敘事閒暇，有首有尾」〔註72〕的方式，加之細膩刻劃情感等表現手法，並以雅俗並陳表現方式出之，使得當時有「凡有井水飲處，即能歌柳詞」〔註73〕、「今少年妄謂東坡移詩律作長短句，十有八九，不學柳耆卿，則學曹元寵」〔註74〕之說法，可知他的詞在當時受到喜愛之情況。除此之外，其詞亦受到時代稍晚或是後代的人所取法。

晏殊貴為宰輔，一生富貴，因此能有閒暇的心境與冷靜的觀照，使其詞在富貴氣象之外亦能不失雍容雅致。在寄情歌酒之餘，也會表現對人生的思索與觀照。歐陽修和晏殊齊名，並稱晏歐。兩人時代相近，皆官至宰相，所填詞形式上多小令之作，因為風格的接近，詞作多有互見之情形。

柔，不偏姿媚，品勝也。」（台北：廣文出版社，1971 年），頁 124。

〔註70〕〔清〕宋翔鳳:《樂府餘論》，唐圭璋編:《詞話叢編》（三）（台北：新文豐，1988 年），頁 2499。

〔註71〕施議對:《宋詞正體》第七篇討論「宋詞的奠基人——柳永」（澳門：澳門大學出版中心，1996 年），頁 117～143。

〔註72〕〔宋〕王灼:《碧雞漫志》卷二，唐圭璋編:《詞話叢編》（一）（台北：新文豐，1988 年），頁 84。

〔註73〕〔宋〕葉夢得:《避暑錄話》卷下（北京：中華書局，1985 年），頁 49。

〔註74〕〔宋〕王灼:《碧雞漫志》卷二，唐圭璋編:《詞話叢編》（一）（台北：新文豐，1988 年），頁 85。

綜觀北宋前期作品，柳永大量創作長調，使詞在形式上向前推進了一大步，然不論是張先、柳永或是晏殊、歐陽脩創作風格都依舊側重於婉約一派，尚未有明顯突破之作。

（二）北宋中後期

詞至北宋中葉，因爲蘇軾的出現，使詞的題材擴大，也使詞不侷限於音樂。王易《詞曲史》：「自有柳耆卿，而詞情始盡纏綿；自有蘇子瞻，而詞氣始極暢旺。柳詞足以充詞之質，蘇詞足以大詞之流。非柳無以發兒女之情，非蘇無以見名士之氣。」〔註75〕東坡認爲詩詞同源，藝術本質及表現功能應爲一致。因此，以詩爲詞，將士大夫的情性志趣注入詞中，改變了五代以來詞所緣之情多在相思眷戀的狹隘性，開拓了詞的抒情功用，使詞於合樂歌唱之外，尚有足以自立的文學價值。〔註76〕

晏幾道是晏殊的第七子，其作品可分前後期，前期作品因爲生活優裕而多富貴生活之作，後期因爲家道中落，且因個性孤傲，不肯依附權貴，而生活艱難。表現於詞則是充滿苦悶與悲淒。宋・陳振孫評其詞：「在諸名勝中獨可追逼花間，高處或過之」〔註77〕，清・馮煦《蒿庵論詞》亦評他「淡語皆有味，淺語皆有致」，因此「求之兩宋詞人，實罕其匹。」〔註78〕

秦觀、賀鑄爲周邦彥之先驅。秦觀多情善感，因此詞作多寫得眞摯纏綿且情韻深長，故清・周濟言：「少游意在含蓄，如花初胎，故少重筆。」〔註79〕周邦彥精通音律，調美、律嚴、字工，是他音律

〔註75〕　王易：《詞曲史》（台北：廣文出版社，1971年），頁177。
〔註76〕　方智範、鄧喬彬、周聖偉、高建中：《中國詞學批評史》（北京：中國社會科學出版社，1994年），頁49。
〔註77〕　〔宋〕陳振孫：《直齋書錄解題》卷二十一（台北：廣文，1979年），頁1274。
〔註78〕　〔清〕馮煦：《蒿庵論詞》唐圭璋編：《詞話叢編》（四）（台北：新文豐，1988年），頁3587。
〔註79〕　〔清〕周濟：《宋四家詞選目錄・序論》（北京：中華，1985年），頁3。

上的特點，他所創的調如〈瑞龍吟〉、〈蘭陵王〉等，聲腔圓美，用字高雅，較之柳永所創的部分俗詞俗調，更符合南宋雅士，尤其是知音識律者的審美趣味，因而受到更廣泛的遵從和效法。宋末沈義父《樂府指迷》言：「凡作詞，當以清真爲主。蓋清真最爲知音，且無一點市井氣。」〔註80〕他注重詞調的聲情與宮調的音色情調協調一致，用字時不僅分平仄，而且嚴分仄字中的上去入三聲，使語言字音的高低與曲調旋律的變化密切配合，亦因此被譽爲集北宋詞之大成。〔註81〕

二、極工極變的南宋詞壇

北宋已在詞的發展及創作上呈現如此豐富之姿，到南宋有繼承又有所開展。北宋末歷經靖康之難，〔註82〕宋室南渡，出現一批南渡詞人。家國變動使他們的詞充滿時代感與現實感。清朱彝尊《詞綜·發凡》：「世人言詞，必稱北宋。然詞至南宋始極其工，至宋季而始極其變。」〔註83〕葉慶炳闡述此段話，認爲：「工者音律，變者題材風格」，又言音律指的是姜夔、史達祖、吳文英、周密等多自度曲〔註84〕一事。題材風格之變指的是南宋偏安，故詞人多抒國破家亡之創痛及壯志難酬之悲慨。〔註85〕

〔註80〕〔宋〕沈義父：《樂府指迷》唐圭璋編：《詞話叢編》（一）（台北：新文豐，1988年），頁277。

〔註81〕參袁行霈主編：《中國文學史》（北京：高等教育出版社，2002年），頁119；另參夏承燾：〈唐宋詞字聲之演變〉，《唐宋詞論叢》（台北：華正，1974年）；龍榆生《詞曲概論》（上海：上海古籍，1980年）。

〔註82〕宣和七年，金軍兩路攻宋，宋徽宗傳位於太子欽宗。靖康元年正月，金宗顏宗望率東路軍圍攻開封，十一月開封失陷，欽宗請降。二年三、四月，金軍退師，將徽、欽二宗、后妃、宗室、部分臣僚以至技藝工匠等驅擄北去，北宋亡。

〔註83〕〔清〕朱彝尊：《詞綜》（台北：台灣中華書局，1966年），頁4。

〔註84〕唐宋詞人有深明音律、樂理者，他們往往自創詞調。傳說能隨意吹管成腔，然後填詞，便稱自度曲；先隨意爲長短句，然後制譜，便稱自制曲。但是後多混亂，查姜白石之標示，亦有混用之情形。

〔註85〕葉慶炳：《中國文學史》（台北：台灣學生書局，1997年6刷），頁70。

（一）題材風格之變

南宋之初張元幹、張孝祥以豪放詞風上承蘇軾，但至兼具文才武略的辛棄疾一出，因著抗金的際遇與個人才情，使詞的形式、內容尤有拓展，故清‧吳衡照《蓮子居詞話》卷一言稼軒：「別開天地，橫絕古今。論、孟、詩小序、左氏春秋、南華……，拉雜運用，彌見筆力之峭。」〔註 86〕四庫總目亦評道：「其詞慷慨縱橫，有不可一世之慨，於倚聲家爲變調，而異軍特起。能於剪紅刻翠之外，屹然別立一宗」。〔註 87〕由此可見，辛棄疾能別開生面，以突出之姿，爲詞壇增添新色。

承前，今人對稼軒詞內容亦有所概括，《南宋詞史》云「稼軒體」的特色爲：寄雄豪於悲婉之中，展博大於精細之內，行雋峭於清麗之外。雄豪指的是詞人將天下大事、家國興亡、「老兵」的愛憎和沙場征戰的氣度、胸襟、精神都納入詞的審美範疇，成爲稼軒體的主旋律。博大指的是稼軒體的生機洋溢，包羅萬有，任何題材一經其手便能生氣遠出，萬花競春。雋峭主要指語言、用典及意象，雋永與峭拔結合的語言風格。〔註 88〕

雖然豪放派以蘇辛並稱，但兩人同中有異，清‧陳廷焯點出：「魄力之大，蘇不如辛；氣體之高，辛不逮蘇遠矣。」〔註 89〕兩人各有優點，而此亦是對方所不及之處，之所以如此，和他們所處的環境與個性有極大的關係。東坡生活於北宋黨爭激烈之時，人事的風波挫折，使他力求擺脫黨派紛爭的煩惱，獲得個人精神世界的自由馳騁，表現爲空靈超曠，多出世之思。稼軒則活動在南宋民族危亡之際，現

〔註 86〕　〔清〕吳衡照：《蓮子居詞話》卷一，唐圭璋編：《詞話叢編》（三）　　　　　（台北：新文豐，1988 年），頁 2408。

〔註 87〕　〔清〕永瑢等撰：《四庫全書總目提要》（台北：臺灣商務，1965 年），　　　　　頁 4442。

〔註 88〕　陶爾夫、劉敬圻：《南宋詞史》（哈爾濱：黑龍江人民出版社，1992　　　　　年），頁 145～149。

〔註 89〕　〔清〕陳廷焯：《白雨齋詞話》，唐圭璋：《詞話叢編》（四），頁 3783。

實的深重苦難，使他產生拯飢救溺的雄心，追求生前身後的殊勳盛名，表現爲悲壯慷慨，多入世之情。〔註90〕可見辛棄疾雖上承東坡，但因兩人時代背景、仕宦經歷以及胸襟懷抱的差異，使辛詞開拓出新的詞境。王國維於《人間詞話·四十四》云：「東坡之詞曠，稼軒之詞豪。無二人之胸襟而學其詞，由東施之效捧心也。」〔註91〕說明蘇、辛二人之作品具有獨特的個人風姿，因此他們的詞皆非著力學之而能成就。

（二）音律字句之工

隆興和議〔註92〕之後，南宋政權維持了一段較爲和平的局面，經濟也相對的繁榮。使得「祖清眞而祧花間」一派興起。他們繼承了周邦彥，又在許多藝術表現上進行深化與創新，使詞體更爲精緻與成熟。使詞達到此一境界者，有姜夔、史達祖、吳文英等人，其中姜夔的成就最高。他和周邦彥一樣長於自度曲，《四庫全書總目提要》評爲「尤善自度新腔，故音節文采，并冠絕一時。」〔註93〕姜夔在審音創調上頗有成就，他的十七首詞自注有工尺譜，是今存唯一的宋代詞樂文獻，在我國音樂史上具有重大價值。詞家創作時有先製曲後填詞，與先作詞後譜曲兩種方式，《詞學集成》引《香研居詞麈》云：

> 宋時知音者，或先製腔而後實之以詞，如楊元素先製腔，張子野、蘇東坡填詞實之，名勸金船，范石湖製腔，而姜堯章填詞實之，名玉梅令之類是也。或先率意爲長短句，然後協之以律，定其宮調，命之以名，如姜堯章長亭怨自敘所云是也。〔註94〕

〔註90〕 孫望、常國武主編：《宋代文學史》（北京：人民文學出版社，2006年），頁148。
〔註91〕 王國維：《人間詞話》（台北：頂淵，2007年），頁27。
〔註92〕 隆興二年（1164）冬達成和議，主要條款爲宋、金二帝以叔姪相稱，宋不再稱臣，以及減少歲貢的銀、絹等。
〔註93〕 〔清〕永瑢等撰：《四庫全書總目提要》（台北：臺灣商務，1965年），頁4446。
〔註94〕 〔清〕江順詒輯，宗山參訂《詞學集成》，唐圭璋編：《詞話叢編》

據此可知，姜夔因善音樂，不論是幫范成大所作的曲填詞，抑或自己先詞後曲的創作皆能爲之。其〈長亭怨慢〉小序言：「予頗喜自製曲，初率意爲長短句，然後協以律，故前後闋多不同」〔註95〕詞本是伴隨音樂而生，在姜夔的創作下，使音樂更符合詞中情感的鋪陳，聲情與文情一致，更顯出詞動人之處。此外，爲求詞境高遠，將辭采鍛鍊得更加典雅，如清・汪森言：「鄱陽姜夔出，句琢字煉，歸於醇雅。」〔註96〕雅化的追求，使詞在表現藝術上開展出一番新的氣象。

三、承先啓後的石湖詞風

范成大處於詞風的過渡時期，故擁有和豪放、婉約相似的特點。王易《詞曲史・析派》言：「近稼軒而實導源東坡者，有張孝祥、范成大、陸游。」〔註97〕王易明確的將范成大歸於豪放一派，然江立卻有不同於王易之見，〈石湖詞跋〉云：「石湖詞跌宕風流，都歸於雅，所謂清空綺麗，兼而有之。姜、史、高、張而外，杳然寡匹。」〔註98〕認爲石湖詞風趨近於雅。豪放或婉約皆有人主張，以下便就《石湖詞》或豪或婉的多樣風格探討其傳承因緣及詞史定位。

（一）傳承因緣

范成大豪放風格的詞作，和其從政經歷以及當時國家形勢息息相關，以豪放之風入詞，抒發恢復家國之志。至於和婉約派的淵源，王偉勇指出范成大和姜夔之相識，即透露南宋詞風所以轉變之故：

> 論南宋典麗婉約詞風之定型，當推姜夔，而促成此種改變，固因時勢承平所致，亦因范成大等富豪提供優裕閒適之環境，令妙解聲律之專業詞人能字斟句酌，審慎度曲；又有

（四）（台北：新文豐，1988 年），頁 3221。

〔註95〕 〔宋〕姜夔：《白石詩詞集》（台北：華正，1974 年），頁 125。

〔註96〕 〔清〕汪森：《詞綜・序》，朱彝尊輯：《詞綜》（台北：台灣中華書局，1970 年），頁 1。

〔註97〕 王易：《詞曲史》（台北：廣文出版社，1971 年），頁 198。

〔註98〕 〔清〕江立：〈石湖詞跋〉，黃畬：《石湖詞校注》（濟南：齊魯書舍，1989 年），頁 119。

能唱之家妓代爲試喉清唱也。〔註99〕

使詞再度開創婉約的高峰，姜夔個人才情固爲一重要原因，卻非唯一原因。因爲，范成大亦間接的促成南宋詞工於音律之風。他與善音律的姜夔相識，以優渥的條件提供創作、唱酬場合，因此也就成爲開啓婉約派的推手。姜夔早年經由蕭德藻謁見楊萬里，因爲楊萬里的看重，而以〈送姜堯章謁石湖先生〉〔註100〕一詩引介往蘇州見范成大。姜夔〈暗香〉、〈疏影〉序云：「辛亥之冬，予載雪詣石湖，止既月，授簡索句，且徵新聲，作此兩曲。石湖把玩不已，使工妓隸習之，音節諧婉。」〔註101〕范成大不以身居高位，對名聲未顯的姜夔拒絕往來，反而互相切磋，並在歸去之時，以家妓小紅贈之。此事見於元代陸友仁《研北雜志》：

> 小紅，范成大青衣也，有色藝。范成大之請老，姜堯章詣之。一日，授簡徵新聲，堯章製暗香、疏影兩曲，公使工妓隸習之，音節清婉。姜堯章歸吳興，公尋以小紅贈之。〔註102〕

范成大和姜夔在音樂上的相互切磋，還表現在他將失傳的樂曲告知，以求解答一事。姜夔〈醉吟商小品〉序中云：

> 石湖老人謂予云：「琵琶有四曲，今不傳矣，曰濩索梁州、轉關綠腰、醉吟商湖渭州、歷弦薄媚也。」予每念之。辛亥之夏，予謁楊廷秀丈於金陵邸中，遇琵琶工解作醉吟商

〔註99〕 王偉勇：《南宋詞研究》（台北：文史哲，1987年），頁285、288。

〔註100〕 〔宋〕楊萬里〈送姜堯章謁石湖先生〉：「鈞璜英氣橫白蜺，咳唾珠玉皆新詩。江山愁訴鶯爲泣，鬼神露橐天洩機。彭蠡波心弄明月，詩星入腸肺肝裂。吐作春風百種花，吹散瀕湖數峰雪。青鞋布襪軟紅塵，千詩只博一字貧。吾友夷陵蕭太守，逢人說君不離口。袖詩東來謁老夫，慚無高價索璠璵。翩然却買松江艇，徑去蘇州參石湖。」《誠齋詩集·朝天集》卷24（台北：臺灣中華，1970年），頁4。

〔註101〕 〔宋〕姜夔：《白石詩詞集》（台北：華正，1974年），頁127。

〔註102〕 〔元〕陸友仁《研北雜志》，見《詞苑萃編》卷之十三〈紀事〉，唐圭璋編：《詞話叢編》（三）（台北：新文豐，1988年），頁2055。

湖渭州，因求得品弦法，譯成此譜，實雙聲耳。〔註103〕
姜夔將范成大的問題惦記心中，趁著遇到琵琶工的機會，立即譜曲。
由此可見兩人在詞及音樂琢磨之用心。

　　范成大與姜夔之情誼還展現在石湖始生之日，姜夔以自度曲〈石
湖仙〉〔註104〕壽石湖：

> 松江烟浦，是千古三高遊衍佳處。須信石湖仙，似鴟夷翩
> 然引去。浮雲安在，我自愛綠香紅舞。容與，看世間幾度
> 今古。　　盧溝舊曾駐馬，爲黃花閑吟秀句。見說胡兒，
> 也學綸巾敧雨。玉友金蕉，玉人金縷，緩移箏柱。聞好語，
> 明年定在槐府。

王偉勇認爲此詞「壽范成大而不從『富貴』、『功名』、『神仙』著墨，
卻自范氏請退閑居所在，盡屬古代高人（三高，指范蠡、張翰、陸龜
蒙三人）隱處之地下筆，以見空靈；而『綸巾敧雨』云云，又自清雅
瀟灑處寫去，眞不落俗套。」〔註105〕從姜夔創作壽詞之用心，亦可
窺知兩人之交情。

　　清人論詞絕句論及姜夔時，也往往提及范成大，如厲鶚〈論詞絕
句十二首〉第五首：

> 舊時月色最清妍，香影都從授簡傳。贈與小紅應不惜，賞
> 音只有石湖仙。〔註106〕

首句「舊時月色」取〈暗香〉「舊時月色，算幾番照我，梅邊吹笛」
之首句入詩，第二句則從前引〈暗香〉、〈疏影〉序中化用，第三、四
句可釋爲「得石湖知音之賞遇，並贈以小紅之佳話也。」〔註107〕以

〔註103〕〔宋〕姜夔：《白石詩詞集》（台北：華正，1974年），頁100。

〔註104〕〔宋〕姜夔：《白石詩詞集》（台北：華正，1974年），頁127。

〔註105〕王偉勇：〈馮煦《論詞絕句》論南宋詞探析〉，沈松勤主編：《第四
　　　　屆宋代文學國際研討會論文集》（杭州：浙江大學出版社，2006年），
　　　　頁489。

〔註106〕吳熊和、陶然輯：〈清人論詞絕句〉，《唐宋詞匯評・兩宋卷》（杭州：
　　　　浙江教育出版社，2004年）。

〔註107〕徐照華：《厲鶚及其詞學之研究》（高雄：復文，1998年），頁162。
　　　　宋邦珍認爲第三句「贈與小紅應不惜」主詞爲姜夔，並釋此句爲「認

彰顯兩人爲知音的情誼。

　　同樣在論詞絕句裡提及小紅的還有清人江昱〈論詞十八首〉，第八首評姜夔，末句「只合吹簫伴小紅」，典故出自姜夔〈過垂虹〉一詩：「自作新詞韻最嬌，小紅低唱我吹簫。曲終過盡松陵路，回首煙波十四橋。」這首詩也被馮煦用在〈論詞絕句十六首〉〔註108〕第九首評論姜夔時：

　　　　垂虹亭子笛綿綿，吸露餐風解蛻蟬。洗盡人間烟火氣，更
　　　　無人是石湖仙。

首句以姜夔詩切入，雖不在字面上提出小紅，亦藉由詩作帶出小紅的身影。末句所指則是姜夔自度〈石湖仙〉之後，後世無人再以同調創作，末句「既稱賞姜夔，亦兼及范成大」〔註109〕而厲鶚絕句末兩句亦有稱賞范成大之意。可見論詞絕句評論姜夔時，常都會一併提及范成大。

　　論詞絕句因爲字數少，故僅以代表詞人的典型事件融入，論及姜夔時，往往以〈暗香〉、〈疏影〉及石湖贈小紅、姜夔作〈石湖仙〉三件事入詩，而這三件事又都與石湖有關，除了展現兩人交情匪淺，也透露石湖對姜夔詞的創作，亦有一定程度的影響，據此，姜夔日後成爲婉約派大家，范成大也成爲間接推手。

　　石湖卒後，姜夔曾以詩題其畫像，並有〈悼石湖〉三首，其三寫道「雪裡評詩句，梅邊按樂章」〔註110〕對好友過世之痛無處抒發，只能藉由石湖生前的作品追念之，思緒並觸及兩人共同努力的詞，可

　　　　爲把這兩闋詞贈給心愛女人沒什麼可惜，而眞正知音就只有范成
　　　　大」，此說或可再商議。宋邦珍：〈厲鶚〈論詞絕句〉的傳承與創新〉，
　　　　《輔英學報》第 11 期（1991 年 12 月），頁 201。

〔註108〕沈雲龍主編：《近代中國史料叢刊》第三十三輯（台北縣：文海，
　　　　1969 年），頁 455～458。

〔註109〕王偉勇：〈馮煦《論詞絕句》論南宋詞探析〉，沈松勤主編：《第四
　　　　屆宋代文學國際研討會論文集》（杭州：浙江大學出版社，2006 年），
　　　　頁 490。

〔註110〕〔宋〕姜夔：《白石詩詞集》（台北：華正，1974 年），頁 32。

謂情眞意切。

　　石湖詞將愛國情感投入詞中而有豪放之作，更因爲與姜白石的熟識進而相互琢磨，使得彼此的婉約之作又更進一步。

（二）詞史定位

　　清人陳廷焯《雲韶集》云：「石湖詞音節最婉轉，讀稼軒詞後讀石湖詞，令人心平氣和。」〔註111〕然此令人讀之「心平氣和」的石湖詞，卻未能在詞史上有明確定位。推究范詞受忽略之原因，或可歸爲三端，第一：其作品雜揉前人風格，看似未能有明顯突破之處。如華嚴認爲范成大青年時期未能脫離對淮海詞的摹仿，中期由摹仿秦觀轉向學習蘇軾，〔註112〕後人也從石湖詞中找出和前人相近之詞風，如《宋代文學史》〔註113〕舉出其詞作和前期婉約、豪放派詞人相近的有以下四則：

> 前期詞作多寫男女柔情，如〈霜天曉角〉（晚晴風歇）以淡雅勝景襯托孤寂愁緒，委婉情深。而〈鵲橋仙・七夕〉「新歡不抵舊愁多，倒添了、新愁歸去」風情接近秦觀，對牛郎織女的愛情故事又有新的開拓。

> 詠吹笙的〈醉落魄〉（棲烏飛絕），上面由寫夜中情景點出吹笙，下片說笙聲的淒清幽怨，其韻味宛如晏幾道。

> 〈水調歌頭〉（細數十年事）……詞中描繪登樓所見的月夜景象，境界開闊，而所書十年身世之感和內心的嚮往追求，氣韻瀟灑超邁，顯然受到蘇軾中秋詞的影響。

> 〈念奴嬌〉（雙峰疊嶂）、（吳波浮動）兩首，那種清曠、超脫的格調，也不讓張孝祥同調（洞庭青草）的名篇專美。

〔註111〕〔清〕陳廷焯：《雲韶集》卷六，孫克強：《唐宋人詞話》（鄭州：河南文藝出版社，1999年），頁560。

〔註112〕華嚴：〈論石湖詞〉，《詞學》第六輯（上海：華東師範大學出版社，1988年），頁137～151。

〔註113〕孫望、常國武主編：《宋代文學史》（北京：人民文學出版社，2006年），頁71～73。

前兩則舉出范成大和婉約派詞人秦觀、晏幾道風格相似的作品，後兩則舉出和豪放派蘇軾、張孝祥相近之作。又，周汝昌《范石湖集‧前言》言及范成大詞不主一格尚有如下敘述：

> 〈水調歌頭〉之「細數十年事」、「萬里漢家使」，豪宕激楚，完全是東坡、于湖路數，假如雜入《稼軒集》中，後人應亦難辨；其〈念奴嬌〉「吳波浮動」一首，尤有于湖曠放出塵之致。至〈秦樓月〉「香羅薄。……」又與放翁神契。如〈三登樂〉「一碧鱗鱗」篇，絕似北宋柳永羈旅之作。〔註114〕

舉出了與婉約風格的詞家柳永，以及豪放風格的蘇軾、張孝祥、辛棄疾風格相似之處。與陸游的相似則非愛國詞作，而是以愛情類題材和陸游敘述愛情悲劇的詞作精神相呼應，亦可見石湖詞之豐富性。

雖然石湖詞和前人詞相近似，但細加咀嚼，可品味出其詞富個人思致。他和前人的相似並非亦步亦趨、東施效顰一般的模仿、複製前人詞風，而是經過思考、轉化，一以個人情感出之。如寫牛郎織女故事的〈鵲橋仙〉，秦觀旨在敘「兩情若是久長時，又豈在、朝朝暮暮。」強調把握當下而能成為永恆，昇華詞作的情意，然回歸現實，談何容易？至范成大則以「新歡不抵舊愁多，倒添了、新愁歸去」言相見時的歡愉抵不上漫長別離的愁緒，別離時，又更加深新的憂愁，深化心裡的悲傷。〈鵲橋仙〉詞表現之差異，正顯示兩人對傳統、人生各異其趣之體驗，及范成大在藝術創造上不因襲前人的精神。

其次，選本只選其單一詞風之作，使後人有所誤解。如今人周汝昌於《范石湖集‧前言》云：

> 從南宋周密《絕妙好詞》選錄了〈眼兒媚〉（萍鄉道中乍晴，臥輿中困甚，小憩柳塘）等闋，後來選本多直承其舊，更不向集中別採璠璵，以致有的評家竟以為石湖詞格就只像〈眼兒媚〉所寫的「春慵恰似春塘水，一片縠紋愁。溶溶

〔註114〕周汝昌：《范石湖集‧前言》，〔宋〕范成大撰：《范石湖集》（台北：河洛，1975年），頁6。

洩洩，東風無力，欲皺還休。」讀了使人渾身「懶洋洋地」
沒有一點氣力。〔註115〕

因爲《絕妙好詞》選了石湖詞中偏於柔婉風格之作，後出選本亦無從
石湖詞中再加以選取，而承襲之前選本所選，導致歷來對於石湖詞風
有以偏概全之疏漏。王偉勇亦云「自周密《絕妙好詞》選錄了〈眼兒
媚〉等詞，後出之選本仍仍相因，更不向集中別採璠璵，遂誤以『溫
軟綺靡』爲石湖詞一貫詞風，而抑其評價，誠欠公允。」〔註116〕正
因爲對石湖詞風的誤解，使得後世論者多以「溫軟綺靡」一類的詞語
爲之評。

其實，受到諸多批評的〈眼兒媚〉一首，亦有評論家給予正面評
價，如宋人魏慶之在《詩人玉屑》裡即認爲「詞意清婉，詠味之如在
畫圖中」〔註117〕，清人王闓運亦評述「自然移情，不可言說，綺語
中仙語也，考上上。」〔註118〕全詞以輕柔的氣氛鋪陳，營造出春天
人們慵懶的情態。由此可知，同樣一闋詞，欣賞角度不同，則看法亦
有極大的差別。

再次，范詞受忽略之原因尚有：詞作貼近現實者少。如陳如江在
〈范成大詞論〉裡云：

> 令我們感到遺憾的是，范成大這類反映時勢、具有鮮明現
> 實與時代色彩的詞作，在詞集中少得可憐，可以說是屈指
> 可數，完全不同於他的詩直接繼承唐代白居易、王建等人
> 新樂府詩歌的現實主義傳統……，反映出廣闊的社會生活
> 面。因此，嚴格地說，范成大詞的思想意義並不大。〔註119〕

〔註115〕周汝昌：《范石湖集・前言》，〔宋〕范成大：《范石湖集》（台北：
　　　　河洛，1975年），頁6。

〔註116〕王偉勇：《南宋詞研究》（台北：文史哲，1987年），頁281。

〔註117〕〔宋〕魏慶之著；楊家駱主編：《詩人玉屑》（台北：世界書局，1971
　　　　年），頁479。

〔註118〕〔清〕王闓運：《湘綺樓評詞》，唐圭璋編：《詞話叢編》（五）（台
　　　　北：新文豐，1988年），頁4294。

〔註119〕陳如江：《唐宋五十名家詞論・范成大詞論》（上海：華東師範大學
　　　　出版社，1992年），頁150～151。

以范詞反映時事者少而批評之。王際明亦云:「范成大的田園詞只關注農村自然景色的描寫,充滿詩情畫意,卻未能展示豐富多彩的人情物力和深刻的時代內容。」〔註120〕同樣認爲范詞在反映時代內容上不足。

然而,以評詩的標準來審視詞是有失公允的。可以分成兩部分說明,首先是以「詞的功能」來說,詞因爲由歌妓來演唱,因此以社交與娛樂功能爲主導,詞的「可歌」,就無可避免了詞體維持婉轉嫵媚的傳統,因此要以嫵媚的風格寫時事則較爲困難。再者,以宋人的「詞體觀」、「創作觀」來說,宋人一向將詞當成是「小道」,如陸游爲自己少年時「頗有所爲」而悔恨。孝宗時代,創作上的「遊戲觀」表現在不少人以「得詞之易」作爲誇獎之詞,如辛棄疾門人范開稱賞辛棄疾時云:「公之於詞亦然,苟不得之於嬉笑,則得之於行樂;不得之於行樂,則得之於醉墨淋漓之際。」可見詞本爲娛樂而設,因此可以拋開詩教的束縛。〔註121〕據此,以未能反映時代詬病謹守詩詞界線的《石湖詞》似乎是沒有考量當時詞壇背景與石湖詩詞不同風貌的表現。〔註122〕

綜上所述,《石湖詞》未能在詞史上有明確定位,和詞作題材、風格、選本都有關係。然而即便如此,也不全然表現其詞毫無可觀。清人馮煦在《蒿庵論詞》將石湖置於「兩宋名家」〔註123〕之地位,

〔註120〕 王際明:〈范仲淹與范成大文學創作之我見〉,《范學論文集‧第三卷》(香港:景范教育基金會,2006年),頁227～228。

〔註121〕 參金國正:《南宋孝宗詞壇研究》(上海:華東師範大學博士論文,2006年),頁143～154。

〔註122〕 華巖〈論石湖詞〉:「非常有趣的是,范成大不反對詩、詞兩種體裁有明顯的區分,而在詞的創作中,小令和長調似乎也在『各司其職』,表現出迥然不同的兩種風格。」《詞學》第六輯(上海:華東師範大學出版社,1988年),頁145。

〔註123〕 《蒿庵論詞》「從毛本甄采」一則言「毛氏就其藏本,更續付梓,於兩宋名家,若半山、子野、方回、石湖、東澤、日湖、草窗、碧山、玉田諸君子,未及彙入。」〔清〕馮煦撰:《蒿庵論詞》,《詞話叢編》(四),頁3597。

認爲他有不可忽略之處。今人史仲文《兩宋詞史》亦認爲石湖：「詞
的影響或許不是很大，但如果遺漏了他，就顯得詞史有缺。」〔註124〕
都注意到若是將石湖詞略而不論，似乎有所不足。石湖詞在詞史上，
雖未能直接納入豪放或婉約派中，給予明確定位，但對於南宋由豪放
進入婉約所做的努力，如在兩種風格的嘗試創作上以及與姜夔在音樂
上的琢磨，確實對婉約派的形成有其影響力，亦因此，其詞在承先啓
後的地位上，是值得被建立的。

〔註124〕 史仲文：《兩宋詞史》（北京：中國社會出版社，2005 年），頁 231。

第三章 《石湖詞》詞牌之情境設計

　　文體演變由詩至詞，可說產生一大改變，詞的協樂、詞牌、分片都與詩的特色不同。其中，詞調可分令、引、近、慢，它們之間的區別乃由於音樂節奏、曲調來源的不同。令詞名稱來自唐代酒令，一般字少調短，字數最少的是〈十六字令〉。引，本是樂府詩體的一種。近詞和引詞一般都長於小令而短於慢詞，所以後來稱他們為中調。〔註1〕然亦有學者主張「令、引、近、慢」乃音樂上之分類，而後人所謂小令、中調、長調也者，則是就文字上做分類。〔註2〕

　　其中，小令、中調、長調的名稱是後起的，明嘉靖時顧從敬刻《類編草堂詩餘》始見。對於小令、中調、長調的劃分方式，清·毛先舒《填詞名解》卷一謂：「五十八字以內為小令，五十九字至九十字為中調，九十一字以外為長調。」如此以字數為歸類的方式，受到批駁，如清·萬樹《詞律·發凡》：「若以少一字為短，多一字為長，必無是理。如〈七娘子〉有五十八字者，有六十字者，將名之曰小令乎，抑中調乎？」〔註3〕提出增減一字即有不同劃分的不合

〔註1〕夏承燾、吳熊和著：《讀詞常識》（北京：中華書局，2005 年），頁28～32。

〔註2〕林玫儀：〈令引近慢考〉，《詞學考詮》（台北：聯經，1987 年）。

〔註3〕〔清〕萬樹：《索引本詞律》（台北：廣文，1971 年），頁1。

理處。

　　同樣的，高友工亦說道：「傳統上是以字數爲準，但是字數之決定始終有爭辯，而且同一調不同式的字數有異，往往多一字即入長調，少一字即入小令，其不合理是人所共知的。調和派加入中調一類，不但不解決問題，實際上更增加了困擾。我的構想是小令和長調根本應該做爲兩種詩體處理。歷史上小令是由絕句蛻變而出，故其字數限制總是以兩首七絕增減數字爲準。」〔註4〕高友工對一味的以某個字數爲劃分準則提出異議，並且認爲小令與長調應該分開處理。此外，小令和長調的作法與表現也有較大的差距，如清・沈祥龍《論詞隨筆》亦僅提及小令和長調作法，中調則付之闕如。〔註5〕

　　以《石湖詞》來說，小令和長調的創作內容、情感差異頗大，華巖〈論石湖詞〉亦云范成大：「在詞的創作中，小令和長調似乎也在『各司其職』，表現出迥然不同的兩種風格。」〔註6〕可見不論在理論上還是《石湖詞》的實際表現上，小令與長調都有被獨立探討的價值。鑑於此，本章選擇《石湖詞》的小令和長調加以討論，先就謀篇章法以見小令之特色，再探討時空設計上兩者的異同。以字數區分的方式由來已久，因此本文仍從清代毛先舒說法，只是若嚴格劃分有不合理之處，前述高友工也認爲有「增減數字」的空間，夏承燾、吳熊和亦云「實用時不可拘泥」，因此以五十八字、九十一字增減數字

〔註4〕　高友工：〈小令在詩傳統中的地位〉，《詞學》第九輯（上海：華東師範大學，1992 年），頁 19～20。

〔註5〕　〈小令作法〉：「小令須突然而來，悠然而去，數語曲折含蓄，有言外不盡之致。著一直語、粗語、鋪排語、說盡語，便索然矣。此當求諸五代宋初諸家。」〈長調作法〉：「長調須前後貫串，神來氣來，而中有山重水複，柳暗花明之致。句不可過於雕琢，雕琢則失自然。采不可過於塗澤，塗澤則無本色。濃句中間以淡語，疏句後接以密語，不冗不碎，神韻天然，斯盡長調之能事。」〔清〕沈祥龍：《論詞隨筆》，《詞話叢編》（五）（台北：新文豐，1988 年），頁 4050～4051。

〔註6〕　華巖：〈論石湖詞〉，《詞學》第六輯（上海：華東師範大學出版社，1988 年），頁 145。

爲準。〔註7〕

第一節　小令之謀篇章法

　　清・劉熙載《藝概・詞概》曰：「詞以鍊章法爲隱，鍊字句爲秀。秀而不隱，是猶百琲明珠而無一線穿也。」〔註8〕劉熙載認爲詞內部的邏輯結構和字句的精煉同等重要，不可顧此而失彼。至於章法，陳滿銘的定義爲：「所謂『章法』，探討的是篇章內容的邏輯結構，也就是聯句成節（句群）、聯節成段、聯段成篇的關於內容材料之一種組織。」〔註9〕並談及「章法」的概念由來已久，但確定它的範圍、內容及原則，形成體系，而成爲一個學門，則是晚近之事。以詞來說，章法確實是文學作品的內在精神，須具備此一特色，方能言之有序。詞中要能梳理出篇章的條理，也就是「謀篇」，首先要由起句、過片、結拍得之，此外，一首完整的詞，還要有曲直、虛實、疏密的安排，才能串起全篇，成爲佳作。本節探析小令之結構設計乃以詞體本身之結構爲主，輔以章法的概念，盼能呈顯《石湖詞》小令之結構特色。

一、謀篇

　　元・喬吉曾言：「作樂府亦有法，曰鳳頭、豬肚、豹尾六字是也。大概起要美麗，中要浩蕩，結要響亮。尤貴在首尾貫穿，意思清新，苟能若是，斯可以言樂府矣。」〔註10〕鳳頭、豬肚、豹尾的創作法除在樂府使用，更被擴及許多文學創作上。以詞來說，這三者講的大抵就是起拍、過片、結拍。詞的「分片」是其特殊之處，片與片的關係

〔註7〕　高友工說法見〈小令在詩傳統中的地位〉所引，夏承燾、吳熊和說法見《讀詞常識》（北京：中華書局，2005年），頁32。

〔註8〕　〔清〕劉熙載：《藝概・詞概》，《詞話叢編》（四），頁3699。

〔註9〕　陳滿銘：《章法學綜論》（台北：萬卷樓，2003年），頁33。

〔註10〕　〔元〕陶宗儀：《輟耕錄》卷八〈作今樂府法〉引，（北京：中華，1985年），頁131。

是音樂上的短暫休止而非一曲終了，因此詞的好壞還須考量過片的轉換。準此，此處探討謀篇就由起拍、過片、結拍切入。

（一）起拍

元·陸輔之《詞旨》：「對句好可得（鍊句易爲工），起句好難得（謀篇難湊巧）。收拾全藉出場。（謀篇之妙必起結相成，意遠句雋，乃十全之品）」〔註11〕認爲起句經營得好對於謀篇有所助益。讀者對於一首詞的最先印象就在於起句。好的起拍能使讀者迅速的進入詞境，小令因爲篇幅短，若未能於開篇就帶領讀者走入詞中場景氛圍，則恐讀完全篇仍有扞格之感。就《石湖詞》而言，則能避免此一缺失，其起拍之經營可歸納爲兩項特色，首先是：「提綱挈領，營造氛圍」。《石湖詞》中有五首〈秦樓月〉組詞，分別描寫女子不同時間的情思，其中有兩首皆在起拍就點明時間，分別爲：

> 窗紗薄。日穿紅幔催梳掠。催梳掠。新晴天氣，畫簷聞
> 鵲。　　海棠逗曉都開卻。小雲先在闌干角。闌干角。楊
> 花滿地，夜來風惡。

> 樓陰缺。闌干影臥東廂月。東廂月。一天風露，杏花如
> 雪。　　隔煙催漏金虯咽。羅幃暗淡燈花結。燈花結。片
> 時春夢，江南天闊。

第一首表現早晨的情思，窗紗之薄，使得在室內的女子就可以觀察室外動靜，然而未見良人，只見日光催促，更添無奈。她的晚起，除了因爲良人未歸，亦間接暗示長夜難寐、憂思難解。第二首寫女子樓頭悵望之深閨憂思，因爲思念，眼見景色亦顯缺憾，而闌干影在月色的映照下，也似乎與人呼應著，孤獨靜臥在東廂地面。對樓、闌干、月的觀察表現出她頻頻瞻望、望眼欲穿的失落，也以此將詞帶入靜謐孤寂的氛圍中。月的靜穆，使人得以在月光普照下沉思、觀照自我，易獲得深刻的感受，也常將心事遙托。因此，范成大詞中屢屢以月總領

〔註11〕　〔元〕陸輔之：《詞旨》，唐圭璋編：《詞話叢編》（一），頁302。

全詞氣氛，如〈臨江仙〉：「羽扇綸巾風嫋嫋，東廂月到薔薇。」、〈減字木蘭花〉：「枕書睡熟。珍重月明相伴宿。」、〈卜算子〉：「雲壓小橋深，月到重門靜。」、〈虞美人〉：「落梅時節冰輪滿，何似中秋看。」從月色中，引發複雜多樣的人生感受。

　　除了以時間、景色提綱挈領，帶起氣氛，亦有以情感凝聚氣氛者，如〈鷓鴣天〉：

> 休舞銀貂小契丹。滿堂賓客盡關山。從今嫋嫋盈盈處，誰復端端正正看。　　模淚易，寫愁難。瀟湘江上竹枝斑。碧雲日暮無書寄，寥落煙中一雁寒。

詞人看到武樂「小契丹」〔註12〕而直言「休舞」，或許一方面因為武樂表現出尚武善戰的精神，使他想到當前妥協於金的局勢；另一方面遼國的契丹，曾為北宋敵國，使愛國的他承受不住心中悲憤的情感。起句即有強烈的傾訴，給人深刻的印象。同樣將情感在起拍釋放的尚有〈好事近〉：「雲幕暗千山，腸斷玉樓金闕。」即便身處玉樓金闕，然思念之深依然令人斷腸。

　　不僅有低沉情調總領全詞，亦有以清新明快的情感帶起詞意者，如〈醉落魄・海棠〉：

> 馬蹄塵撲。春風得意笙歌逐。款門不問誰家竹。只揀紅妝，高處燒銀燭。　　碧雞坊裡花如屋。燕王宮下花成谷。不須悔唱關山曲。只為海棠，也合來西蜀。

宋・劉克莊《後村詩話》所錄兩首石湖詞，此即其中一首。這首詞為賞海棠後作，宴賞海棠，是蜀地相沿侈靡之風，賞花樂事既為石湖所愛，詠海棠之作也就情調昂揚。這首詞起拍化用孟郊〈登科後〉「春風得意馬蹄疾」〔註13〕，馬匹在風中伴隨著音樂，頗能展現詞人賞玩的興致。另外，〈西江月〉亦在首句開啟情調：「北客開眉樂歲，東君

〔註12〕小契丹乃樂曲名。契丹古代居住在西遼河上游的一個少數民族，曾建立遼朝，北宋宣和七年為金朝所滅。黃畬：《石湖詞校注》，頁 55。

〔註13〕邱燮友、李建崑校注：《孟郊詩集校注》（台北：新文豐，1997 年），頁 159。

著意華年」將元宵之日對於慶典之欣喜展露無遺。以情、以景入手摛題，使營造出的氛圍籠蓋全篇。

其次，起拍尚有「清雅情調，恬淡有味」之特色。清・何夢華言：「石湖雖以詩雄一代，而詞亦清雅瑩潔，迥異塵囂，小令更勝於長調。」〔註14〕石湖詞有一部分，彷彿獨立於塵俗之外，心境平淡，給人淡雅感受。如〈浣溪沙〉：

　　紅錦障泥杏葉韉。解鞍呼渡憶當年。馬驕不肯上航船。
　　　　茅店竹籬開席市，絳裙青袂斸薑田。臨平風物故依然。

上片追憶當年過浙江臨平鎮，起拍「紅錦」、「杏葉」帶來視覺感受，「呼渡」喚起聽覺感受，仿如見到詞人閒遊在村野間，呼馬上船之情景。利用回憶及農村景色，展現物境與心境的一般疏朗，頗有神閒氣定之姿。另外，〈浣溪沙・江村道中〉起拍亦給人相似感受：「十里西疇熟稻香。槿花籬落竹絲長。」遠處望去，農村一片豐收景象，上句爲遠景的視角，下句則爲近景，帶給人遠近視覺空間，此外，又引起「稻香」的嗅覺感受，喚起農村親切的滋味。除此之外，〈朝中措〉亦有相同情調：「繫船沽酒碧帘坊，酒滿勝鵝黃。」起句「繫船」、「沽酒」的動作具有畫面感，「酒滿」句更透露自身的心滿意足。

石湖詩作以〈四時田園雜興〉六十首最爲著稱，刻劃農民一年四季的勞動生活，乃范成大「野外即事，輒書一絕，終歲得六十篇」〔註15〕。錢鍾書在《宋詩選註》盛稱這六十首是「中國古代田園詩的集大成」、「范成大就可以跟陶潛相提並稱，甚至比他後來居上。」〔註16〕書寫農村田園景色是范成大詩中重要的一部分，以此功力入詞，詞意自然能清婉迴盪。如〈蝶戀花〉：

〔註14〕黃畬：《石湖詞校注》引，頁2。
〔註15〕〔宋〕范成大：〈四時田園雜興〉組詩前詩引，《石湖詩集》（台北：世界，1987年）。
〔註16〕錢鍾書：《宋詩選註》（北京：生活・讀書・新知三聯書店，2001年），頁328、330。

春漲一篙添水面。芳草鵝兒，綠滿微風岸。畫舫夷猶灣百轉。橫塘塔近依前遠。　　江國多寒農事晚。村北村南，穀雨纔耕遍。秀麥連岡桑葉賤。看看嘗麵收新繭。

此詞乃范成大退居石湖而作，寫蘇州附近田園風光。起拍寫湖面風光，再就船行所見展開描寫。《中興詞話》評此詞「詞意清婉，詠味之如在畫圖中。」〔註17〕乃因詞人能創造出靈動有致的畫面感。

〈眼兒媚〉亦有相似情調，起拍「酣酣日腳紫煙浮」，其中「酣酣」形容陽光之充足，「日腳」則爲太陽從雲縫中露出的光線。水氣在日光下，折射出紫色的光芒，並且浮動在空氣中。除了有視覺的細微描寫，更有對溫度的感受。對初春的陽光、雲彩、溫度的掌握都足見春之特徵。詠牡丹的〈玉樓春〉起拍爲「雲橫水繞芳塵陌，一萬重花春拍拍。」雲之橫、水之繞及風吹動萬重花朵，構成了一幅生動的畫面。

（二）過片

清・李佳《左庵詞話》：「吞吐之妙，全在換頭煞尾。古人名換頭爲過變，或藕斷絲連，或異軍突起，皆須令讀者耳目振動，方成佳制。」〔註18〕詞上下片的安排有換頭接續歇拍，亦有換頭另起新意者。其中，另起新意者有上景下情或是上情下景等方式，不論何者，只要詞人能發揮巧思，則能使詞讀起來不會流於破碎片斷或千篇一律。

《石湖詞》過片特色可歸納爲二：首先是「承上啓下，貫串全詞」。宋・張炎《詞源》：「最是過片不要斷了曲意，需要承上接下」〔註19〕雖然詞分上下片，但整首詞仍視爲一整體，因此上下片之間如能似斷若續，似有若無的縮聯著，則能延續上片的情感，如〈霜天曉角・梅〉：

〔註17〕　〔宋〕魏慶之：《中興詞話》，《詞話叢編》（一），頁 212。
〔註18〕　〔清〕李佳：《左庵詞話》，《詞話叢編》（四），頁 3119。
〔註19〕　〔宋〕張炎：《詞源》，《詞話叢編》（一），頁 258。

> 晚晴風歇。一夜春威折。脈脈花疏天淡，雲來去、數枝
> 雪。　　勝絕。愁亦絕。此情誰共說。惟有兩行低雁，知
> 人倚、畫樓月。

換頭以「勝絕」對上片梅花整體風姿作總結，「愁亦絕」則開啟下片
情思，有物有我，有景有情。另一首〈霜天曉角〉換頭處也能承續上
片，全詞為：

> 少年豪縱。袍錦圍花鳳。曾是京城遊子，馳寶馬、飛金
> 鞚。　　舊遊渾似夢。鬢點吳霜重。多少燕情鶯意，都瀉
> 入、玻璃甕。

上片回憶年少之風流倜儻，過拍以「舊遊渾似夢」總結上片，回到當
下，年華老去，當時的情意如今已不復見，只能使回憶在玻璃甕裡，
成為珍藏。

此外，〈眼兒媚·萍鄉道中乍晴，臥輿中，困甚，小憩柳塘〉換
頭亦佳：

> 酣酣日腳紫煙浮。妍暖破輕裘。困人天色，醉人花氣，午
> 夢扶頭。　　春慵恰似春塘水，一片縠紋愁。溶溶洩洩，
> 東風無力，欲皺還休。

清·許昂霄《詞綜偶評》云：「換頭，春慵緊接困字，醉字來細極。」
〔註20〕以春慵承接歇拍的困與醉，更能渲染詞意。俞陛雲則從另一角
度看其承接關係：

> 上闋「午夢扶頭」句領起下文。以下五句借東風皺水，極
> 力寫出春慵，筆意深透，可謂入木三分。〔註21〕

歇拍呼應題目之「小憩」，也暗示下片情緒之所由來，「春慵」亦緊
承「午夢扶頭」展開描寫。「筆意深透，可謂入木三分」可見俞陛雲
對這首詞的評價之高。過片後描寫，不但能接續上片，又更上一層

〔註20〕〔清〕許昂霄撰：《詞綜偶評》，《詞話叢編》（二），頁1556。
〔註21〕俞陛雲：《唐五代兩宋詞選釋》（上海：上海古籍，1985年），頁360。
　　　　俞陛雲於清光緒二十四年以一甲三名進士及第，尤諳詩詞，乃清代
　　　　經學大師俞樾之孫，當代文學家俞平伯之父。此書共收詞人一百二
　　　　十家，詞九百零九首，具有參考的價值。

樓，道出常人難以具體描摹的慵懶之情。這首詞的膾炙人口，亦由此可見。

其次，過片尚有「相同情思，另轉一意」之特色。宋・沈義父《樂府指迷》：「過處多是自敘，若才高者方能發起別意，然不可太野，走了原意。」〔註22〕詞中上下片應視為一整體，因此上下片之間需要若斷若續，才能接續情感。然若要表現相同情調，卻沒有轉換描寫，則顯得枯燥乏味、疊床架屋。《石湖詞》中，上下片之間有轉換描寫者，如〈南柯子〉：

> 悵望梅花驛，凝情杜若洲。香雲低處有高樓。可惜高樓、不近木蘭舟。　　緘素雙魚遠，題紅片葉秋。欲憑江水寄離愁，江已東流、那肯更西流。

上片講離人情思，起句即用陸凱贈范曄詩「折花逢驛使，寄與隴頭人」之典，表現朋友間情意深厚，詩詞中「梅花驛」不僅指客子的憩息之所，亦指來自遠方之信息。詞中離人或許希望能收到書信慰藉思念，然而卻落空，一如溫庭筠「過盡千帆皆不是，斜暉脈脈水悠悠，腸斷白蘋洲」〔註23〕般另人心碎。第二句化用《楚辭・九歌・湘君》中典故，〈湘君〉一篇表現從期待、追尋到失望的過程，也符合離人此刻心境。至歇拍傷心嘆息女子離自己之遙遠，道出思念之因。過拍依舊用典，呼應起拍。不寫另一時間的孤單、等待，而是轉寫女主角。女子並非無情人，只是書信難寄，欲憑江水寄託離別之愁，卻又不能盡意。上片以感嘆做結，下片則將感嘆化為疑問，男女主角雖不能見，然兩地相思之情已清楚呈現。詞的上下片彷彿一齣戲劇，情人遙相對望，訴不盡的傷感。此外，上下片的開頭正與秦觀〈踏莎行〉（霧失樓臺）「驛寄梅花，魚傳尺素」暗合，由此可見作者在起拍、換頭的巧妙安排。

另外，〈臨江仙〉過片亦為轉換詞意者：

〔註22〕〔宋〕沈義父：《樂府指迷》，《詞話叢編》（一），頁279。
〔註23〕張璋、黃畬編：《全唐五代詞》（台北：文史哲，1986年），頁235。

功行三千宜五福，長生何假金丹。從教滄海又成田。瓊枝
春不老，璧月夜長妍。　　　上界從來官府滿，何妨遊戲人
間。年年強健到樽前。莫辭杯瀲灩，君是酒中仙。

上片言及若想成爲長生不老的仙人，自可藉由修行來達成，不必靠金
丹。雖然人世時間流逝之快，然若能靜心欣賞美景，自能感到愜意。
換頭則轉寫仙界，諧趣的想像神仙官府人滿爲患之狀，而提出「何妨
遊戲人間」的人生哲理。其實若能遊戲人間，在人間亦能如同神仙生
活一般快適。

（三）結拍

結拍已到全首詞的尾聲，若未能收束全詞，則恐功虧一簣。因此
清・李漁言：「蓋主司之取捨，全定於終篇之一刻，臨去秋波那一轉，
未有不令人銷魂欲絕者也。」〔註24〕王國維《人間詞話》評李白「純
以氣象勝」，並言〈憶秦娥〉末句「西風殘照，漢家陵闕」爲「寥寥
八字，遂關千古登臨之口。」〔註25〕這八個字，透露出許多訊息，包
括秋風、黃昏給人的感受以及歷史帶給人興亡無常、昔盛今衰之寥落
感，這些複雜的情緒交織出蒼涼悲壯之感受。〔註26〕雖然王國維並未
強調結拍對詞的重要性，然此句正在結拍處，加強使用，更使詞意含
蘊無窮。宋・胡仔亦言：「凡作詩詞要當如常山之蛇，救首救尾，不
可偏也。」〔註27〕由此可見首尾皆不可偏廢之理。

《石湖詞》之結拍特色有二，首先是「警句做結，餘韻無窮」。
宋・張炎《詞源》：「末句最當留意，有有餘不盡之意乃佳。」〔註28〕
元・陸輔之《詞旨》舉出警句共九十二則，〔註29〕其中四則爲范成大

〔註24〕　〔清〕李漁：《窺詞管見》，《詞話叢編》（一），頁 555。
〔註25〕　〔清〕王國維著、徐調孚校注：《校注人間詞話・一〇》，頁 5。
〔註26〕　參林淑貞：〈〈憶秦娥〉蒼茫悲壯的歷史意象〉，《國文天地》第十九
　　　　　卷，第二期，頁 84～88。
〔註27〕　〔宋〕胡仔：《苕溪漁隱詞話》，《詞話叢編》（一），頁 175。
〔註28〕　〔宋〕張炎：《詞源》，《詞話叢編》（一），頁 265。
〔註29〕　〔元〕陸輔之：《詞旨下》，《詞話叢編》（一），頁 319。警句指的是

詞，三則警句都在結尾處，或許和放在結拍能造成韻味悠揚的效果有關。此外，詞內容、意境也關係到是否為警句，因此以下分別探討這三則，第一則警句出自〈醉落魄〉：

> 棲烏飛絕。絳河綠霧星明滅。燒香曳簟眠清樾。花影吹笙，滿地淡黃月。 好風碎竹聲如雪。昭華三弄臨風咽。鬢絲撩亂綸巾折。涼滿北窗，休共軟紅說。

詞人在樹下乘涼，坐在竹席上欣賞笙聲，充滿閑雅的生活情調，也使夏夜之寂靜與幽美展露無遺。俞陛雲云：「『淡黃月』句已頗清新，更有吹笙人在花影中，風情絕妙。」〔註30〕要能欣賞詞中風情者，必須心靈無所掛累，自足自適者始能如此。末句，「軟紅」即紅塵、塵土，指為塵世功名利祿奔走之人，詞人道出這樣沁人心脾的感受非凡夫俗子能夠體會，因此不要去對他們訴說。而此意正如同欲進入桃花源般，若能無機心、輕鬆自在自能進入這樣美好的世界。結拍以警句凝結情感，發抒感受，思致動人。

警句的第二則是〈憶秦娥〉〔註31〕，詞見起拍處所舉。「片時春夢，江南天闊」化用岑參〈春夢〉：「枕上片時春夢中，行盡江南數千里。」〔註32〕以精簡的兩個四言句，蘊含男子歸期未卜、思婦極度懷念而入夢的現實與想念，藉由景象的遼闊呼應夢境的縹緲，情景渾融。

承前，警句第三則為〈霜天曉角〉：

> 晚晴風歇。一夜春威折。脈脈花疏天淡，雲來去、數枝雪。 勝絕。愁亦絕。此情誰共說。惟有兩行低雁，知人倚、畫樓月。

上片言景，下片言情。過拍總結歇拍，歸結出「勝絕，愁亦絕」的濃

　　精煉、動人的文句。

〔註30〕俞陛雲：《唐五代兩宋詞選釋》（上海：上海古籍，1985年），頁359。

〔註31〕〈憶秦娥〉即〈秦樓月〉，兩者為同調異名。此處從陸輔之《詞旨》所引，而作〈憶秦娥〉。

〔註32〕陳鐵民、侯忠義：《岑參集校注》（台北：漢京，1985年），頁124。

郁情感，但此時卻又無人可傾訴。詞至此，若僅以哀傷嘆息的情緒字眼收束則顯得流俗。石湖以「惟有兩行低雁，知人倚、畫樓月。」引出低雁、畫樓、月，極美與極孤單的意象疊加，感受更加深刻，畫面也就在此停格，使人惆悵不已。

其次，結拍特色尚有「詞意盪開，情思悠長」。清‧李佳《左庵詞話》：「作詞結處，須有悠然不盡之意，最忌說煞，便直白無趣。」〔註33〕詞的結尾若能盪開，則能達到辭盡意不盡的效果。起拍所引之〈鷓鴣天〉（休舞銀貂小契丹）結語為：「碧雲日暮無書寄，寥落煙中一雁寒。」離別場合最末，夕陽、碧雲、煙與雁的意象交互融合，參雜無書寄的寥落感，迷離恍惚之中，表現心情之落寞。

過片處所舉的〈臨江仙〉（功行三千宜五福）結拍從過片「上界從來官府滿」盪開，而言「莫辭杯瀲灩，君是酒中仙」。以舉例作結，言若能歡樂飲酒，即是酒中仙，隱含杜甫〈飲中八仙歌〉：「李白斗酒詩百篇，長安市上酒家眠，天子呼來不上船，自稱臣是酒中仙」〔註34〕之典故，亦表現詞人心境的超脫。

劉克莊《後村詩話‧續集》選錄〈南柯子〉（悵望梅花驛），〔註35〕可見對這首詞的欣賞，全詞見過片處所引。以書信、題紅葉表現纏綿情感，至結拍不再直述情感，而是轉寫「江已東流、那肯更西流」的傷感之情。江水的流動本為自然界現象，此處以「哪肯」反問，儼然江水如同離人一般無情遠去。以問句作結，造成「用筆更曲，含哀更深」的效果。〔註36〕

另外，〈朝中措〉同樣以問句作結：

> 繫船沽酒碧帘坊。酒滿勝鵝黃。醉後西園入夢，東風柳色
> 花香。　　水浮天處，夕陽如錦，恰似鱸鄉。中有憶人雙

〔註33〕〔清〕李佳：《左庵詞話》卷上，《詞話叢編》（四），頁3105。

〔註34〕〔唐〕杜甫著，〔清〕楊倫箋注：《杜詩鏡銓》（台北：華正，1989年），頁159。

〔註35〕〔宋〕劉克莊：《後村詩話‧下》（台北：廣文，1971年），頁13。

〔註36〕唐圭璋：〈略論詞的起結〉，《詞學》第四輯，頁61。

淚，幾時流到橫塘。

眼淚自不可能流到橫塘，但詞人泛入想像，亦隱含對故鄉的思念。使一種去國遠離、無可奈何的深厚心情躍然紙上。同樣，〈浣溪沙〉：

歙浦錢塘一水通。閒雲如幕碧重重。吳山應在碧雲東。

　　無力海棠風淡蕩，半眠官柳日蔥籠。眼前春色為誰濃。

詞中流露春天氣息，海棠在微風吹拂下，顯得無力慵懶；日漸盎然的官柳亦如同充滿睡意般，如此春色，看在心中充滿閒愁之人的眼裡，只感到惆悵。

唐圭璋：「詞中結尾，有的以景結，有的以情結，有的以問語結，各極其妙。景語含蓄，較情語尤有意味。」〔註37〕《石湖詞》中，這三者兼而有之，不但能掌握各樣情感，亦能密切扣合詞中主旨。

二、章法

詞除了在形式上講求篇法，內部的章法構思亦相當重要。陳匪石《聲執》提出：「有曲直，有虛實，有疏密，在篇段之結構，皆為至要之事。」〔註38〕因此以下便著眼於這三部分的構思。

（一）曲直

陳匪石針對「曲直」有如下的說明：

曲直之用，昔人謂曲已難，直尤不易。蓋詞之用筆，以曲為主。寥寥百字內外，多用直筆，將無迴轉之餘地。必反面側面，前路後路，淺深遠近，起伏迴環，無垂不縮，無往不復，始有尺幅千里之觀，翫索無盡之味。〔註39〕

直筆使用較曲筆為難，因此若欲使用需配合內容，才不致於因直尋與人毫無起伏之感。范成大詞中使用直筆者，像是〈宜男草〉：

舍北煙霏舍南浪。雪傾籬、雨荒薇漲。問小橋、別後誰過，惟有迷鳥羈雌來往。　　重尋山水問無恙。掃柴荊、土花

〔註37〕唐圭璋：〈略論詞的起結〉，《詞學》第四輯，頁59。

〔註38〕陳匪石：《聲執》，《詞話叢編》（五），頁4951。

〔註39〕陳匪石：《聲執》，《詞話叢編》（五），頁4951。

> 塵網。留小桃、先試光風,從此芝草琅玕日長。

以順敘的方式寫山水體驗。這首詞為范成大晚年歸石湖之後所作,從雨後寫起,詞人走過小橋、進入山水、打掃塵埃,紀錄他與山水之親近,充滿閒適之情。配合著心情的疏朗,詞人用直筆的方式,更能襯托出雨後逸興。另外,〈卜算子〉:

> 涼夜竹堂虛,小睡匆匆醒。銀漏無聲月上階,滿地闌干
> 影。　　何處最知秋,風在梧桐井。不惜驂鸞弄玉簫,露
> 漙衣裳冷。

寫小睡醒來後所見所感,視角由高而低,最後定格於梧桐井,在好風明月的襯托下,他想像自己乘鸞弄玉簫,直到露水霑濕了衣裳。順著詞人醒後的視覺、想像,傳達晚涼沁人心脾之感,其實好風明月皆存在於天地間,端看人是否能靜心享受,詞人此刻乘興而行,與直筆的使用相得益彰。

除了以直筆鋪陳,有時則間雜曲筆使用,即在敘述之中以「插敘」的方式,插入一些情節、事件造成文意的起伏變化,也能適時的增添文章巧妙思維,如〈好事近〉:

> 昨夜報春來,的皪嶺梅開雪。攜手玉人同賞,比看誰奇
> 絕。　　闌干倚遍憶多情,怕角聲嗚咽。與折一枝斜戴,
> 襯鬢雲梳月。

寫梅花盛開,與玉人一同賞梅,換頭情調忽然低沉,插入心裡觸動的情思,結拍才又回到與伊人一同賞花的現實中,以插敘將情感拉到最高點。同樣使用插敘的還有〈減字木蘭花〉:

> 玉煙浮動。銀闕三山連海凍。翠袖闌干。不怕樓高酒力
> 寒。　　雙松凍折。忽憶衰翁容易別。想見鷗邊。壓損年
> 時小釣船。

上片雖言「不怕」樓高酒力寒,過片卻插入「忽憶」一句,表現酒後思緒萬千,心中對於離別的易感,也在此刻迸出。

(二)虛實

「虛」與「實」是文藝創作裡重要的一部分,不論書法、繪畫常

都要強調「留白」、「空白」，藉由虛與實的結合，使人欣賞時除了能領會有字、有畫處的美感，也能藉由留白處產生聯想，產生如清朝戴熙《習苦齋畫絮》所云：「畫在有筆墨處，畫之妙在無筆墨處」〔註40〕之境界。詞中的使用，則如陳匪石所云：

> 虛實之用，爲境之變化，亦藉筆以達之。敘景敘事，描寫逼眞，而一經點破，虛實全變。例如憶往事者，寫夢境者，或自己設想者，或代人設想者，只於前後著一語，或一二字，而虛實立判。〔註41〕

此處，他舉出「憶往事」、「寫夢境」、「設想」，這三者都是虛境。以下便以此探析《石湖詞》裡的虛與實。

首先，以「憶往事」來說，時間與空間是文學兩個重要元素，同樣地點，不同時間所造成今昔時空的交織就能喚起複雜的情思，如〈醉落魄〉（雪晴風作）下片：

> 去年小獵灘山腳。弓刀溼遍猶橫槊。今年翻怕貂裘薄。寒似去年，人比去年覺。

以去年和今年對照，冷靜的感受到「寒似去年，人比去年覺」，年歲增長與世事變化使他更加醒覺，也表現他對生命存在有深刻的認識。喬力亦提出：在這極平常的生活表層現象的深處，卻蘊涵著心理的「寒」，一種對於韶光易逝、美好生命漸次老去的無奈和人生遲暮的恐懼感。〔註42〕另外，〈卜算子〉（雲壓小橋深）起拍寫夜晚賞梅，「回首故園春，往事難重省」，由憶昔而傷今，感到昔日之樂不可再得，而歲月之逝又不可倒流。較〈醉落魄〉多了幾分頹傷、痛惜之情。這兩首詞，都藉由回顧，感到自身的變化及外在的難以挽回。〈霜天曉角〉同爲憶昔、述今，但有不同情調：

〔註40〕〔清〕戴熙撰、〔清〕惠年編：《習苦齋畫絮》（民國九年（1920）影印清光緒十九年（1893）刊本）卷九「便面類」，頁18。

〔註41〕陳匪石：《聲執》，《詞話叢編》（五），頁4951～4952。

〔註42〕喬力：〈情深與境闊：范仲淹范成大詞對讀〉，《范學論文集・下冊》（香港：新亞洲文化基金會有限公司，2004年），頁50。

少年豪縱。袍錦團花鳳。曾是京城遊子，馳寶馬、飛金
鞭。　　舊遊渾似夢。鬢點吳霜重。多少燕情鶯意，都瀉
入、玻璃甕。

年少時的豪縱已為「虛」，只剩下如今的鬢髮蒼蒼。但詞人並不傷感，
只將一切虛的回憶流入玻璃甕中。

其次，「寫夢境」也是詞人營造虛境的方式。夢境中，一心思念
的人、事、物歷歷在目，帶給人無限喜悅。夢醒時，卻是無比的殘
酷，因此詞人往往生發「休夢江南路。路長夢短無尋處。」（〈惜分
飛〉（易散浮雲難再聚））的感嘆，也導致即便是真的相見，都會有
「恐相逢如夢，夜闌添燭」（〈滿江紅〉（山繞西湖））之憂。醒時所見
是實，夢中情境為虛。范成大詞中，有將夢境放在結拍者，如〈浣溪
沙〉：

傾坐東風百媚生。萬紅無語笑逢迎。照妝醒睡蠟煙輕。
　　　采棟橫斜春不夜，絳霞濃淡月微明。夢中重到錦官城。

內容為詠海棠，看似寫賞花當下的感受，然至結拍，「夢中」二字點
明一切乃過去之事，即如陳匪石所言「或一二字，而虛實立判」。

同樣寫夢境還有〈秦樓月〉，詞為：「樓陰缺。闌干影臥東廂月。
東廂月。一天風露，杏花如雪。　　隔煙催漏金虯咽。羅幃暗淡燈花
結。燈花結。片時春夢，江南天闊。」結拍在夢境中到達另一個空間。
俞陛雲評道：

上闋言室外之景，月斜花影，境極幽俏。下闋言室內之人，
燈昏欹枕，夢更迷茫，善用空靈之筆，不言愁而愁隨夢遠
矣。〔註43〕

將夢境放在結拍更能產生一種幽長、迷茫之感。詞中愁緒在美好的夢
中得以擺落，夢境的描寫讓詞情昇華。喬力亦對夢境評道：

特別在結拍化用岑參〈春夢〉詩「枕上片時春夢中，行盡
江南數千里」句意，使境界擴大渾茫，意味更綿邈悠長，

―――――――――――――――

〔註43〕俞陛雲：《唐五代兩宋詞選釋》（上海：上海古籍，1985年），頁361。

　　　　全然吐棄了他們那些浮豔靡曼色調。〔註44〕

雖然與原句同寫虛境，但是石湖用法更加凝練，雖是寫情，卻能不落俗套，寫夢境也能創造出不同的審美感受。此外，夢境中有些情景如真似幻，如〈浣溪沙〉（白玉堂前綠綺疏）：「夢裡粉香浮枕簟，覺來煙月滿琴書。」以細緻的美感，清淡的情緒傳達夢境的虛無縹緲。〈朝中措〉（繫船沽酒碧帘坊）：「醉後西園入夢，東風柳色花香。」溫暖的春風感受加上柳色之美、花朵之香，使人如入仙境。

　　再次，「設想」也能使實轉虛。神話傳說在宋詞裡經常被使用，因為這些故事久已深植人心，牛郎與織女的愛情故事尤廣為傳頌，但是著眼點不同，往往重新構思就能使詞意曲折有致。范成大即是運用想像，以虛筆寫出天上世界：

　　銀渚盈盈渡，金風緩緩吹。晚香浮動五雲飛。月姊妒人、
　　顰畫一彎眉。　　短夜難留處，斜河欲淡時。半愁半喜是
　　佳期。一度相逢、添得兩相思。（〈南柯子・七夕〉）

　　雙星良夜，耕慵織懶，應被群仙相妒。娟娟月姊滿眉顰，
　　更無奈、風姨吹雨。　　相逢草草，爭如休見，重攪別離
　　心緒。新歡不抵舊愁多，倒添了、新愁歸去。（〈鵲橋仙・
　　七夕〉）

兩首起拍都將空間拉到銀河，進入想像的世界，〈南柯子〉描寫織女在銀河間翩然起步，秋風緩緩吹來、香味浮動在空中的美麗景致。〈鵲橋仙〉則寫相見的夜晚，兩人都無心工作。范成大詞貼近人心的設想相見前的「半愁半喜」以及相見後「相逢草草，爭如休見，重攪別離心緒。」、「新歡不抵舊愁多，倒添了、新愁歸去。」發自肺腑的感嘆使離情別緒更加紛亂。詞中牛郎織女故事用的是虛筆，但所設想的何嘗不是真實人生悲劇，相見後承受離別的痛苦，而興起不如不見之感，正是常人抱持的想法。因此，詞就構成虛中有實的特別

〔註44〕　喬力：〈情深與境闊：范仲淹范成大詞對讀〉，《范學論文集・下冊》
　　　　　（香港：新亞洲文化基金會有限公司，2004 年），頁 27。

意味。

　　七夕詞最爲人所熟知者，莫過於秦觀〈鵲橋仙〉（纖雲弄巧）名句：「兩情若是久長時，又豈在、朝朝暮暮。」而范成大這首詞，就不再針對同樣的想法著墨，而是重視平凡人無法擺落的感情，相聚的歡樂，也總是被離別的愁緒蓋過，貼近人心的表達，也讓構思更加曲折。喬力認爲最後兩句較之秦觀「兩情」二句在渾厚高古上有所不及，但卻別見一番頓挫跌宕之妙。〔註45〕相同的神話，置入新的構思，也彷彿有了嶄新的生命。

　　此外，〈南柯子〉亦以眞實與想像做結合：

　　　悵望梅花驛，凝情杜若洲。香雲低處有高樓。可惜高樓、
　　　不近木蘭舟。　　緘素雙魚遠，題紅片葉秋。欲憑江水寄
　　　離愁。江已東流、那肯更西流。

這首詞以設想不可能成眞的事作爲喻托，傳達自己深切的思念。結合眞實與想像，有虛有實，讓詞中情感深了一層。俞陛雲評論此詞：

　　　上、下闋之後二句，高樓而移傍蘭舟，東流而挽使西注，
　　　皆事理所必無者，借以爲喻，見虛願之難償。此與前首之
　　　「兩行低雁」二句，雖設想不同，而皆從側面極力濬發，
　　　本意遂顯呈於言外矣。〔註46〕

歇拍與結拍都同樣使用「設想」，意在言外，詞情蘊藉。

　　另外，常被使用的神話還有嫦娥，如〈好事近〉（雲幕暗千山）：「應是高唐小婦，妒姮娥清絕。」〈虞美人〉（落梅時節冰輪滿）：「瓊樓玉宇一般明。只爲姮娥添了、萬枝燈。」藉由嫦娥神話引伸出想像，也能予人萬般感受。

　　除了以虛筆寫神話，寫花時也多用虛筆，如〈浪淘沙〉：

〔註45〕　喬力：〈情深與境闊：范仲淹范成大詞對讀〉，《范學論文集・下冊》
　　　　　（香港：新亞洲文化基金會有限公司，2004年），頁36。
〔註46〕　俞陛雲：《唐五代兩宋詞選釋》（上海：上海古籍，1985年），頁362。
　　　　　「兩行低雁」二句指的是〈霜天曉角・梅〉（晚晴風歇），「惟有兩行
　　　　　低雁，知人倚、畫樓月。」前文結拍處已說明，不再贅述。

黯淡養花天。小雨能慳。煙輕雲薄有無間。官柳絲絲都綠
遍，猶有春寒。　　空翠溼征鞍。馬首千山。多情若是肯
俱還。別有玉杯承露冷，留共君看。

起拍以實筆寫牡丹盛開的時間及賞愛牡丹之情，結拍則泛入想像，以
虛筆寫想像牡丹若是肯回報情意，則絕品牡丹即使在風露中受冷，亦
能努力的承受，以便留下最美好的姿態給人觀賞。〈菩薩蠻〉寫木芙
蓉，首句「冰明玉潤天然色」為實，「淒涼拚作西風客，不肯嫁東風。
殷勤霜露中。」則為虛筆。藉由想像，增添詞中情感份量，也使筆勢
頓挫，詞意深厚。

（三）疏密

　　「疏密」的使用在繪畫、文章亦為重要之一環，「疏」甚至較
「密」為難，如清·戴熙云：「世謂疏難於密，為密可躲閃，疏不
可躲閃，非也，密從有畫處求畫，疏從無畫處求畫，無畫處須有畫
所以難耳。」〔註47〕從無畫處求畫，即須靠畫家對作品整體氛圍之
把握以及境界之經營。而陳匪石《聲執》則說明文章裡疏密之經營
方式：

> 疏密之用，筆之變化，實亦境與氣之變化。如畫家濃淡淺
> 深，互相調劑。大概綿麗密緻之句，詞中所不可少。而此
> 類語句之前後，必有流利疏宕之句以調節之。否則鬱而不
> 宣，滯而不化，如錦繡堆積，金玉雜陳，毫無空隙，觀者
> 為之生厭。〔註48〕

由此，可見一首詞裡，需要注意「綿麗密緻」與「流利疏宕」句子的
安排，不能全首鋪排感情濃烈、雕琢工緻之句，也不能全首都淺顯平
易，不加變化，始能形成疏密有致之效果。

　　承此，運用「點染」的方式就是讓文章疏密有致的一個方法。
清·劉熙載已提出「點染」之法，其《詞概》云：

〔註47〕〔清〕戴熙撰、〔清〕惠年編：《習苦齋畫絮》（民國九年〔1920〕影
　　　　印清光緒十九年〔1893〕刊本）卷六「立幅類」，頁5。
〔註48〕陳匪石：《聲執》，《詞話叢編》（五），頁4952。

> 詞有點有染，柳耆卿雨霖鈴云:「多情自古傷離別，更那堪
> 冷落清秋節。今宵酒醒何處，楊柳岸、曉風殘月。」上二
> 句點出離別，「冷落」、「今宵」兩句，乃就上二句意染之。
> 點染之間，不得有他語相隔。隔則警句亦成死灰矣。〔註49〕

此處「點」重於情，染則以景鋪寫。先以「點」陳述描寫的重點，
再就此加以鋪陳。陳滿銘〈論幾種特殊的章法〉則對點染法加以定
義爲:

> 「點」，指時、空的一個落足點，僅僅用作敘事、寫景、抒
> 情或說理的引子、橋梁或收尾;而「染」則是各種內容本
> 身。〔註50〕

將點染的範圍明確定義，也擴大了點的內容。以點染搭配的方式，就
能讓詞充滿藝術感染力。范成大〈惜分飛〉即以點染的方式呈現:

> 易散浮雲難再聚，遮莫相隨百步。誰喚行人去。石湖煙浪
> 漁樵侶。　　重別西樓腸斷否。多少淒風苦雨。休夢江南
> 路。路長夢短無尋處。

首句點出了人生如同浮雲一樣易散的現實，也道出難以相聚之傷感，
「遮莫」以下則爲「染」的部分，「相隨百步」、「腸斷」、「路長夢短」
都就首句「難再聚」而渲染。

亦有以時間爲「點」者，詞作如下:

> 昨夜報春來，的皪嶺梅開雪。攜手玉人同賞，比看誰奇
> 絕。　　闌干倚遍憶多情，怕角聲嗚咽。與折一枝斜戴，
> 襯鬢雲梳月。(〈好事近〉)

> 霜餘好探梅消息。日日溪橋側。不如君有似梅人。歌裡工
> 顰妍笑、兩眉春。　　疏枝冷蕊風情少。卻稱衰翁老。從
> 教來作靜中鄰。冷淡無言無笑、也無顰。(〈虞美人·寄人
> 覓梅〉)

這兩闋詞描寫賞梅。第一首詞先點出「昨夜報春來，的皪嶺梅開

〔註49〕〔清〕劉熙載:《藝概·詞概》，唐圭璋:《詞話叢編》(四)，頁 3705。
〔註50〕陳滿銘:《章法學論粹》(台北:萬卷樓，2002 年)，頁 75～76。

雪」，接著敘述一同賞梅的對象，可和梅花比美。下片則插入賞梅興
起的感受，以及折梅斜戴之事。第二首起拍從欣賞梅花的時間寫起，
為「點」的部份。接著為「染」的部份，先寫賞梅地點，以及寄人
語、和梅花的互動、對梅花的觀感。另外，〈卜算子〉「涼夜竹堂虛，
小睡匆匆醒。」點出時間為小睡後醒來。「銀漏無聲月上階，滿地闌
干影。何處最知秋，風在梧桐井。不惜驂鸞弄玉簫，露溼衣裳冷。」
寫後續動作與感觸。時間、地點、人物、動作、感受都在點染之間
呈現。

　　綜前言之，誠如清・沈祥龍《論詞隨筆》所言：「詞有三法，章
法、句法、字法也。章法貴渾成，又貴變化。」〔註51〕《石湖詞》小
令起拍雖未能如李清照〈聲聲慢〉「尋尋覓覓，冷冷清清，悽悽慘慘
戚戚」之「突然而來」〔註52〕；亦未能如歐陽脩〈踏莎行〉（候館梅
殘）結拍「平蕪盡處是春山，行人更在春山外。」般「悠然而去」，
然在結構安排上已能講求渾成中有變化。如「換頭」除能承上啓下，
亦有另起一意，以求變化；結拍除能順勢而下，亦能以警句、問句強
化藝術性；起拍除了能提綱挈領，亦能力求景語靈動有致，情語真摯
動人。章法上，以曲直、虛實、疏密看出詞人精神內涵，也能表現詞
的靈魂，往復回還，曲折多姿，含蓄有味。

第二節　長調之時空設計

　　蔡嵩雲《柯亭詞論》云：「慢詞與小令，不獨體製迥殊，即文心
內容，亦一繁一簡。」並言創作慢詞「如建大廈然，其中曲折層次甚
多，入手必先慘淡經營，方能從事土木。」〔註53〕因此，長調從開始
就必須苦心構思，方能鋪排成全篇。黃永武《中國詩學・設計篇》也
說「人與自然時空是那樣奇妙地融合無間，情感與哲理，不喜歡脫離

〔註51〕〔清〕沈祥龍：《論詞隨筆》，《詞話叢編》（五），頁 4049。
〔註52〕〔清〕沈祥龍：《論詞隨筆》，《詞話叢編》（五），頁 4050。
〔註53〕蔡嵩雲：《柯亭詞論》，《詞話叢編》（五），頁 4904。

時空景象，去作純粹的摹情說理，每每透過時空實象的交互映射予以形象化。」〔註54〕我們都無法脫離時空而獨存，甚且，必須受時間與空間的牽制，因此，對於時間與空間的感受尤深。文學作品是真實人生的表現，當然也就呈現出時間、空間感。因此本節討論時空設計，先以王國維所標舉出的「大境」、「小境」闡述長調與小令之差異，再就長調之「虛實」空間加以探討。

一、大小境之經營

華嚴在〈論石湖詞〉裡引王國維《人間詞話·一》：「詞以境界為最上。有境界則自成高格，自有名句。」而云「范石湖小令的特點是輕淡秀婉，以情見長。他的長調是明麗曠逸，以境界取勝。」又說：「石湖小令情切意長，語氣急促，節奏緊湊，如溪流注澤，涓涓奔瀉，毫不呆滯。而長調則境界開闊，句法疏盪，音節徐緩，如湖水拍岸，蕩迂回漾。」〔註55〕以「境界」稱賞石湖之長調用意頗佳，然卻對何為「境界」未多加說明，且說明長調「境界開闊」，小令之境界則付之闕如，此為美中不足之處。職是，若以《人間詞話·八》之大境、小境，說明《石湖詞》的小令與長調，對兩者均有偏重，或許就能對小令與長調有更深入之詮釋。

王國維在《人間詞話·八》云：

> 境界有大小，不以是而分優劣。「細雨魚兒出，微風燕子斜。」何遽不若「落日照大道，馬鳴風蕭蕭」，「寶簾閒掛小銀鉤」，何遽不若「霧失樓臺，月迷津渡」也。〔註56〕

此則舉出兩組作品，前者是杜甫詩句，後者則是秦觀詞句。以「細雨魚兒出，微風燕子斜。」、「寶簾閒掛小銀鉤」代表小境，另兩者則是「大境」。學者多就大小境有所闡述，如葉嘉瑩認為境界的大小是

〔註54〕黃永武：《中國詩學·設計篇》（台北：巨流，1976 年），頁 43。

〔註55〕華嚴：〈論石湖詞〉，《詞學》第六輯，頁 145。

〔註56〕〔清〕王國維著，徐調孚校注：《校注人間詞話》（台北：頂淵，2007 年），頁 4。

就「作品中取景的巨細及視野的廣狹」而言，〔註57〕其中取景與視野都和空間的營造有關係。顧冠華〈試論境界的「大」和「小」〉則認為：「大小境界構成的根本因素和判別依據，是作品展現的時空跨度。時空的跨度越大，境界越大；跨度越小，則境界越小。」此外，又考量到「境非獨謂景物也，喜怒哀樂亦人心中之一境界。」因此作者將抽象的感情融匯在心造的擴大時空中，也正表現作者心境的坦蕩、博大。〔註58〕由此可知，大、小境除了能就取景的巨細及視野的廣狹來考量，也可從時間與空間的跨度來審視，更能從中看出作者的心境。

　　《石湖詞》裡的小令多以小境出之，長調則多以大境開展詞作，予人的審美感受就有很大的差異。〔註59〕如〈念奴嬌〉一詞，就頗能表現長調中的「大境」，詞為：

> 吳波浮動，看中流翻月，半江金碧。醉舞空明三萬頃，不管姮娥愁寂。指點瓊樓，憑虛有路，鯨背橫東極。水雲飄蕩，闌干千丈無力。　　家世回首滄洲，煙波漁釣，有鷗夷仙跡。一笑閒身遊物外，來訪扁舟消息。天上今宵，人間此地，我是風前客。濤生殘夜，魚龍驚聽橫笛。

以空間來說，起拍即寫視覺所見，「半江金碧」，已能展現視野的廣闊，之後也有「瓊樓」到「人間」的高低。藉由平視的遠近及仰觀、俯察造成的高低，拉出詞裡的空間跨度。此外，詞中大小對比，更顯出空間之壯闊。起拍是遠的畫面，寫的是大的景物，接著視野漸近，縮小至一人醉舞，以三萬頃的遼闊烘托出舞動的空間。至結拍，天上與人間都是大的空間，對比於風前客的「我」，再度創造出大與小的對比。這樣如同鏡頭特寫一般的效果，在黃永武《中國詩學‧設

〔註57〕葉嘉瑩：《王國維及其文學批評》（香港：中華書局，1980 年），頁245。

〔註58〕顧冠華：〈試論境界的「大」和「小」〉，《江海學刊》1985 年第 4 期，頁 75。

〔註59〕綜觀《石湖詞》，小令亦有近於大境之作，長調有近於小境之作，然為少數，因此，此處僅討論大部分作品所呈現之特色。

計篇》稱爲「空間的凝聚」，並說明「把精神集中在上面，給予特寫，使這個凝聚的焦點分外凸出。」〔註 60〕孫立亦云：「宋人不僅在詞中描繪出一個個大小空間，而且還往往在詞作中以大小空間形式的相映、揉合，作爲情調的渲染、加著。這樣，既有大場面的景物鋪展，又有小場面的細膩描寫，而且所構成的空間跳躍也頗能反映出作者內在的細微意緒。」〔註 61〕詞先以空間的跨度帶出「大境」，再以人、酒杯等的焦點與之對比，不但更能顯出境界之大，也能以此反應出作者的感情。

　　長調中同樣使用大小對比還有〈滿江紅〉（千古東流）：「任炎天冰海，一杯相屬」，從廣大的天地之中，跳至眼前與友人把酒言歡的酒杯。〈酹江月〉（浮生有幾）：「兩岸煙林，半溪山影，此處無榮辱。荒臺遺像，至今嗟詠不足。」從兩岸、半溪至荒臺遺像，由大至小，逐漸凝聚，「無榮辱」與「嗟詠不足」亦造成對比。

　　另外一首〈念奴嬌〉亦有遠近、高低之鋪排，詞爲：

> 水鄉霜落，望西山一寸，脩眉橫碧。南浦潮生帆影去，日落天青江白。萬里浮雲，被風吹散，又被風吹積。尊前歌罷，滿空凝淡寒色。　　人世會少離多，都來名利，似蠅頭蟬翼。贏得長亭車馬路，千古羈愁如織。我輩情鍾，匆匆相見，一笑眞難得。明年誰健，夢魂飄蕩南北。

上片以天地山川表現空間之跨度，僅有「尊前歌罷」是近景，其餘爲遠景，遠景又可分高低，從「水鄉霜落」到「帆影去」寫的是地面、江上，「日落」從空中到地面，「天青」是空中，「江白」則又是江上，「萬里浮雲，被風吹散，又被風吹積」是空中，「尊前歌罷，滿空凝淡寒色」又從眼前到仰觀空中，如以詞中排列來看，則高低不停的變幻。高、低、遠、近的交錯看似雜亂無章，然而在詞中卻有特殊的涵義。因爲在詞境中，以內心的感受、情感爲主要，外部之景爲次要，

〔註 60〕黃永武：《中國詩學──設計篇》（台北：巨流，1976 年），頁 58。
〔註 61〕孫立：《詞的審美特性》（台北：文津，1995 年），頁 121。

詞裡的景物常被打亂，並經過心理感受重新組合，因此所描寫的境界主要是心理之境。〔註62〕上片先以景物的變化、視角的移動出之，敏銳的讀者已能由此稍稍體會出作者的心緒。涵括整個空中、地面、江上的取景，與日之落、雲之飄散的直向、橫向視角，使得這首詞景物壯闊。再看時間跨度，以「千古」的羈愁，表現永恆的無奈與痛苦，結拍更從當下想到「明年誰健」，以千古的恆常反襯自身的短暫無常。時間、空間的鋪陳以及情感的體驗上，呈現壯闊、深遠的特徵，也因此顯現出「大境」的意蘊。

〈水調歌頭〉（萬里籌邊處）也以高低交錯的視角表現心緒，詞作下片為：

> 分弓了，看劍罷，倚闌時。蒼茫平楚無際，千古鎖煙霏。野曠岷嶓江動，天闊崤函雲擁，太白暝中低。老矣漢都護，卻望玉關歸。

前三句為近景，接著平視，看到遠方一望無際，最後，則將遠景中的高與低交錯使用。若是抽離「岷嶓」、「崤函」，則「野曠、江動」是低，「天闊、雲擁」為高。山對比於江水，自是高了許多，而對比於天雲，則又為低，因此插入其中，則造成「低→高→低」「高→低→高」的效果，如此繁雜的視點，似乎就透露心緒的不平靜。此闋作於范成大治蜀時期，〔註63〕以流動的視點暗示心緒之紛亂，至結拍「老矣漢都護，卻望玉關歸」才點出因為思念家鄉之故。藉由視點的流動與詞意的發展，將詞人內心鬱悶表現得淋漓盡致。

綜上所述，以大境創造出的時空使作品顯得波瀾壯闊，氣勢旺盛。至於小令，石湖常以小境來營造，如〈秦樓月〉：

> 窗紗薄。日穿紅幔催梳掠。催梳掠。新晴天氣，畫簷聞鵲。　　海棠逗曉都開卻。小雲先在闌干角。闌干角。楊花滿地，夜來風惡。

〔註62〕參蘇珊玉：〈《人間詞話》詩詞審美平議——「詩之境闊，詞之言長」〉，《高雄師大學報》，2004年第16期，頁250。
〔註63〕黃聲儀：《石湖詞研究及箋注》，頁161。

相較於上述〈念奴嬌〉(水鄉霜落)之「千古羈愁如織」,及〈水調歌頭〉(萬里籌邊處)「千古鎖煙靄」的時間跨度,〈秦樓月〉時間僅限於一天當中從日到夜,頗能符合思婦之幽微思緒,因爲等待時,度日如年,期盼情人當下就能歸來,因此無心也不敢思及未來的漫長日子。空間上,也是較爲侷限的,起拍時,女子身處室內,之後的視覺也都不出庭院,詞人以取景的狹窄暗示詞中思婦心中的鬱悶。此外,〈浣溪沙〉也表現侷限的空間:

> 歙浦錢塘一水通。閒雲如幕碧重重。吳山應在碧雲東。
> 　無力海棠風淡蕩,半眠官柳日葱蘢。眼前春色爲誰濃。

雖然寫出空中之雲,卻以「如幕碧重重」阻隔,使得空間爲之閉鎖,「眼前春色」更將視野縮小至眼前,就和大境的縱橫開闊有差距。不論取景還是視野,時間或是空間跨度,都不如長調的廣闊、長遠,以此造成審美感受的異趣。

二、以虛實見曲致

　　小令與長調雖然營造出大小境的不同,但是構成詞中的要素卻有相似之處,如「虛實」的使用。虛實結合的用意如張少康所言:

> 虛實結合的重點是強調虛的作用。在藝術形象塑造中要使實的描寫能引導人產生某種必然的聯想,從而構成一個虛的境界,使實的境界和虛的境界相結合,從而形成更加豐富的生動藝術形象。〔註64〕

文學除了寫實,更要有想像力。《文心雕龍・神思》即是談及文學創作中想像力的問題,「故寂然凝慮,思接千載;悄焉動容,視通萬里;吟詠之間,吐納珠玉之聲;眉睫之前,卷舒風雲之色」。〔註65〕其中,「思接千載」、「視通萬里」靠的就是想像力,讓作者到另一個虛空間,以激發寫作的靈感。因此,「虛」的部分在作品中和「實」一樣重要,甚至,「虛」、「實」結合,是爲了強調「虛」。前引述陳匪

〔註64〕 張少康:《中國古代文學創作論》(台北:文史哲,2004 年),頁 229。
〔註65〕 王更生:《文心雕龍讀本・下篇》(台北:文史哲,1999 年),頁 3。

石所提出的「憶往事」、「寫夢境」、「自己設想」、「代人設想」，都能造成「虛實全變」。〔註 66〕而此四者的效果，也常都藉由另一時空得以展現。

《石湖詞》中，憶及往日時空者，如〈水調歌頭・人日〉：

元日至人日，未有不陰時。新年叶氣，無處人物不熙熙。萬歲聲從天下，一札恩隨春到，光采動天雞。壽域遍寰海，直過雪山西。　　憶曾預，宣玉冊，捧金巵。如今萬里，魂夢空繞五雲飛。想見大庭宮館，重起三山樓觀，雙指赭黃衣。此會古無有，何止古來稀。

上片寫人們過新年的歡喜，乃當下的真實感受。至下片轉入虛筆，回憶自己在朝廷裡「宣玉冊，捧金巵」，但是如今這些回憶的場景，除了在腦海中浮現，也僅能在夢中見到。往昔的顯赫如今僅能以記憶、夢境中的仙境拼湊，不勝唏噓。另外，〈滿江紅〉也憶及往事：

天氣新晴，尋昨夢，池塘春早。雨過湔裙，水上柳絲風嫋。卻憶去年今日，桃花人面依前好。怪今年、酒量卻添多，銀杯小。　　誰勸我，玉山倒。催細抹，翻新調。漸金狎壓錦，噴首雲繞。籠柏飛來雙翠袖，弓彎內樣人間少。爲留連、春色伴山翁，都休老。

春日雨後，柳絲在嫋嫋微風中，搖曳水面，使他憶起去年今日，接著，此處化用唐代崔護〈題都城南莊〉「去年今日此門中，人面桃花相映紅」〔註 67〕詩句，回憶當時的美好。起拍寫現實，之後以虛筆將時空拉至去年，之後再回到實境之中。同樣憶往事的還有〈念奴嬌〉起拍兩句：「十年舊事，醉京花蜀酒，萬葩千萼。一棹歸來吳下看，俯仰心情今昨。」、〈滿江紅〉（千古東流）「夜雨翻江春浦漲，船頭鼓急風

〔註 66〕陳匪石：《聲執》，《詞話叢編》（五），頁 4951～4952。陳匪石提出曲直、虛實、疏密之章法，其中僅有虛實牽涉到時空設計，因此僅取此探討。

〔註 67〕富壽蓀選註、劉拜山評解：《唐人絕句評注》（台北：木鐸，1982 年），頁 187。

初熟。似當年、呼禹亂黃川，飛棱速。」以憶往事帶出的時空，拓展詞意，虛實之間，情致已有轉折。

此外，也有代人設想者，如〈水調歌頭〉中：

> 細數十年事，十處過中秋。今年新夢，忽到黃鶴舊山頭。老子個中不淺，此會天教重見，今古一南樓。星漢淡無色，玉鏡獨空浮。　　斂秦煙，收楚霧，熨江流。關河離合、南北依舊照清愁。想見姮娥冷眼，應笑歸來霜鬢，空敝黑貂裘。醻酒問蟾兔，肯去伴滄洲。

上片寫出當日的宴會與過中秋的感受，下片則寫出他所擔憂之事，直直寫來，詞情凝重，至「想見」一句，設想嫦娥在月宮中，冷眼嘲笑他的失意，就為詞增加不同的情致，諷刺與悲哀雜揉，更能加深他的愁。清代沈祥龍《論詞隨筆》云：「長調須前後貫串，神來氣來，而中有山重水複、柳暗花明之致。」〔註68〕以設想融入詞中，使情感跳脫，就彷彿為詞中開展出柳暗花明之境。

有時，他也處於夢境中的虛空間，如〈念奴嬌〉（水鄉霜落）下片：

> 人世會少離多，都來名利，似蠅頭蟬翼。贏得長亭車馬路，千古羈愁如織。我輩情鍾，匆匆相見，一笑真難得。明年誰健，夢魂飄蕩南北。

人生在世，得到名利，同時也被羈愁籠罩，且失落了原有的笑容。甚且，因為羈旅漂泊，即使在夢中，魂魄也得不到安穩的居所，只能在南北中飄蕩。

綜上所論，長調藉由「大境」的時空塑造，以取景之大、視野之廣，及古今的時間開展，遠近、高低的空間跨度，讓詞產生一種開闊氣勢，也藉由大小對比，渲染詞境。相較於長調，小令則以侷限的空間，短暫的時間鋪陳，製造淡婉的情調，營造出「小境」的特色。小令與長調除了迥然不同的整體風格，內部構成則有相似之處，以「憶

〔註68〕〔清〕沈祥龍：《論詞隨筆》，《詞話叢編》（五），頁4050。

往事」、「寫夢境」、「設想」帶出另一個時空，增加詞裡蘊含的能量，並增加詞中曲折之致。

第三節　詞牌風格與聲情

　　詞原先配樂而歌，不同樂曲呈現的藝術風格各異，如〈燕南芝菴先生唱論〉云：「仙呂宮唱清新綿邈，南呂宮唱感嘆悲傷，中呂宮唱高下閃賺，黃鍾宮唱富貴纏綿，……商調唱悽愴怨慕，角調唱鳴咽悠揚，宮調唱典雅沉重，越調唱陶寫冷笑。」〔註69〕聲情與文情若能配合，則能相得益彰，如清·沈祥龍《論詞隨筆》所云：「詞之體各有所宜，如弔古宜悲慨蒼涼，紀事宜條暢滉漾，言愁宜鳴咽悠揚，述樂宜淋漓和暢，賦閨房宜旖旎嫵媚，詠關河宜豪放雄壯，得其宜則聲情合矣，若琴瑟專一，便非作家。」〔註70〕因此，詞人欲表情達意時，常會選擇與情感相應的詞牌或韻腳創作。

　　詞有「本事」〔註71〕，因此詞人可以選擇創作與本事相關的題材，亦可以打破詞牌一貫的表達方式，轉換不同的情意內容。以前者來說，例如〈水調歌頭〉韻味豪放瀟灑，豪放詞人多用此調，而以婉約為主導風格的詞人，如秦觀、周邦彥、李清照都未嘗染指，同樣的，〈憶秦娥〉般柔婉幽密的詞風，辛棄疾也未嘗創作。以後者來說，像〈滿江紅〉在岳飛壯懷激烈、慷慨悲憤的傑作流傳之後，就具有了新的特色。〔註72〕從詞牌選用，可看出詞人創作風格，亦可觀察選用後的創作內涵是否依從本事、遵循前人，抑或後出轉精，自創一格。

〔註69〕　〔元〕陶宗儀：《輟耕錄》卷二十七〈燕南芝菴先生唱論〉（北京：中華，1985年），頁415～416。

〔註70〕　〔清〕沈祥龍：《論詞隨筆》，《詞話叢編》（五），頁4049。

〔註71〕　此處「本事」指詞牌最先創作時所依據之事實。

〔註72〕　參王兆鵬等評注：《中國歷代詞分調評注·水調歌頭》（成都：四川文藝出版社，1998年），頁8。、謝桃坊評注：《中國歷代詞分調評注·滿江紅》（成都：四川文藝出版社，1998年），頁11。

　　第二章曾論及石湖詞風「上承豪放，下變婉約」〔註73〕，處於詞風過渡期的他，具有豪放與婉約的風格。沈祥龍《論詞隨筆》：「詞有婉約、有豪放，二者不可偏廢，在施之各當耳。房中之奏，出以豪放，則情致絕少纏綿；塞下之曲，行以婉約，則氣象何能恢拓。」〔註74〕因此，除了探討石湖對詞牌選用、聲情與文情的結合之外，亦釐析他在豪放與婉約詞牌之下的創作風格。希望能結合第二章之論述，對石湖詞豪放與婉約詞風深入探析。

一、上承豪放，激越雄渾

　　「豪放」與「婉約」常相對舉，兩者間風格差異可從宋·俞文豹《吹劍續錄》中一段形象生動的描述看出，豪放為「關西大漢，執鐵板，唱大江東去」，婉約則為「十七八女孩兒，執紅牙拍板，唱楊柳外，曉風殘月。」〔註75〕可見在題材與情感上，豪放詞與婉約詞都截然不同。以豪放詞來說，題材廣泛，社會人生、家國時代皆可入詞，情感激越，直抒胸臆，因此詞人的形象鮮明生動，不再侷限於「傷春悲秋」的狹小題材藩籬。《石湖詞》中的〈水調歌頭〉與〈念奴嬌〉在情感與題材上，都能展現豪放詞之特色，因此以下就此二調討論。

（一）〈水調歌頭〉：家國之感，人生之憂

　　〈水調歌頭〉在宋代慢詞詞調中，使用的頻率最高。詞調來源於〈水調〉，〈水調〉大致為隋煬帝開汴河前後所創。〈水調歌頭〉是截取大曲〈水調〉的首章另倚新聲而成，唐人〈水調〉曲，淒涼怨

〔註73〕　王偉勇：《南宋詞研究》，頁280。

〔註74〕　〔清〕沈祥龍：《論詞隨筆》，《詞話叢編》（五），頁4049。

〔註75〕　〔宋〕俞文豹撰，張宗祥輯錄之《吹劍續錄》載「東坡在玉堂，有幕士善謳，因問我詞比柳詞何如，對曰，柳郎中詞，只好十七八女孩兒，執紅牙拍板，唱楊柳外曉風殘月，學士詞，須關西大漢，執鐵板，唱大江東去，公為之絕倒。」《宋人箚記八種》（台北：世界，1965年），頁38。

慕，聲韻悲切，宋人〈水調歌頭〉則情調昂揚酣暢，韻味豪放瀟灑，
風格異趣。蘇舜欽的〈水調歌頭・滄浪亭〉和蘇軾「明月幾時有」的
中秋詞，是〈水調歌頭〉的奠基之作，二蘇詞在題材內容上分別建立
了兩種抒情模式。蘇舜欽〈水調歌頭・滄浪亭〉主要抒發懷才不遇的
人生感慨和進退出處之間的矛盾，憂憤而不悲傷。被迫或準備退隱
江湖，爲此類詞作的原型主題。東坡〈水調歌頭〉則爲中秋詞建立了
審美範型。傷春與悲秋原是文學兩大主題，東坡的中秋詞則一改低
沉悲傷的格調，表現出一種豪放樂觀、超然曠達的人生態度，意境闊
大，意象清奇。後出中秋詞，大都以東坡詞爲典範，主要圍繞秋與月
來構思。〔註76〕

　　范成大作品中，〈水調歌頭〉有四首，〔註77〕試看前兩首：〔註78〕
　　元日至人日，未有不陰時。新年叶氣，無處人物不熙熙。
　　萬歲聲從天下，一札恩隨春到，光采動天雞。壽域遍寰海，
　　直過雪山西。　　憶曾預，宣玉冊，捧金卮。如今萬里，
　　魂夢空繞五雲飛。想見大庭宮館，重起三山樓觀，雙指赭
　　黃衣。此會古無有，何止古來稀。

　　萬里籌邊處，形勝壓坤維。恍然舊觀重見，鴛瓦拂參旗。
　　夜夜東山銜月，日日西山橫雪，白羽弄空暉。人語半霄碧，
　　驚倒路傍兒。　　分弓了，看劍罷，倚闌時。蒼茫平楚無
　　際，千古鎖煙霏。野曠岷嶓江動，天闊崤函雲擁，太白暝
　　中低。老矣漢都護，卻望玉關歸。

這兩首從蘇舜欽創作的主題而來，第一首題爲「人日」〔註79〕，人日

〔註76〕 參王兆鵬等評注：《中國歷代詞分調評注・水調歌頭》（成都：四川
　　　　文藝出版社，1998年），頁1～9。
〔註77〕 這四首之中，〈水調歌頭・燕山九日作〉爲最早作品，爲四十五歲作，
　　　　接著是〈水調歌頭・人日〉作於五十一歲，同年八月，籌邊樓成，
　　　　作「萬里籌邊處」一首，最後是五十二歲作「細數十年事」。
〔註78〕 以「○」表押平聲韻，「△」表押仄聲韻。
〔註79〕 〔北周〕宗懍《荊楚歲時記》云：「正月七日爲人日，以七種菜爲羹，

是正月七日，上片充滿新年氣象。此時的他出任地方官，不禁回憶起在朝廷的日子，頗有如今懷才不遇之慨。第二首爲籌邊樓成後所作，爲登樓所見。王偉勇評此詞云：

> 上片極力鋪敘籌邊樓有形之勢與無形之象，措詞生動，該樓之雄偉壯觀，如在目前。下片則敘人登此樓，見四周茫茫之平林，望家國無限之山河，悲壯之情，油然而起。〔註80〕

詞至結拍，詞人藉漢都護班超表達思歸之意，班超曾任西域都護，封定遠侯，故石湖以班超使西域，喻己來至千里外蜀地，以當邊遠籌策之任。〔註81〕

此外，唐宋人作詞不少是按照自己所要表達的思想感情來擇調的，如今讀他們的詞，也應體會他們所用的詞調的聲情和他們作品的文情之間的關係。〔註82〕因此，若從韻腳來看，兩首都有押第三部，所押的韻腳由多至少，分別有：支韻、微韻、齊韻，其中支韻的聲情，曾永義在〈影響詩詞曲節奏的要素〉一文的「選韻」曾提及：

> 如果就曲韻來說，大抵東鍾韻沉雄，江陽韻壯闊……支思韻幽微……，詩詞曲韻雖然有別，但其間道裡頗有可通者。〔註83〕

微韻的聲情，則謝雲飛在〈韻語的選用和欣賞〉一文中有云：

> 凡「微、灰」韻的韻語，都含有氣餒抑鬱的情思，如「頹廢」「流淚」「深垂」「累贅」「細微」「破碎」「憔悴」等辭是，這個我們也可以舉出李後主「菩薩蠻」中「故國夢重歸，覺來雙淚垂」二語爲證。〔註84〕

翦綵爲人，或鏤金簿爲人，以貼屏風，亦戴之頭鬢，又造華勝以相遺，登高賦詩。」（台北：台灣中華書局，1966年），頁3。

〔註80〕 王偉勇：《南宋詞研究》，頁284。

〔註81〕 黃聲儀：《石湖詞研究及箋注》（台北：台灣師範大學中國文學研究所碩士論文，1975年），頁162。

〔註82〕 夏承燾、吳熊和著：《讀詞常識》（北京：中華書局，2005年），頁27。

〔註83〕 曾永義：〈影響詩詞曲節奏的要素〉，《中外文學》第4卷第8期（1976年1月），頁24。

〔註84〕 謝雲飛：〈韻語的選用和欣賞〉，《文學與音律》（台北：東大，1978

因此，結合支韻與微韻的聲情，可歸納出傳達的是幽微、抑鬱一類的聲情，這也能與詞裡傳達的情思呼應。〈水調歌頭‧人日〉（元日至人日）寫道「如今萬里，魂夢空繞五雲飛。」，回憶與現實的差距，使詞人抑鬱滿懷。〈水調歌頭〉（萬里籌邊處）則以「老矣漢都護，卻望玉關歸」表達年華老去卻無法建功立業的氣餒，同時使他興起思歸之心，因此也是較爲憂鬱。詞意與韻腳兩相結合，更能表達內在思想情感，抒發人生感慨。

另外兩首〈水調歌頭〉則圍繞秋與月，生發自身的感慨：

> 細數十年事，十處過中秋。今年新夢，忽到黃鶴舊山頭。老子個中不淺，此會天教重見，今古一南樓。星漢淡無色，玉鏡獨空浮。　　斂秦煙，收楚霧，熨江流。關河離合、南北依舊照清愁。想見姮娥冷眼，應笑歸來霜鬢，空敝黑貂裘。釃酒問蟾兔，肯去伴滄洲。

詞中除了感慨一己之漂泊與無成，更藉月光之圓滿遍照，反襯江山的分裂與破碎。下片一開始就營造出上下蒼茫，遠近淒迷的氣氛，也使憂愁回環擺盪於南北之中。喬力云此詞意興高逸曠遠，近似於蘇軾〈水調歌頭〉（明月幾時有）、晁補之〈洞仙歌‧泗州中秋作〉、張孝祥〈念奴嬌〉（過洞庭）等中秋詞的格調神韻，唯多了一層沉摯惆悵色彩，故與彼等的健舉略有歧異。〔註85〕惆悵之情伴隨著他的人生經歷而來，也就與其他人的詞作風格不同。另外一首同樣抒發感嘆，詞作爲：

> 萬里漢家使，雙節照清秋。舊京行遍，中夜呼禹濟黃流。寥落桑榆西北，無限太行紫翠，相伴過蘆溝。歲晚客多病，風露冷貂裘。　　對重九，須爛醉，莫牽愁。黃花爲我，一笑不管鬢霜羞。袖裡天書咫尺，眼底關河百二，歌罷此

年），頁62。

〔註85〕喬力：〈情深與境闊：范仲淹范成大詞對讀〉，《范學論文集‧下冊》（香港：新亞洲文化基金會有限公司，2004年），頁33。

生浮。惟有平安信，隨雁到南州。

這首詞也以開闊的視角始，使詞境得以無限擴充，張力彌滿。喬力認為這首「全篇悲慨沉著，寄託遙深，雖蒼涼卻無絲毫委靡頹喪語」〔註86〕因為范成大此時出使金國，身負重任，雖然有「歲晚客多病」的憂愁，卻也不能吐露喪氣之語。

這兩首除了皆圍繞秋月寫作，也同押尤韻，謝雲飛《文學與音律》云：

> 凡「尤侯」韻的韻語，都似乎含有著千般愁怨，無法申訴的意味似的，最適用於憂愁的詩，辭彙可舉「憂愁」「消瘦」「更漏」「眉皺」「悠悠」等為例，至於現成的作品則我們可以看李後主的〈相見歡〉……。〔註87〕

因此，押尤韻者大多隱藏許多的憂傷、哀怨，以這兩首〈水調歌頭〉來說，詞中表達自己「十處過中秋」的漂泊、「歲晚客多病」的傷感，以及「關河離合、南北依舊照清愁」的國家局勢，都是讓人想改變卻身不由己的，因此也就含有許多的「愁怨」在心中，詞情與聲情相互襯托，相得益彰。

（二）〈念奴嬌〉：圓缺晴陰，古今同恨

〈念奴嬌〉之名，顧名思義，形容念奴之嬌媚。念奴乃天寶中名娼，以有姿色、善歌唱擅名於天寶年間，玄宗的品題「此女妖艷，眼色媚人」更使之艷名遠播。而元稹的〈連昌宮詞〉，膾炙人口，流傳遐邇。念奴的明豔嬌媚，遂成為文人豔稱的題材，行之歌詠，播於樂府。元稹詩有「春嬌滿眼」之句，〈念奴嬌〉曲名，即取義於此。〔註88〕。〈念奴嬌〉一曲的聲情，據其調名，當以描寫美人之嬌媚為

〔註86〕喬力：〈情深與境闊：范仲淹范成大詞對讀〉，《范學論文集・下冊》（香港：新亞洲文化基金會有限公司，2004年），頁34。

〔註87〕謝雲飛：〈韻語的選用和欣賞〉，《文學與音律》（台北：東大，1978年），頁62。

〔註88〕岳珍評注：《中國歷代詞分調評注・念奴嬌》（成都：四川文藝出版社，1998年），頁1～2。

主,《石湖詞》中,〈念奴嬌〉(雙峰疊障)「月姊年年應好在,玉闕瓊宮愁寂。」、〈念奴嬌〉(十年舊事)「沾惹天香,留連國豔,莫散燈前酌。襪塵生處,為君重賦河洛。」亦隱含本事。

影響〈念奴嬌〉一調的發展歷史最大者,當推蘇軾〈念奴嬌・赤壁懷古〉一首,雄姿英發,豪情萬丈,直接影響辛棄疾、陳維崧等豪放詞人的創作。其超脫曠逸,慷慨悲涼,則影響張孝祥、薩都剌等一大批豪放婉約兼而有之的作家。〈念奴嬌〉這一詞調,無論豪放婉約,都具有清新高華、舒徐流暢的風度氣勢,這就是受東坡的影響。〔註89〕

在藝術表現而言,「豪放詞」往往借鑒「婉約詞」的創作技巧,以「婉約詞」中常見的一些柔美意象來反映現實,抒發時危心苦之音,從而創造了既有積極昂揚的思想內容,又有藝術風格剛柔相濟的優秀作品,如辛棄疾〈水龍吟〉(楚天千里清秋)有「倩何人喚取,紅巾翠袖,搵英雄淚。」〔註90〕以〈念奴嬌〉創作來說,石湖也在豪情萬丈之中融入婉約情懷,如〈念奴嬌〉(十年舊事)「強倚雕闌,羞簪雪鬢,老恐花枝覺。揩摩愁眼,霧中相對依約。」、〈念奴嬌〉(雙峰疊障)「霧鬢風鬟相借問,浮世幾回今夕。」使豪放詞也不流於粗鄙。

東坡〈念奴嬌・赤壁懷古〉「人生如夢,一尊還酹江月」〔註91〕帶有對人生的哲思,感慨超曠。影響所及,雖然〈念奴嬌〉和〈水調歌頭〉皆宜於抒發豪放之情,或許受東坡影響,范成大詞作中〈念奴嬌〉一調較之〈水調歌頭〉多了超脫、曠達的情懷,如〈念奴嬌〉(吳波浮動):「一笑閒身遊物外,來訪扁舟消息。天上今宵,人間此地,我是風前客。」、〈念奴嬌〉(水鄉霜落):「人世會少離多,都來名利,

---

〔註89〕岳珍評注:《中國歷代詞分調評注・念奴嬌》(成都:四川文藝出版社,1998年),頁8。

〔註90〕王翠芳:《稼軒豪放詞風之美學研究》(台北:花木蘭,2007年),頁8。

〔註91〕缺文。

似蠅頭蟬翼。」、〈念奴嬌〉（湖山如畫）：「似我粗豪，不通姓字，只要銀瓶倒。奔名逐利，亂帆誰在天表。」、〈醉江月〉〔註92〕（浮生有幾）：「富貴功名皆由命，何必區區僕僕。」表現淡泊名利及坦然、灑脫的態度，展現生命的達觀。

此外，若結合聲情來看，王易《詞曲史・構律》云：「韻與文情關係至切：平韻和暢，上去韻纏綿，入韻迫切，此四聲之別也。」〔註93〕從聲調的角度看情感，亦不可忽略。《石湖詞》裡，〈念奴嬌〉有六首，其中五首都押入聲韻：

> 雙峰疊障，過天風海雨，無邊空碧。月姊年年應好在，玉闕瓊宮愁寂。誰喚癡雲，一杯未盡，夜氣寒無色。碧城凝望，高樓縹緲西北。　　腸斷桂冷蟾孤，佳期如夢，又把闌干拍。霧鬢風鬟相借問，浮世幾回今夕。圓缺晴陰，古今同恨，我更長爲客。嬋娟明夜，尊前誰念南陌。

> 十年舊事，醉京花蜀酒，萬葩千蕚。一棹歸來吳下看，俯仰心情今昨。強倚雕闌，羞簪雪鬢，老恐花枝覺。指摩愁眼，霧中相對依約。　　聞道家讌團欒，光風轉夜，月傍西樓落。打徹梁州春自遠，不飲何時歡樂。沾惹天香，留連國豔，莫散燈前酌。襪塵生處，爲君重賦河洛。

> 吳波浮動，看中流翻月，半江金碧。醉舞空明三萬頃，不管姮娥愁寂。指點瓊樓，憑虛有路，鯨背橫東極。水雲飄蕩，闌干千丈無力。　　家世回首滄洲，煙波漁釣，有鷗夷仙跡。一笑閒身遊物外，來訪扁舟消息。天上今宵，人間此地，我是風前客。濤生殘夜，魚龍驚聽橫笛。

> 水鄉霜落，望西山一寸，脩眉橫碧。南浦潮生帆影去，日

〔註92〕〈醉江月〉與〈念奴嬌〉爲同調異名，此首從《花草粹編》補遺，因此從《花草》之所引。

〔註93〕王易：《詞曲史》，頁283。

落天青江白。萬里浮雲，被風吹散，又被風吹積。尊前歌
罷，滿空凝淡寒色。　　人世會少離多，都來名利，似蠅
頭蟬翼。贏得長亭車馬路，千古羈愁如織。我輩情鍾，匆
匆相見，一笑眞難得。明年誰健，夢魂飄蕩南北。

浮生有幾，歡歡娛常少，憂愁相屬。富貴功名皆由命，何
必區區僕僕。燕蝠塵中，雞蟲影裡，見了還追逐。山間林
下，幾人眞個幽獨。　　誰似當日嚴君，故人龍袞，獨抱
羊裘宿。試把漁竿都掉了，百種千般拘束。兩岸煙林，半
溪山影，此處無榮辱。荒臺遺像，至今嗟詠不足。

這五首，也大致表現出羈旅的痛苦與無奈。以入聲韻的「迫切」，表
現鬱結於胸中之情，愁緒滿懷、淒清激越之感。

　　〈念奴嬌〉六首中，只有〈念奴嬌・和徐尉遊石湖〉押上聲韻，
詞作爲：

湖山如畫，繫孤篷柳岸，莫驚魚鳥。料峭春寒花未遍，先
共疏梅索笑。一夢三年，松風依舊，蘿月何曾老。鄰家相
問，這回眞個歸到。　　綠鬢新點吳霜，尊前強健，不怕
衰翁號。賴有風流車馬客，來覓香雲花島。似我粗豪，不
通姓字，只要銀瓶倒。奔名逐利，亂帆誰在天表。

這首表達豪放、灑脫之情，多押篠韻、皓韻，正好和王易《詞曲史》
云「蕭篠飄灑」的情調相同。回到石湖的親切、愉快之感，自不同於
羈旅的苦悶，因此以不同的聲調表現其情感。

　　除了從四聲來看，亦可從押韻的不同看情調的差異，如〈念奴嬌〉
（十年舊事）雖然押入聲韻，但是所押爲覺韻與藥韻，王易《詞曲史》
云「覺藥活潑」〔註94〕，即指出這兩韻較能傳達活潑的情感。此闋爲
詞人歸吳後所作，上片想起過去的「十年舊事」，如今「強倚雕闌，
羞簪雪鬢，老恐花枝覺。」情調低沉，但下片「打徹梁州春自遠，不

───────────────
〔註94〕王易：《詞曲史》，頁283。

飲何時歡樂」音樂與酒的陪伴下，他轉換心情，珍惜眼前的一切。可見雖然都押入聲，但是羈旅與回鄉感受的不同，詞人也以不同的韻來表現，展現聲情合一。

二、下開婉約，情韻悠長

一般來說，婉約詞的傳統題材是「言情」，以情動人，道盡人間的悲歡離合、喜怒哀樂。其特點是「以美取勝」，它以美的語言、美的形象、美的意境，展現自然美與生活美，歌頌人物的心靈美。〔註95〕

（一）〈秦樓月〉：懷人念遠，淡樸清靈

〈秦樓月〉又名〈憶秦娥〉，據傳唐李白首創此調。因其中有「秦娥夢斷秦樓月」句，故定名為〈憶秦娥〉。秦娥，謂秦之美貌女子。〔註96〕《石湖詞》中，〈秦樓月〉有五首，繼承唐五代詞詠本題的傳統，寫女子思念之情。蔡嵩雲《柯亭詞論》言「小令以輕、清、靈為當行。」〔註97〕這五首即體現了小令此種風格。

〈秦樓月〉五首分別為早晨、午後、傍晚、夜晚、驚蟄日的情思，詞作依序為：

> 窗紗薄。日穿紅幔催梳掠。催梳掠。新晴天氣，畫簷聞鵲。　海棠逗曉都開卻。小雲先在闌干角。闌干角。楊花滿地，夜來風惡。

> 珠簾狹。卷簾春院花圍合。花圍合。晝長人靜，雙雙胡蝶。　花前苦娜金蕉葉。薔騰午睡扶頭怯。扶頭怯。閒愁無限，遠山斜疊。

> 香羅薄。帶圍寬盡無人覺。無人覺。東風日暮，一簾花

〔註95〕惠淇源編注：《婉約詞》（安徽：安徽文藝出版社，1989年），頁1～6。

〔註96〕嚴建文編著：《詞牌釋例》（杭州：浙江古籍出版社，2006年），頁55。

〔註97〕蔡嵩雲：《柯亭詞論》，《詞話叢編》（五），頁4905。

落。　　西園空鎖鞦韆索。簾垂簾卷閒池閣。閒池閣。黃昏香火，畫樓吹角。

樓陰缺。闌干影臥東廂月。東廂月。一天風露，杏花如雪。　　隔煙催漏金虯咽。羅幃暗淡燈花結。燈花結。片時春夢，江南天闊。

浮雲集。輕雷隱隱初驚蟄。初驚蟄。鵓鳩鳴怒，綠楊風急。　　玉鑪煙重香羅浥。拂牆濃杏燕支溼。燕支溼。花梢缺處，畫樓人立。

其中以〈秦樓月〉（樓陰缺）一首最受讚賞，起拍帶起全詞，末句又為警句作結，字句溫婉精煉，此外，情感表現亦獨樹一幟，借月幽花淡的園林景色暗示她空閨獨守的寂寞情懷，借漏咽燈昏的氣氛烘托她幽渺的別恨，情感纖細婉約。雖寫愁，而不直言愁，劉熙載《藝概・詞曲概》：「詞之妙莫妙於以不言言之，非不言也，寄言也。」此處即用寄言的方式傳達情感。喬力評論此首云：「雖然依舊延續花間、南唐以來傳統中的主流性題材，惟尤覺沉摯厚重」〔註98〕，夏紹碩在《古典詩詞藝術探幽》裡雖然批評范成大「平生所寫詞不多，其所作《石湖詞》，無甚特色」，卻也稱讚〈秦樓月〉（樓陰缺）一首「新穎倩秀，動靜諧和，詩情、畫意、音樂美，結合得很好。」〔註99〕可見這首在《石湖詞》裡確實具有特色。

　另外，〈秦樓月〉（香羅薄）一首「西園空鎖鞦韆索，簾垂簾卷閒池閣」，藉鞦韆意象以及「簾垂簾卷」表現時間的流逝與思婦的百無聊賴，情思婉轉。〈秦樓月〉（珠簾狹）中以「晝長人靜，雙雙胡蝶」刻劃出靜謐的庭院中，孤單的人影與成雙的蝴蝶，使得詞中思婦感到時間漫長。藉由心理時間與人蝶對比，亦表現詞中主角的心緒。〈秦樓月〉五首細膩空靈，具有低迴不已的動人力量，可說體現《石湖詞》

〔註98〕　喬力：〈情深與境闊：范仲淹范成大詞對讀〉，《范學論文集・下冊》（香港：新亞洲文化基金會有限公司，2004年），頁27。

〔註99〕　夏紹碩：《古典詩詞藝術探幽・靜與動》（台北縣：漢京，1984年），頁268。

中婉約風格。

（二）〈南柯子〉：愁緒縈繞，寄語江河

〈南柯子〉原名〈南歌子〉，〈南歌子〉是一種南方曲調，漢代以前就已出現，如張衡〈南都賦〉「坐南歌兮起鄭舞」，〈南柯子〉則取自唐人李公佐南柯夢中淳于棼故事。〔註100〕范成大詞中〈南柯子〉共有三首，第一首題爲「七夕」：

> 銀渚盈盈渡，金風緩緩吹。晚香浮動五雲飛。月姊妒人、顰畫一彎眉。　　短夜難留處，斜河欲淡時。半愁半喜是佳期。一度相逢、添得兩相思。

表現想見面，卻又擔憂別後更加相思的猶豫心情，押支韻與微韻，尤能凸顯詞中表現幽微、抑鬱的情感。另外，〈南柯子〉：

> 悵望梅花驛，凝情杜若洲。香雲低處有高樓。可惜高樓、不近木蘭舟。　　緘素雙魚遠，題紅片葉秋。欲憑江水寄離愁。江已東流、那肯更西流。

此首在探討過片時已提及，詞中蘊含憂之切與怨之深。歇拍以兩者的距離道出無法相見的事實，思念之情滿溢其中。俞陛雲評論：「上下闋之後二句，高樓而移傍蘭舟，東流而挽使西注，皆事理所必無者，借以爲喻，見虛願之難償。」〔註101〕，以不能成眞的事，暗喻兩人相見之無期，情思曲折。所押爲尤韻，尤韻正適於表現憂愁，相互襯托，更能加深情感。

另一首〈南柯子〉也同樣押尤韻：

> 槁項詩餘瘦，愁腸酒後柔。晚涼團扇欲知秋。臥看明河銀影、界天流。　　鶴警人初靜，蟲吟夜更幽。佳辰祇合算

〔註100〕 蔣韶：《詞牌故事》（西安：陝西師範大學出版社，2002 年），頁 195～197。

〔註101〕 俞陛雲：《唐五代兩宋詞選釋》（上海：上海古籍，1985 年），頁 362。

花籌。除了一天風月、更何求。

上一首詞中有「離愁」，這一首有「愁腸」，即和尤韻所傳達「千般愁怨」相合。三首〈南柯子〉都有抒發愁緒，亦能與所押的韻聲情相合。雖和〈秦樓月〉同為婉約之作，〈南柯子〉表現的情感更為濃烈，字句上，以「事理所必無者」為喻，亦藉由鶴與人、蟲與夜，一鬧一靜更襯托出夜幽人靜的孤寂；韻腳上，〈秦樓月〉六首都是情調低沉，其中兩首卻押情調活潑的覺藥韻，因此，整體給人的感受就不及〈南柯子〉般深沉。

（三）〈蝶戀花〉：轉換情調，一展春情

〈蝶戀花〉原名〈鵲踏枝〉，南唐後主李煜改名〈蝶戀花〉。此詞內容大多表現春情相思、惜春悲秋、離愁別恨、懷人悼亡、詠物述志等等。〈蝶戀花〉是表現個人悲愁感傷等情感活動較為突出的載體。其中，表現惜春悲秋、離愁別恨者，多悽愴怨慕；表現豔情相思者，多旖旎嫵媚；詠物、述志者，多健捷激裊。歷來〈蝶戀花〉名篇有許多，如馮延巳〈鵲踏枝〉十四闋，或是歐陽修「庭院深深深幾許」。〔註102〕范成大目前存詞中〈蝶戀花〉只有一首，詞為：

> 春漲一篙添水面。芳草鵝兒，綠滿微風岸。畫舫夷猶灣百轉。橫塘塔近依前遠。　　江國多寒農事晚。村北村南，穀雨纔耕遍。秀麥連岡桑葉賤。看看嘗麵收新繭。

此詞的情調和〈蝶戀花〉較常承載的傷春情懷有所不同，寫的是春日田園風光，風情如畫。微風輕吹，讓芳草的綠意盪漾在整個岸邊。橫塘裡，除了有鵝兒游動著，畫坊也緩慢的前行。描寫完自然風光，詞人轉而關注到農事，著眼於農家生活的清新恬淡，並將農村習俗寫入詞中，如「秀麥」二句。以〈蝶戀花〉書寫田園風光，一改傷春、相思之情，轉換情調，呈現婉媚清麗之藝術感受。

〔註102〕李璉生評注：《中國歷代詞分調評注・蝶戀花》（成都：四川文藝出版社，1998年），頁1～5。

（四）〈眼兒媚〉：筆力深透，詞境醉人

〈眼兒媚〉調名之由來爲錢塘幕府，樂籍有名姝張穠，色藝妙天下。〈眼兒媚〉之調名即謂張穠之嫵媚也。〔註103〕〈眼兒媚〉一調多抒發低沉愁思，如韓琦〈眼兒媚·夏閨〉末句「半窗淡月，三聲鳴鼓，一個愁人。」與陳亮〈眼兒媚·春愁〉「愁人最是，黃昏前後，煙雨樓臺。」，多寫出愁人形象，或是直寫憂愁心緒。范成大所作之〈眼兒媚〉爲：

> 酣酣日腳紫煙浮。妍暖破輕裘。因人天色，醉人花氣，午夢扶頭。　　春慵恰似春塘水，一片縠紋愁。溶溶洩洩，東風無力，欲皺還休。

以「春慵恰似春塘水，一片縠紋愁」將春天慵懶而提不起勁的感受，比喻成塘水上細細的波紋。隨著東風而泛起一陣陣的漣漪，因著風的大小，時而密集時而寬疏，「欲皺還休」改被動爲主動，彷彿使人如臨其境，感覺到春天的和煦與柳塘小憩的恬適，也聞到醉人的花氣。因此明·沈際飛評道：「『研』字得春暖味」、「字字軟溫，著其氣息即醉」〔註104〕，明·徐士俊評「春塘二句」云：「比『吹皺一池春水』更妖矣。」〔註105〕俞陛雲云：「借東風皺水，極力寫出春慵，筆意深透，可謂入木三分。」〔註106〕詞中將暖風晴日的春日午後寫得極傳神，讀之彷彿如臨其境，也被詞中柔意熨貼。石湖〈眼兒媚〉和前述〈蝶戀花〉季節地點同在春日塘邊，但抒發的感受不同，亦呈現出另一番審美趣味。

〔註103〕嚴建文編著：《詞牌釋例》（杭州：浙江古籍出版社，2006年），頁71。

〔註104〕〔明〕顧從敬選，沈際飛評：《古香岑草堂詩餘·別集》明崇禎間太末翁少麓刊本，頁33。

〔註105〕〔明〕卓人月彙選，徐士俊參評：《古今詞統》卷六，明崇禎間刊本，頁12。

〔註106〕俞陛雲：《唐五代兩宋詞選釋》（上海：上海古籍，1985年），頁360。

三、自創詞調，山水清音

　　范成大身爲一位詩人，但是對於音樂的熟悉程度亦不遑多讓於其他詞人，從他和姜白石的往來討論可知。凡進入詞的領域，最先認識的就是詞牌不同於詩題的特色。這一個個的詞牌，表現的是詞的音樂性，即使音樂已失傳，每個曲調仍然表現一定的情感。詞人在創製一新調時的作法爲：

> 又製腔即自度腔之法云：「腔出於律，律不調者，其腔不能工。然必熟於音理，然後能製新腔。製腔之法，必吹竹以定之，或管、或笛、或簫，皆可。金石斯革無不可製腔造譜者，此獨以竹言，取其聲易調不走作也。故古人和弦，亦必取定於管色。惟吾意而吹焉，即以筆識其工尺於紙，然後酌其句讀，劃定板眼，聲之雅俗，在板之疏密，宋人詩餘贈板甚少，故其聲猶有雅淡之意。而後吹之。聽其腔調不美，音律不調之處，再三增改，務必使其抗墜抑揚，圓美如貫珠而後已。」〔註107〕

由此可見創制一新調時，是很花費工夫的，除了要以樂器吹奏，更要「酌其句讀，劃定板眼」最後還要在「音律不調之處，再三增改」，使音調圓美。石湖詞中〈宜男草〉、〈三登樂〉兩調爲石湖創制詞調，以下便討論石湖這兩調的創作。

（一）〈宜男草〉

　　宜男草常見名稱爲「萱草」，《本草綱目》云：「宜本做諼，諼，忘也，詩云，焉得諼草，言樹之背，謂憂思不能自遣，故欲樹此草玩味以忘憂也，吳人謂之療愁，董子云，欲忘人之憂，則贈之丹棘，一名忘憂故也。……懷姙婦人配其花則生男，故名宜男。」〔註108〕萱

〔註107〕〔清〕江順詒輯、宗山參定：《詞學集成》卷三，《詞話叢編・四》，頁 3240～3341。

〔註108〕〔明〕李時珍撰，張紹堂重訂：《本草綱目》卷十六〈草部〉（台北：臺灣商務，1968 年），頁 86。

草又名忘憂，石湖以此種草命名，或許就寄託希望能以此療愁、忘憂之意。詞有兩首：

> 籬菊灘蘆被霜後。嫋長風、萬重高柳。天爲誰、展盡湖光渺渺，應爲我、扁舟入手。　橘中曾醉洞庭酒。輾雲濤、掛帆南斗。追舊遊、不減商山杳杳，猶有人、能相記否。

> 舍北煙霏舍南浪。雪傾籬、雨荒薇漲。問小橋、別後誰過，惟有迷鳥羈雌來往。　重尋山水問無恙。掃柴荊、土花塵網。留小桃、先試光風，從此芝草琅玕日長。

兩首作於晚年歸吳後，回首過去，平淡中帶有幾許憂愁，過去的歲月未能盡如人意，因此他希望自己可以忘掉這些憂愁。詞中人與自然間不再畛域分明，而是有互動、對話，流露自然真率之情。彼此間的溝通往還，讓人感受到他與自然間也能展現人際之間至情至性的友誼。

　　此調兩首句法不同，如第一首第三句九字，第二首第三句爲七字；第一首結拍七字，第二首結拍八字，再加上石湖也未大量創作此調，可知此調創作未臻於成熟，因此僅有陳三聘《和石湖詞》有此調之作。

　　（二）〈三登樂〉

　　黃聲儀《石湖詞研究及箋注》解釋〈三登樂〉的調名出自於《漢書‧食貨志》：「三考黜陟，餘三年食，進業曰登，再登曰平，餘六年食，三登曰泰平，遭九年食，然後王德流洽，禮樂成焉。」〔註109〕石湖的〈三登樂〉共有四首，詞作如下：

> 一碧鱗鱗，橫萬里、天垂吳楚。四無人、艣聲自語。向浮雲、西下處，水村煙樹。何處繫船，暮濤漲浦。　正江南、搖落後，好山無數。儘乘流、興來便去。對青燈、獨

〔註109〕黃聲儀：《石湖詞研究及箋注》（台北：台灣師範大學碩士論文，1975年），頁124。

自歎，一生羈旅。欹枕夢寒，又還夜雨。

方帽衝寒，重檢校、舊時農圃。荒三徑、不知何許。但姑
蘇臺下，有蒼然平楚。人笑此翁，又來訪古。　　況五湖、
元自有，扁舟祖武。記滄洲、白鷗伴侶。歎年來、孤負了，
一簑煙雨。寂寞暮潮，喚回棹去。

這兩首都押語麌韻，以其中語韻來說，王易曾言魚語聲情為「幽咽」
〔註110〕，和第一首羈旅之作情感相合，至於第二首已歸石湖，卻以
語韻表現，或許和詞中的感嘆有關，第一首有「對青燈、獨自歎」，
第二首則有「歎年來、孤負了，一簑煙雨」，將詞中融入的感嘆與聲
情結合，或許也是石湖用以表現委婉情思的方式。

　　另外兩首為重歸石湖所作：

路轉橫塘，風卷地、水肥帆飽。眼雙明、曠懷浩渺。問菟
裘、無恙否，天教重到。木落霧收，故山更好。　　過溪
門、休蕩槳，恐驚魚鳥。算年來、識翁者少。喜山林、蹤
跡在，何曾如掃。歸鬢任霜，醉紅未老。

今夕何朝，披岫幌、雲關重啟。引冰壺、素空似洗。卷簾
中、欹枕上，月星浮水。天鏡夜明，半窗萬里。　　盻庭
柯、都老大，樹猶如此。六年前、轉頭未幾。喚鄰翁、來
話舊，同篸新蟻。秉燭夜闌，又疑夢裡。

景物清麗，又寫得恢弘闊大，對於故鄉的山水、鄰人也充滿情意，如：
「問菟裘、無恙否」；「過溪門、休蕩槳，恐驚魚鳥」；「喚鄰翁、來話
舊，同篸新蟻。」；「記滄洲、白鷗伴侶。」因此四首〈三登樂〉和兩
首〈宜男草〉皆同樣展現范成大對自然山水的賞愛之情。

　　綜上所論，詞人創作時，同一詞牌的作品不只一首，又不能使人
讀之感到千篇一律，因此，作者在創作時的用心與方法就相當重要。
蔡嵩雲《柯亭詞論》提出作詞的方法：

〔註110〕王易：《詞曲史》，頁283。

> 造意爲上，遣辭次之。欲去陳言，必立新意。若換調不換
> 意，縱有佳句，難免千篇一律之嫌。〔註111〕

可見「換調」即要「換意」，講求變化是使作品不至於重複的關鍵。《石湖詞》裡，〈水調歌頭〉、〈念奴嬌〉雖同爲豪放作品，卻展現不同面貌，一充滿「家國之感，人生之憂」，一則表現「人生幾何，超脫曠逸」。婉約詞亦各有丰姿，如〈秦樓月〉「懷人念遠」之情，寫得「淡樸清靈」；〈南柯子〉則較〈秦樓月〉感情更爲深沉，將滿腔的愁緒寄語江河之中；〈蝶戀花〉迴異於傳統題材，展露春意盎然的喜悅；〈眼兒媚〉寫春日之愁，而能使人「著其氣息即醉」。這些詞牌換調即換意，作法或內容都有所改變。

　　除了有以成調創作，亦有自創新調。若和豪放、婉約中具有變化的詞調相比，石湖創制的〈宜男草〉、〈三登樂〉主題則顯得單一，未能突顯他審音創調的才能以及創作的巧思，而這或許也是《石湖詞》未能在詞史上佔有明確定位的原因之一。然而，在聲與情的搭配上，不論是豪放如〈水調歌頭〉以「支韻」與「微韻」的幽微、抑鬱，呼應「老矣漢都護，卻望玉關歸」之詞意；還是婉約詞以「尤韻」所傳達的千般愁怨寫出「欲憑江水寄離愁」、「愁腸酒後柔」；抑或自創的〈三登樂〉以聲情爲「幽咽」的語襲韻，寫出「對青燈、獨自歎」、「歎年來、孤負了，一蓑烟雨」，都能使得聲情相合，相得益彰。

〔註111〕蔡嵩雲：《柯亭詞論》，《詞話叢編》（五），頁4903。

第四章　《石湖詞》之意象表現

　　詞的興起乃依附音樂，因此稱為「倚聲填詞」，但至蘇軾，革新詞體，轉變詞風，詞遂有了獨立的抒情面貌，南宋作家更有先率意為長短句，後協律、定宮調，改變先聲後詞的做法，〔註1〕詞遂逐漸獨立於音樂之外。上一章討論聲與情的關係，本章就詞本身的內容、情感著眼，而敘情述景時，離不開「意象」這一概念。

　　「意象」的概念很早就出現，不論在文學批評抑或文學理論的領域，皆能成為討論的重心。每位作家都有特殊的生長環境、性情襟抱，看待事物的眼光必然不盡相同，選擇表現的意象群自然也應有差異，因此，對於意象的討論不僅可印證詞人生平、作品，更能彰顯內蘊的精神。職是，本章第一節先對意象有一整體認識與界定，第二節討論時間、空間、風物、典故意象呈顯的情感內蘊，第三節探析如何藉由「修辭」彰顯意象的表現性。冀能經由形式與內容的相互映照下，掌握石湖透過「意象」所呈顯的個人思致與胸襟懷抱。

第一節　意象概說

　　「意象」在哲學的使用早於文學上的使用，哲學上的使用有助於

〔註 1〕參施議對：《詞與音樂關係研究》第九章〈詞與樂關係的發展變化〉
　　　　（北京：中國社會科學出版社，1985 年），頁 217～237。

意象理論的形成，文學上的使用則引領「意象」進入文學作品與作家精神之中。意象形成階段有不同的面貌，因此本節先探討「意象」的形成與使用，再就「意象」的定義做說明與釐析。

一、意象形成

「意象」的起源乃先由「象」這個概念開始，《易傳·繫辭》：「聖人有以見天下之賾，而擬諸其形容，象其物宜，是故謂之象。」「象」指的是對客觀世界的摹擬，人類早在新石器時代的晚期就利用占卜來預測吉凶，占卜結果所顯示的圖形或符號即是「象」。《易經》用符號摹擬「象」成為「卦象」，「卦象」只是符號，其意義是由解釋者所賦予，雖然不具審美感受，卻對意象理論的形成有啟發。〔註2〕

魏晉時候，王弼《周易略例·明象》又針對《易傳》及《莊子》做出闡發：「夫象者，出意者也；言者，明象者也。盡意莫若象，盡象莫若言。」王弼雖非以「意象」合稱，但是提出「意」、「象」、「言」三者的關係，即藉由「象」才能傳達「意」，「象」的表現又有賴於「言」的塑造。由此可見三者之間相互依賴的關係。此外，清代袁枚〈遣興〉一詩也能與「意」、「象」、「言」的理論相互參照。詩云：

> 但肯尋詩便有詩，靈犀一點是吾師。夕陽芳草尋常物，解
> 用都為絕妙詞。

「靈犀一點」指的是「意」，「夕陽芳草」這些「尋常物」指的是「象」，「絕妙詞」則為「言」。若無「靈犀一點」的作用，就無法讓「尋常物」成為「絕妙詞」，因此「意」、「象」、「言」三者的關係相當緊密。〔註3〕

從上述《易傳》、王弼的闡述，可知「意象」最早的使用在哲學領域，文學的使用始見於《文心雕龍·神思》：

> 是以陶鈞文思，貴在虛靜，疏瀹五藏，澡雪精神。積學以

〔註2〕 參陳慶輝：《中國詩學》（台北：文史哲，1994年），頁54～55。
〔註3〕 參陳植鍔：《詩歌意象論》，頁17～18。

　　儲寶，酌理以富才，研閱以窮照，馴致以懌辭，然後使元
　　解之宰，尋聲律而定墨；獨照之匠，窺意象而運斤。〔註4〕

〈神思〉探討的是文學創作中想像力的問題。劉勰認爲藉由「虛靜」
以及「積學以儲寶，酌理以富才，研閱以窮照，馴致以懌辭」，則能
使心尋著「聲律」的創作規則來寫作，並且進一步能運用筆墨描述作
者腦海中的意象。歐麗娟認爲，劉勰在指出「聲律」爲詩文的構成要
素之外，也認爲「意象」的經營是馭文謀篇的首要大端，可見中國文
論家對意象很早便有所認識，並進一步肯定它在文學表現上的重要地
位。這種將「意象」與「聲律」並舉，以討論詩文創作的現象，確然
是十分值得注意的。〔註5〕

　　「意象」一詞有不同的意義，如陳慶輝《中國詩學》將不同的用
法整理羅列：

　　1、意象指意中之象。如劉勰《文心雕龍・神思》：「使元解
　　　　之宰，尋聲律而定墨；獨照之匠，窺意象而運斤。」司
　　　　空圖《詩品・縝密》：「是有眞跡，如不可知。意象欲生，
　　　　造化已奇。」

　　2、意象指意和象。如王昌齡《詩格》：「久用精思，未契意
　　　　象，力疲智竭，放安神思，心偶照境，卒然而生，曰生
　　　　思。」何景明〈與李空同論詩書〉：「意象應曰合，意象
　　　　乖曰離。」

　　3、意象指客觀物境（景象）。如姜夔〈念奴嬌序〉：「予與
　　　　二三友日盪舟其間，薄荷花而飲。意象悠閑，不類人
　　　　境。」

　　4、意象指作品中的形象。如方東樹《昭昧詹言》：「意象大
　　　　小遠近，皆令逼眞。」沈德潛《說詩晬語》：「孟東野詩，
　　　　亦從風騷中出，特意象孤峻，元氣不無所削耳。」〔註6〕

〔註4〕王更生：《文心雕龍讀本》下篇（台北：文史哲，1986年），頁4。
〔註5〕歐麗娟：《杜甫詩之意象研究》（台北：國立台灣大學中國文學研究
　　　　所碩士論文，1990年），頁12。
〔註6〕陳慶輝：《中國詩學》，頁62。

因為「意象」一詞是由「意」、「象」組合而成，本身可拆解成兩個意思，再加上其他字組合而成的複合詞，如「意境」、「形象」、「物象」、「表象」……等等，含蘊豐富，因此就需要加以區別。如袁行霈〈中國古典詩歌的意象〉討論「意象」和「物象」、「意象」和「意境」的關係，〔註7〕吳曉則討論「表象」、「意象」和「情境」的關係。〔註8〕從這些區別中，可看出「意象」不同於「意境」等其他概念，具有獨特的意義及內在能量。

近來也有學者歸納出同樣的「意」，可以用不同的「象」來表現，或是同樣的「象」也能表現相異的「意」，如仇小屏建立「一意多象」與「一象多意」的理論系統。「一意多象」如「惜時意象群」，以〈長歌行〉來說，「青青園中葵，朝露待日晞。陽春布德澤，萬物生光輝。常恐秋節至，焜黃華葉衰。百川東到海，何時復西歸？」其中以園葵、朝露、陽春、百川四組美好的物象終會流逝，流露出感傷時間流逝的況味。而「一象多意」如以「月」意為象者，常從幾個方面切入：其一是月光皎潔，所以用來象徵純潔與高潔；其二是月亮高懸空中，為四方之人所共見，而且月屬性陰柔，所以最適合傳達相思；其三是月有圓缺，所以常用來象徵人事聚散；其四是因月色涼白，因此容易營造淒涼不安的氛圍……。不論是以「意」探討「象」或以「象」探討「意」都為意象擴展討論的空間。〔註9〕

意象的蘊含能量與一般語言不同，創造意象是詩人表現情感的基本手段，詩人將獨創的意象符號提供給讀者，使讀者產生理解與共鳴，進而被普遍接受與承認，這是普通語言所無法做到的。〔註10〕但是為何意象具有這樣的能量，又和「物象」、「表象」有何不同？下文試圖釐清這些詞彙，並且為本章探討的「意象」定義。

〔註7〕 袁行霈：《中國詩歌藝術研究》（台北：五南，1989年），頁61～64。
〔註8〕 吳曉：《詩歌與人生——意象符號與情感空間》，頁9～16。
〔註9〕 仇小屏：《篇章意象論——以古典詩詞為考察範圍》（台北：萬卷樓，2006年），頁204～208、228～231。
〔註10〕 吳曉：《詩歌與人生——意象符號與情感空間》，頁4～5。

二、意象界說

「意」、「象」所指爲何？李元洛《詩美學》認爲「意」是「詩人主觀的審美思想與審美感情」，「象」則是「作爲審美客體的現實生活的景物、事象與場景」，並且「意」是抽象的、主觀的，而「象」是具體的、客觀的，〔註11〕如此，則結合成「意象」的概念。如屈原作〈離騷〉，將滿腔情感融入其中，使詩中出現的植物、動物都具有特殊的意義，這些動植物也就進入他的意象系統之中。北宋詩人梅堯臣〈答韓三子華韓五持國韓六玉汝見贈述詩〉有云：

> 屈原作離騷，自哀其志窮，憤世嫉邪意，寄在草木蟲。

「草木蟲」本爲客觀「物象」，因爲屈原「哀其志窮」，因此在其中融入「憤世嫉邪意」，才成爲「意象」。〔註12〕

然而，從「物象」到「意象」之間，還經過「表象」，吳曉云：

> 人的記憶中所保留的感性映象，它的本源是客觀外物。人的五官將客觀外物的形狀、色彩、體塊、線條、音響、氣味等内容反映于大腦，留存于記憶，即成爲表象。〔註13〕

人們耳聞目見都只是「物象」，指的是客觀現實的事物，進入腦海中才能成爲「表象」，因爲每個人的經驗、涵養等差異，即使見到相同的客觀外物，烙印於腦海中也不盡相同。甚且，表達成意象也情調各異，如月的陰晴圓缺在東坡筆下爲〈水調歌頭〉（明月幾時有）：「人有悲歡離合，月有陰晴圓缺，此事古難全。」石湖則是〈念奴嬌〉（雙峰疊障）：「圓缺晴陰，古今同恨，我更長爲客。」一豁達，一沉痛，同一物象之下，卻因思路、情感的不同，產生不同的意象。

然則，物象、表象經由「情感」而成爲意象，也有可能經由「理性」的作用，成爲概念。〔註14〕例如同是針對「月」，有人思考月亮的生成；也有人會因爲月圓，興發無以團圓的感傷，前者成爲概念，

〔註11〕 李元洛：《詩美學》（台北：東大出版，1990 年），頁 167。
〔註12〕 陳植鍔：《詩歌意象論》，頁 22～23。
〔註13〕 吳曉：《詩歌與人生──意象符號與情感空間》，頁 10。
〔註14〕 參吳曉：《詩歌與人生──意象符號與情感空間》，頁 10。

後者則成爲意象。更進一步，不同的理性作用成不同概念，不同情感也造成不同的意象，因此即使同一物象開展出的意象也可能相當多樣。

不僅如此，袁行霈針對「物象」成爲「意象」也提出看法：

> 物象一旦進入詩人的構思，就帶上了詩人主觀的色彩。這時它要受到兩方面的加工：一方面，經過詩人審美經驗的淘洗與篩選，以符合詩人的美學理想與美學趣味；另一方面，又經過詩人思想感情的化合與點染，滲入詩人的人格和情趣。經過這兩方面加工的物象進入詩中就是意象。〔註15〕

這裡提到兩方面，第二方面即前段所指，即「意象」需要經過作者主觀的情感的融入，此外，他更提出作家對意象的選擇是經過淘洗與篩選的。歐麗娟亦有相似說法：「既然人心不同，各如其面，所感之物、所選之象也就各有所別，因此最能顯示詩人不同的風格或心靈向度。」〔註16〕指出意象的選擇與作者的心靈相連繫。

特別的是，有時藝術創造會有相似的感受，如清代鄭板橋在畫竹時體驗也和詩詞作者在營造意象一樣，經過主客觀的轉換。他曾在《題畫‧竹》中寫到：

> 江館清秋，晨起看竹，烟光日影露氣，皆浮動於疏枝密葉之間。胸中勃勃遂有畫意。其實胸中之竹，並不是眼中之竹也。因而磨墨展紙，落筆倏作變相，手中之竹又不是胸中之竹也。總之，意在筆先者，定則也；趣在法外者，化機也。獨畫云乎哉！〔註17〕

鄭板橋體悟出的藝術創造過程和上述「意」、「象」、「言」的理論能相參透，也和此處所講的「表象」、「意象」相契。以前者來說，他所謂「眼中之竹」是「象」，而「胸中之竹」是「意」，「手中之竹」則

〔註15〕 袁行霈：〈中國古典詩歌的意象〉，頁52。
〔註16〕 歐麗娟：《杜甫詩之意象研究》，頁18。
〔註17〕 〔清〕鄭燮：《鄭板橋集‧題畫‧竹》（台北：九思，1979年），頁161。

是「言」；也可說「眼中之竹」是上述探討的「物象」，「胸中之竹」是將竹子的形狀、顏色等記憶於大腦中，經過主觀選擇想表達的樣貌，而成為「表象」，「手中之竹」則是「意象」，將主觀與客觀結合為一，使畫出來的竹有自己的體悟與寄託，就與詩詞中的意象使用相仿。

綜而言之，意象的形成，即是客觀事物（物象）進入腦海中，注入個人主觀感受、情感色彩而成為表象，再經由作者篩選，成為意象。因此，意象的結合就和主體與客體有關。值得一提的是，作家或許並非刻意選擇使用的意象，但特定意象在同一作者的作品中重覆出現，就可能代表某一特定情志，如歐麗娟研究發現，杜甫詩中的鷗鳥意象表現與詩人之「生活狀態」和「自覺意識」密切相關，其中，六個階段的轉折正和他六個主要生命段落若合符契。〔註18〕據此，可知透過觀察，讀者也可以從作品中尋繹出作者透過意象所傳達的人生面貌或生命意識。因此，下一節便進入詞作，探討意象的使用。

第二節　意象與石湖之襟懷

意象是作品的一個部分，意象與詞意應緊密結合，若是將意象孤立於整首作品之外，則顯得割裂，李元洛《詩美學》云：

> 意象只是一首詩的元件，單一地來看，即使意象本身新穎而內涵豐厚，但如果不是在一個統一的主題和構思之下巧妙地組合起來，而是各自為政地處於孤立的狀態，或是缺乏內在的有機聯繫，那充其量也只是些斷金碎玉而已，並不能保證建成一座耀彩輝光的詩的殿堂。〔註19〕

因此意象的存在不能離開詞作內容及詞人的生活環境、時代背景，鑑於此，本節首先著眼於圍繞詞人一生的「時間意象」與「空間意象」探討其心境、想法；再就「風物意象」所勾勒出的生活面貌探求他

〔註18〕歐麗娟：《杜甫詩之意象研究》，頁 102～103。
〔註19〕李元洛：《詩美學》（台北：東大出版，1990 年），頁 176。

對生命的追求；最後，從「典故意象」探尋他的精神思致。討論時，搭配當時的社會風俗、地理人情等條件討論石湖如何在創作時透過耳聞目見，形諸筆墨，展現他對宇宙社會的觀察，以及涵融何種胸襟與懷抱。

一、時間意象與心境呈現：明朝車馬莫西東

宋人與唐人因爲國家局勢、社會民風等的不同，對時間的感受就有差異，宋人不像初唐文人在壯烈、熱情的追求中暫時忘卻歲月，而彷彿刻金求兩地計量時光，並且，宋人對時間流逝的無限性，對人生的短促，對時令的變化皆做了比較精深、透徹的研討，[註20] 這也是本文探討時間意象的原因。

然則，著墨於時間意象的論文不在少數，通常都針對詞中出現最多的季節，或是一天中出現最多的時間加以討論，若以此研究方法討論《石湖詞》不夠精確，因爲詞作散佚頗多，因此作量的統計不足爲證。又考量到，石湖乃一能品賞生活之人，倘若探討他對於特別節日，如節序或節氣的感受更能彰顯其個人特色，如前已討論過的七夕詞，雖然秦觀、歐陽修已創作過，但是他仍能以個人思路寫出佳作，以見他對節序的思維不蹈襲於前人。

另外，王偉勇《南宋詞研究》也提出「多時序節令之作」爲南宋詞特色之一。[註21] 透過節令，可以展現當時的社會生活，包括物質生活、精神生活，甚至也反映著當時交往禮儀、精神崇尚、遊戲娛樂、歲時民俗、民族風情等等，[註22] 因此探討節令的同時，也能了解當時社會文化、習俗，並且，透過詞人的選擇、詮釋，一窺其心緒。據此，以下釐析石湖藉由節令、節氣、及其他特殊時間的描寫，構作成何種生活圖貌，以及在此中藉由「象」傳達出何種「意」。

[註20] 孫立：《詞的審美特性》（台北：文津，1995 年），頁 108～109。
[註21] 王偉勇：《南宋詞研究》，頁 215～221。
[註22] 李永匡、王熹著：《中國節令史》（台北：文津，1995 年），頁 32。

（一）縱情快意時的賞玩心境

宋朝時，已有許多節慶的慶祝活動，如立春、元宵等，飛揚的意興中，流露昂揚心緒，也表現詞人對情感的處理與節日對他的意義，以下分別就元宵、立春、穀雨、冬至的慶賞活動及詞人感受加以揣摩。

農曆正月十五日是元宵節，又稱「元夕」、「上元」。因為是春節的尾聲，因此有「小過年」之稱，同時，這天也是一年當中第一個月圓的日子，因此家家戶戶都團圓慶祝。而這天的主要活動為「賞燈」，宋朝賞燈活動從《武林舊事》記載可窺知：「禁中自去歲九月賞菊燈之後，迤邐試燈，謂之預賞。一入新正，燈火日盛。」〔註23〕由事前的準備，可看出當時對賞燈的重視。循此，對賞燈活動也就不會等閒視之，試看〈西江月〉寫出的節日盛況：

> 北客開眉樂歲，東君著意華年。遮風藏雨晚雲天。應怕杏
> 梢紅淺。　　　不惜燈前放夜，從教雪後留寒。水晶簾箔萬
> 花鈿。聽徹南樓曉箭。

上片寫詞人沉浸在節日的歡愉之中，以及眼前所見自然景象。下片仍申節日情懷，但從「放夜」的習俗寫起。平時都城均有宵禁，禁止夜行，只有正月十五的前後各一日暫時弛禁。宋・陳元靚《歲時廣記》卷十〈上元上〉「弛禁夜」引唐《西京新記》載：「西都京師街衢有金吾，曉暝傳呼，以禁夜行，唯正月十五日夜，敕許金吾弛禁，前後各一日，以看燈。」〔註24〕《夢粱錄》亦寫到兒童「攔街嬉耍，竟夕不眠」〔註25〕因此可見當時在元宵夜通宵達旦的盡情縱樂。

結拍時，詞人以「水晶簾箔」描寫出富麗輝煌的燈景，當時對燈極為講究，如范成大《吳郡志》言：「上元影燈巧麗，他郡莫及，有萬眼羅及琉璃毯者尤妙天下。」〔註26〕，又《武林舊事》云：「趙忠

〔註23〕　〔宋〕周密：《武林舊事》，《筆記小說大觀》二十八編，（台北：新興，1979 年），頁 713。
〔註24〕　〔宋〕陳元靚：《歲時廣記》卷十（北京：中華，1985 年），頁 97。
〔註25〕　〔宋〕吳自牧：《夢粱錄》（台北：廣文，1986 年）。
〔註26〕　〔宋〕范成大：《吳郡志》卷二（北京：中華書局，1985 年），頁 10。

惠守吳日，嘗命製春雨堂五大間，左爲汴京御樓，右爲武林燈市，歌舞雜藝，纖悉曲盡，凡用千工。」〔註27〕從製造燈的人員、燈的種類，都可看出當時盛大而隆重的節日盛況。石湖此處以少總多，畫龍點睛的寫出燈的華麗，再以「萬花鈿」表現簪有美麗髮飾的女子之多，展現他參與遊樂的行列及歡欣之情。元宵的時間意象下，更有「放夜」的時間襯托歡欣之情，節日氛圍與心境躍然紙上。

　　另一首元宵詞是〈菩薩蠻・元夕立春〉，立春是二十四節氣的第一天，該年恰好元夕和立春同一天，因此並列。試看全詞：

> 雪林一夜收寒了。東風恰向燈前到。今夕是何年。新春新
> 月圓。　　綺叢香霧隔。猶記疏狂客。留取縷金旛。夜蛾
> 相並看。

詞中有「東風恰向燈前到」之句，乃因兩個節日同時到來，也因此，相關活動同時展開。立春重要的習俗是「打春牛」及「賜春旛」，後者指的是用有色絹、紙或金銀箔剪成的小幡，或燕、蝶、金錢等形狀的裝飾物，戴在頭上或繫在花枝上，或插在物品上，表示迎春。如《夢粱錄》記載：「春幡春勝各相獻遺於貴家宅舍示豐稔之兆，宰臣以下皆賜金銀幡勝，懸於幞頭上入朝稱賀。」〔註28〕，《武林舊事》亦載「是日，賜百官春幡勝」〔註29〕。因此，這首詞所指「縷金旛」爲應景之物，范成大《鷓鴣天・雪梅》亦有「一枝斜並縷金旛」之句。

　　另外，詞裡提及的「夜蛾」也是一項元宵習俗，「夜蛾」指的也並非眞的蛾，而是元宵時婦女的頭飾，《武林舊事》載：「元夕節物，婦女皆戴珠翠、鬧蛾、玉梅……，而衣多尚白，蓋月下所宜也。游手浮浪輩，則以白紙爲大蟬，謂之『夜蛾』。」〔註30〕當時洋溢著歡樂

〔註27〕〔宋〕周密：《武林舊事》卷二「燈品」，《筆記小說大觀》二十八編，（台北：新興，1979 年），頁 719。

〔註28〕〔宋〕吳自牧：《夢粱錄》（台北：廣文，1986 年）。

〔註29〕〔宋〕周密：《武林舊事》，《筆記小說大觀》二十八編，頁 713。

〔註30〕〔宋〕周密：《武林舊事》卷二「元夕」，《筆記小說大觀》二十八編，

的氣氛，人人都處於狂歡喧鬧之中，因此詞人回想當時自己為「疏狂客」，狂放不羈展現他沉浸於節日的熱鬧中。從這首也可看出詞人對時間的把握，上片先刻劃兩個節日的一起到來，再以「新春」點出元宵的月份，「新月圓」點出元宵的日子，最後以「縷金旛」呼應「立春」，「夜蛾」呼應「元夕」，可見對時間掌握精確。雖然情感的流露不如上一首元宵詞昂揚，但是多了份回首時的冷靜觀照。

節日的慶祝有開始，當然也就有結束，〈浣溪沙·元夕後三日王文明席上〉寫的就是元夕後與朋友的聚會：

　　　寶髻雙雙出綺叢，妝光梅影各春風，收燈時候卻相逢。

　　　　　魚子箋中詞宛轉，龍香撥上語玲瓏，明朝車馬莫西東。

上片寫的是節日的景況，女子紛紛從閨閣中走出，以美麗的打扮與梅影交互映照，更加動人。上片最後的「收燈」，即《夢梁錄》載：「至十六夜收燈，舞隊方散」，〔註 31〕結束了節日的歡愉，卻在收燈時，遇見故友，得以延續節日的歡樂，亦是一件令人感到振奮的事。下片寫歡會時的盛況，坐中有「魚子箋」及「龍香撥」相伴，前者典故出於唐代李肇《國史補》云：「紙則有越之剡藤、苔箋，蜀之麻面、屑末、滑石、金花、長麻、魚子、十色牋……。」〔註32〕，後者則出於楊貴妃琵琶以龍香板為撥，這兩句敘述宴會時歌妓所唱的歌曲與彈奏之盛，最後則從歡樂之中，想到明日的分別，發抒內心期盼。藉由元夕帶出收燈時候巧遇故人之事，期望能留住時間，也表現因為相聚匆匆，即使是宴會，都掛念著時光流逝，即將西東。

前已提及立春活動，尚有一首專寫立春的〈朝中措·丙午立春大雪，是歲十二月九日丑時立春〉，題目即交代時間，試看詞作：

　　　東風半夜度關山。和雪到闌干。怪見梅梢未暖，情知柳眼猶寒。　　青絲菜甲，銀泥餅餌，隨分杯盤。已把宜春縷勝，更將長命題旛。

頁 717。
〔註31〕〔宋〕吳自牧：《夢梁錄》卷一「元宵」。
〔註32〕〔唐〕李肇：《國史補》卷下（台北：世界，1968 年），頁 60。

－103－

下片全是立春的習俗，《石湖詞校注》釋「青絲苶甲」為「苶初出葉曰苶甲，青絲謂苶葉如青絲顏色。」〔註33〕「銀泥餅餌」則為「古人習俗於立春節日多吃春餅，銀泥乃指春餅顏色。」「宜春縷勝」即立春日彩勝剪貼「宜春」二字，貼於門上。「長命」原為五月五日端午節以五彩絲繫臂，名長命縷，取其避邪長壽。後世常用作詠端午的典故，也用作祝願長壽之詞，因此此處指的是祝壽之幡。寥寥數語，立春日的習俗與情意展露無遺。

立春之後，詞作中出現的節令是「穀雨」，宋人陳元靚《歲時廣記》引《三統曆》解釋穀雨乃「雨以生百穀」〔註34〕之意，農人已在田裡插秧，需要雨水滋潤泥土，使穀物成長茁壯，范成大〈蝶戀花〉：

> 春漲一篙添水面。芳草鵝兒，綠滿微風岸。畫舫夷猶灣百轉。橫塘塔近依前遠。　　江國多寒農事晚。村北村南，穀雨纔耕遍。秀麥連岡桑葉賤，看看嘗麵收新繭。

上片以河岸、芳草、鵝兒、畫舫、橫塘將一幅水鄉春景描繪出來，下片則寫農家生活，因為氣候多寒，直至「穀雨纔耕遍」。結拍寫漫岡遍野的麥子拔穗了，桑葉也有大量收成，充滿著豐收的喜悅，可看出詞人對農家生活的融入與滿足。節氣和農民生活息息相關，因此特別將「穀雨」的時間點出，更能表現農家的步調。喬力亦認為此篇字裡行間，湧騰著濃郁的生活氣息與歡快輕鬆氣氛，似乎與農民田老的心息相通，共同感受著春的憂慮喜悅。並且全篇造語淳淨無華，純真質樸，筆致清新，似乎只是在不動聲色地客觀摹寫表敘，其實有真情厚意貫注於中。〔註35〕可見這篇藉由農村、節氣之下，所傳達的生機、情調十分的親切可人。

重陽也是宋時一重要節日，當時的活動主要有賞菊、燈高、飲菊

〔註33〕黃畬：《石湖詞校注》，頁14。
〔註34〕〔宋〕陳元靚：《歲時廣記》卷十（北京：中華，1985年），頁3。
〔註35〕喬力：〈情深與境闊：范仲淹范成大詞對讀〉，《范學論文集‧下冊》（香港：新亞洲文化基金會有限公司，2004年），頁53。

花酒、插茱萸等等，《夢粱錄》卷五載：「今世人以菊花茱萸浮於酒飲之，蓋『茱萸』名『辟邪翁』，『菊花』為『延壽客』，故假此兩物服之，以消陽九之厄。」〔註36〕從菊花與茱萸皆有雅致的別號且為人所飲，可看出兩者在此節日的重要性。《武林舊事》亦載：「都人是月飲新酒，汎萸簪菊，且各以菊糕為饋，以糖肉秫面糅為之，上縷肉絲鴨餅，綴以榴顆，標以綵旗。」〔註37〕重陽時，正是秋風送爽、丹桂飄香、風霜高潔之際，宜於登高望遠，因此心情也就能較為開適、爽朗，〈朝中措〉即展現此一心境：

> 身閒身健是生涯。何況好年華。看了十分秋月，重陽更插黃花。　消磨景物，瓦盆社釀，石鼎山茶。飽喫紅蓮香飯，農家便是仙家。

這首詞寫得極為恬淡，充滿自足的快樂，首句有點化杜甫詩之意。杜甫於重陽節同友人宴集賦詩〈九日藍田崔氏莊〉，而有「明年此會知誰健」〔註38〕語，擔心來年再見難免有人已不健在。石湖點化後，以滿足取代悲傷之感，抒發當下感受。此刻更有茶、酒相伴，復加以香味撲鼻的紅蓮香飯，讓他感受「好年華」、「農家便是仙家」。重陽節日下，輕鬆恬意，以身心的悠閒、健康，以及滋味美好的食物入詞，使詞中流露盎然情韻。

最後，〈滿江紅・冬至〉也頗能表現他在節日中的雅致：

> 寒谷春生，熏叶氣、玉箭吹穀。新陽後、便占新歲，吉雲清穆。休把心情關藥裏，但逢節序添詩軸。笑強顏、風物豈非癡，終非俗。　清晝永，佳眠熟。門外事，何時足。且團圞同社，笑歌相屬。著意調停雲露釀，從頭檢舉梅花曲。縱不能、將醉作生涯，休拘束。

這首詞敘述冬至之情況及節日感受，雖然生活不能盡如人意，但逢節

〔註36〕〔宋〕吳自牧：《夢粱錄》卷之五「九月」。

〔註37〕〔宋〕周密：《武林舊事》卷三，《筆記小說大觀》二十八編，頁732。

〔註38〕〔唐〕杜甫著，〔清〕楊倫箋注：《杜詩鏡銓》（台北：華正，1989年），頁388。

序也該去除外累，感受「團團同社，笑歌相屬」的逍遙自在。結拍更
充滿人生體驗與豪情逸興。

（二）節序文化下的孤寂心境

佳節的來臨，除了帶來歡欣的節日情緒，有時也會引起低沉的心
緒。新年對中國人來說不但是團圓的時刻，也因為揮別舊的一年，面
對新的一年，易引起人們對自身現況的諸多思維、感觸，因此具有重
要的意義，〈水調歌‧人日〉寫出新年到元日期間的感受：

> 元日至人日，未有不陰時。新年叶氣，無處人物不熙熙。
> 萬歲聲從天下，一札恩隨春到，光采動天雞。壽域遍寰海，
> 直過雪山西。　　憶曾預，宣玉冊，捧金卮。如今萬里，
> 魂夢空繞五雲飛。想見大庭宮館，重起三山樓觀，雙指赭
> 黃衣。此會古無有，何止古來稀。

人日是正月初七，起拍即取用唐代杜甫〈人日〉詩句：「元日至人日，
未有不陰時」〔註39〕。這首詞作於五十一歲，時任成都制置使。上
片寫新年時候的熱鬧與慶祝，以「動天雞」、「遍寰海」、「直過雪山
西」強調上達天星、遠過雪山的節日氛圍。在充滿歡欣鼓舞的氛圍
中，他回憶自己曾在朝廷，而如今卻距離遙遠，朝廷裡的慶典竟只
能在想像、夢裡出現。藉新年、人日的時間意象抒發對過去的想念，
以及異地過節的傷感，再者，與能團圓之人相較之下，讓他更覺哀
傷。

新年後第一個重要節日是元宵，前文已討論過節日慶祝活動之
盛大，然元夕雖然可以盡情賞燈，但隨著年齡、心緒的不同，情感的
流露就不一致。相較於〈西江月〉（北客開眉樂歲）的歡欣，〈醉落魄‧
元夕〉則黯然許多：

> 春城勝絕。暮林風舞催花發。垂雲卷盡添空闊。吹上新年，
> 美滿十分月。　　紅蓮影下勾絲抹。老來牽強隨時節。無

〔註39〕　〔唐〕杜甫著，〔清〕楊倫箋注：《杜詩鏡銓》（台北：華正，1989 年），
頁 1248。

　　人知道心情別。惟有蛾兒，驚見鬢邊雪。

雖然景色「勝絕」，然而年歲已長，不再有縱情遊玩的心思，且此時
人人喧騰歡樂，更顯孤獨。「蛾兒」指的是元夕時戴在頭上的頭飾，
代表的是節日氛圍，與「鬢邊雪」的寂寞也恰好成一對比。

　　農曆八月十五是中秋節，乃一團聚佳節，宋‧吳自牧《夢粱錄》
記載宋朝中秋節情況：

　　此夜月色倍明於常時，又謂之「月夕」，此際金風薦爽，玉
　　露生涼，丹桂香飄，銀蟾光滿，王孫公子，富家巨室，莫
　　不登危樓，臨軒玩月。或登廣榭，玳筵羅列，琴瑟鏗鏘，
　　酌酒高歌，恣以竟夕之歡。至如鋪席之家，亦登小小月臺，
　　安排家宴，團欒子女，以酬佳節。雖陋巷貧窶之人，解衣
　　市酒，勉強迎歡，不肯虛度。〔註40〕

從此段記載可見宋朝人對中秋節的重視，不論貧富，都不肯虛度此一
佳節。中秋節的氣候涼爽、明月高掛，家家戶戶都充滿團圓的喜悅，
對未能與家人團圓的遊子來說，心情的鬱悶可想而知。另外，中秋節
因為月圓，也就容易使人想起嫦娥奔月的神話，只是心境有別，詮釋
就有差異。范成大兩首中秋詞都是在羈旅的情況下寫出，試看〈水調
歌頭〉：

　　細數十年事，十處過中秋。今年新夢，忽到黃鶴舊山頭。
　　老子個中不淺，此會天教重見，今古一南樓。星漢淡無色，
　　玉鏡獨空浮。　　斂秦煙，收楚霧，熨江流。關河離合、
　　南北依舊照清愁。想見姮娥冷眼，應笑歸來霜鬢，空散黑
　　貂裘。醉酒問蟾兔，肯去伴滄洲。

此詞作於淳熙四年的中秋，起拍即以時間和地點訴說他的漂泊，像故
事的起首一樣，娓娓道出其辛酸。范成大在《吳船錄》卷下曾言自己
「通計十三年間，十一處見中秋，亦可以謂之遊子。」〔註41〕也可見
詞中「十處」並非誇大之語。「老子個中不淺」乃用典，東晉庾亮鎮

〔註40〕〔宋〕吳自牧：《夢粱錄》卷之四「中秋」。
〔註41〕《范成大筆記六種》，頁226。

守武昌，曾在秋夜與僚屬談笑，並言「老子於此興復不淺」〔註42〕，詞人此時身處南樓，因此以庾亮自況，充滿懷古之思。雖然自比古人，但是情調卻迥然不同，他所望去是「淡無色」、「獨空浮」，同時也是心境的投射，不但與古人庾亮不同，與今日能享受團圓的人也不同。孤單、寂寥的感受正呼應著異地過中秋的漂泊感。

另一首中秋詞為〈念奴嬌〉：

> 雙峰疊嶂，過天風海雨，無邊空碧。月姊年年應好在，玉闕瓊宮愁寂。誰喚癡雲，一杯未盡，夜氣寒無色。碧城凝望，高樓縹緲西北。　　腸斷桂冷蟾孤，佳期如夢，又把闌干拍。霧鬢風鬟相借問，浮世幾回今夕。圓缺晴陰，古今同恨，我更長為客。嬋娟明夜，尊前誰念南陌。

前闋以十年來的漂泊開頭，這首則以寫景開篇。直寫出風雨過後，群山連綿的開闊景色，眼前所見為此，那心裡所想呢？他想到嫦娥年年都在美好的「玉闕瓊宮」之中，卻仍然「愁寂」，自己何嘗不是如此。這孤獨感和他的羈旅生涯也有關係，如同〈念奴嬌〉（水鄉霜落）：「千古羈愁如織。我輩情鍾，匆匆相見，一笑真難得。」所言，因為羈旅而生會少離多、匆匆相見的羈愁，使得笑容不再浮現。換頭一樣著眼於天上的「桂冷蟾孤」，他的悲憤、哀愁藉由「把闌干拍」的動作傾洩而出。東坡〈水調歌頭〉（明月幾時有）揭示「人有悲歡離合，月有陰晴圓缺，此事古難全。」的人生哲理。范成大此處化用東坡詞，卻以「古今同恨，我更長為客」抒發強烈的憾恨與痛苦。上一首在哀傷之中尚充滿想像與調侃，想像嫦娥對自己的嘲笑，調侃著自己的一事無成。這首則幾乎全為傷心色調，將嫦娥當作自己的投射，以「愁寂」、「寒無色」、「腸斷桂冷蟾孤」、「古今同恨」，盡吐內心感傷。

〔註42〕《歲時廣記》卷三「登南樓」載：「晉史庾亮傳，亮鎮武昌，諸佐史殷浩之徒秋夜乘月，共登南樓，俄而亮至，諸人將起避之，亮徐曰，諸君小住，老子於此興復不淺，便據湖牀，與浩等談詠竟夕，其坦率如此。陶侃曰，亮非惟風流，更有為政之實也。」，頁38。

同樣抒發中秋之情的有〈滿江紅〉，下片為：

> 懷往事，漁樵侶。曾共醉，松江渚。算今年依舊，一杯滄
> 浦。宇宙此身元是客，不須悵望家何許，但中秋、時節好
> 溪山，皆吾土。

以「宇宙」句表現灑脫，詩集卷二〈重九獨登賞心亭〉亦有「宇宙此身元是客，不須彈鋏更思家」〔註43〕之句，一再強調的背後，或許就透露出他內心的不平靜，故以此來安慰自己。以「中秋」興發個人際遇，以及對家國破碎的無奈，期許國土能如月一般的圓。

有時也藉節氣抒寫感傷，如農曆八月的節氣「白露」。時值秋天，鶴高鳴相警，〈南柯子〉即以此時間點展開描寫：

> 槁項詩餘瘦，愁腸酒後柔。晚涼團扇欲知秋。臥看明河銀
> 影、界天流。　　鶴警人初靜，蟲吟夜更幽。佳辰祇合算
> 花籌。除了一天風月、更何求。

起拍以「瘦」、「愁」刻畫出他的身心狀態，夜晚時分，仰望星空，感受涼意，此時又傳來「鶴警」〔註44〕、「蟲吟」聲，使人更加醒覺。「鶴警人初靜，蟲吟夜更幽」仿用梁・王籍〈入若耶溪〉「蟬噪林逾靜，鳥鳴山更幽」〔註45〕，王籍此詩生動傳達山林間偶一鳥鳴，更顯靜謐的微妙感受，後人難以突破，於是石湖以「鶴警」取代蟬噪，點出節氣的同時，也就暗示了季節——「秋」。秋天物色由盛轉衰，氣候漸涼，心理上，萬物的蕭條，人的情感也就容易受到波動；生理上，許多病痛在秋天也容易出現。且「悲秋」是中國古代文人的心理趨向，一年將盡，容易喚起生命意識及功業無成的感慨，似乎也就巧妙的呼應起拍的「愁」。

此外，亦有在詞作中僅以幾句抒發節緒感受者，如〈秦樓月・寒

〔註43〕〔宋〕范成大：《范石湖集》（台北：河洛，1975 年），頁 14。
〔註44〕〔晉〕周處《風土記》：「鶴性警，至八月白露降，流於草葉，滴滴有聲，即高鳴相警，徙所宿處，慮有變害也。」（清順治丁亥四年，1647 年）兩浙督學李際期刊本。
〔註45〕逯欽立輯校：《先秦漢魏晉南北朝詩》（台北：木鐸，1988 年），頁。

食日湖南提舉胡元高家席上聞琴〉因為即將分離，而有「明朝殘夢，馬嘶南陌」的感傷。〈水調歌頭・燕山九日作〉（萬里漢家使）因為出使金國，眼裡盡是「關河百二」，也背負「袖裡天書咫尺」的重任，且無法與家人共度節日，因此抒發「對重九，須爛醉，莫牽愁」的感慨。

　　綜上所述，描寫節日的詞作裡，展露詞人各樣的心境，有時是在節日的歡愉中，感染快樂的氣氛，有時則是因為節日，反襯出孤寂的心緒，或藉節序吐露心裡的傷感。藉由時間觸發的感受、以及對時間的捕捉，情感不再不著邊際的抒發，而能依託意象，表現凝鍊的情感。

二、空間意象與內心感觸：柳邊沙外古今情

　　人的生活離不開空間，地域名稱通常不只是一種自然地域的概念，而且會成為寄託情感、象徵事物的意象。石湖生於物產豐富、風景秀麗的吳縣，加之於對周遭人事物的細膩感受，於晚年居吳時撰成《吳郡志》。此書共五十卷，分別介紹了吳地的風俗、城郭、古蹟、園亭、土物……等三十九門，鉅細靡遺，足見他觀察體驗之深刻，而藉由《吳郡志》裡的描寫，可還原詞裡出現的空間。石湖因仕宦或出使而須離鄉，因此除了享受家鄉美景之外，更有對這片美好山林的眷戀懷想。下文便以這兩種情懷，洞悉他內心凝聚的情感與外在環境呈現何種激盪。

（一）自然風光下的性情展現

　　石湖為吳縣人，吳縣乃蘇州所領。〔註46〕蘇州西接太湖，東臨大海，東北瀕揚子江，東北西三面地勢略高，中間地勢低窪，湖盪散

〔註46〕梁庚堯：《宋代社會經濟史論集・上》云：「蘇州古代為吳國之地，……宋初蘇州領吳、長洲、崑山、吳江、常熟五縣，北宋政和三年（1113），生蘇州為平江府，南宋嘉定十年，分崑山縣濱海之地置嘉定縣，自此領有六縣。」（台北：允晨文化，1997年），頁335～336。

布，塘浦縱橫，號稱「澤國」。蘇州是浙西大郡，南宋時諺稱「天上天堂，地下蘇、杭」及「蘇、湖熟，天下足」〔註47〕蘇州不但風光明媚、物產豐富，還有休閒遊樂的功能，……城南有南園，城北有桃花塢，城外有虎邱山，風景優美，亦皆遊賞的好處所。〔註48〕其中，范成大曾走訪南園及桃花塢，如〈千秋歲・重到桃花塢〉：

> 北城南埭。玉水方流匯。青樾裡，紅塵外。萬桃春不老，雙竹寒相對。回首處。滿城明月曾同載。　　分散西園蓋。消減東陽帶。人事改，花源在。神仙雖可學，功行無過醉。新酒好。就船況有魚堪買。

詞作於淳熙丙午（1186）年，即范成大六十一歲所作。〔註49〕詞的上片寫出桃花塢的廣闊與美麗，青色枝柯錯落著，遊於其中，感到遠離俗世的干擾。因舊地重遊，不免興發明月依舊，人事已改的感慨。值得慰藉的是花源猶在，況且「新酒好，就船況有魚堪買」充滿逍遙自得的情態，心情也因此得到抒解。詞中雖不免有慨嘆，卻能在桃花塢中消解低落的情緒，轉為看到世態美好的一面。

　　南園也是一處風景美好之地，《吳郡志》描述南園為：「吳越廣陵王元之舊圃也。老木皆合抱，流水奇石，參錯其間。王禹偁為長洲令，常攜客醉飲。」〔註50〕文化背景加之以山水美景不禁使人為之陶醉，〈鷓鴣天・席上作〉即以南園入詞：

> 樓觀青紅倚快晴。驚看陸地湧蓬瀛。南園花影笙歌地，東嶺松風鼓角聲。　　山繞水，水縈城。柳邊沙外古今情。坐中更有揮毫客，一段風流畫不成。

〔註47〕　〔宋〕范成大：《吳郡志》卷五十（北京：中華書局，1985年），頁418。梁庚堯：《宋代社會經濟史論集・上》，頁334～336。
〔註48〕　梁庚堯：《宋代社會經濟史論集・上》，頁455。
〔註49〕　《范石湖集》詩集卷二十七〈閶門初泛二十四韻〉自注云：「淳熙丙午重九後十日，家人輩以余久病，適新修小舫，勸扶頭一出，以禳跋屯滯。遂至北城檢校桃花塢，出關傍漕河，望楓橋、橫塘，中路而還，故有即事詠景唐律之作。」（台北：河洛，1975年），頁378。
〔註50〕　〔宋〕范成大：《吳郡志》卷十四（北京：中華書局，1985年），頁125。

這首詞情調昂揚，他從高樓俯瞰，因爲有「南園花影笙歌地，東嶺松風鼓角聲」視覺及聽覺的享受，彷彿覺得陸地即如仙境。同爲「柳邊沙外」卻有「古今情」的不同，此處「古今情」或許即指王禹偁事。結拍他一展興致，欲將當時的逸興化爲有形。最後雖然畫不成，坐中揮毫的形象已展現他沉醉於山水的豪情。

西湖勝景久爲人所讚賞，〈滿江紅‧雨後攜家遊西湖，荷花盛開〉寫雨後西湖，一幅愜意又清麗婉媚的風情畫油然而生，試看：

> 柳外輕雷，催幾陣、雨絲飛急。雷雨過、半川荷氣，粉融香浥。弄蕊攀條春一笑，從教水濺羅衣溼。打梁州、簫鼓浪花中，跳魚立。　　山倒影，雲千疊。橫浩蕩，舟如葉。有采菱清些，桃根雙楫。忘卻天涯漂泊地，尊前不放閒愁入，任碧簫、十丈捲金波，長鯨吸。

起拍從湖邊一片爽麗怡人的景致寫起，一陣打雷聲及雨水的洗禮之後，荷花香氣飄散開來，已使人有聽覺、視覺及嗅覺的觸動。「山倒影」乃藉由山、水的輝映，更營造出空間感，水光瀲灩，湖山渺渺，使人心凝形釋。也將感官作用昇華爲精神層次，拋開一切羈絆與枷鎖，讓自然的美好都輕輕巧巧滲入他的心中。寫西湖美景者，尚有〈鷓鴣天〉：

> 蕩漾西湖采綠蘋。揚鞭南埭袞紅塵。桃花暖日茸茸笑，楊柳光風淺淺顰。　　章貢水，鬱孤雲。多情爭似桂江春。崔徽卷軸瑤姬夢，縱有相逢不是眞。

起拍寫西湖美景，「蕩漾西湖采綠蘋，揚鞭南埭袞紅塵」使他感受到大自然的情意，而覺此處「多情爭似桂江春」，最後並感如夢似幻，而生發「崔徽卷軸瑤姬夢，縱有相逢不是眞」的感受。藉由美景，能使人蕩滌心靈、忘卻一切，眞假之間，已無需計較。

范成大擁有私人園林——「石湖」，對此地尤其懷抱情感，如〈念奴嬌‧和徐尉遊石湖〉下片能展現詞人性情：

> 湖山如畫，繫孤篷柳岸，莫驚魚鳥。料峭春寒花未遍，先共疏梅索笑。一夢三年，松風依舊，蘿月何曾老。鄰家相

問，這回真個歸到。　　綠鬢新點吳霜，尊前強健，不怕
衰翁號。賴有風流車馬客，來覓香雲花島。似我粗豪，不
通姓字，只要銀瓶倒。奔名逐利，亂帆誰在天表。

回到石湖，即使白髮蒼蒼，卻未減其豪情。起拍「繫孤篷柳岸，莫驚
魚鳥」與〈三登樂〉（路轉橫塘）「過溪門、休蕩槳，恐驚魚鳥」有異
曲同工之妙，對此地的鍾情與珍愛可由此看出端倪，只有如此細心，
才能感受到山林的原始滋味。最後，「似我粗豪，不通姓字」化用杜
甫〈少年行〉：「不通姓字粗豪甚，指點銀瓶索酒嘗」〔註51〕，欲像詩
中少年一般，帶著幾許自負、意氣風發，展露真性情。

（二）羈旅離別時的眷戀懷想

石湖除有詩名之外，亦創作多本「志」與「錄」，有的撰於赴任
途中，有的則是歸途所寫，藉此紀錄許多沿途風物、古蹟形勝，以
及生活的點滴與感受。詞中亦有多首在途中及任官時所寫，前者如
〈菩薩蠻・湘東驛〉藉由赴任途中經過湘東驛，抒發他對於家鄉的
情感：

> 客行忽到湘東驛，明朝真是瀟湘客。晴碧萬重雲，幾時逢
> 故人？　　江南如塞北，別後書難得。先自雁來稀，那堪
> 春半時。

這首作於詞人赴廣右途中，經過驛站有感而發。離鄉越遠，遇到故人
之機會也就越渺小，因此他生發「幾時逢故人」的疑問與感嘆。赴任
固然不是遠至塞北，但離開家鄉孤獨感則如影隨形，且因書信往返不
便，因此他感受「江南如塞北」。羈旅途中所經之地都只是短暫的停
留，奔波之勞與異地之愁使他陷入低落的情緒中。

羈旅時，家鄉美景更易令遊子朝思暮想，〈朝中措〉即回憶家鄉
美好：

> 繫船沽酒碧帘坊，酒滿勝鵝黃。醉後西園入夢，東風柳色

〔註51〕〔唐〕杜甫著，〔清〕楊倫箋注：《杜詩鏡銓》（台北：華正，1989 年），
　　　　頁 389～390。

花香。　　水浮天處，夕陽如錦，恰似鱸鄉。中有憶人雙
淚，幾時流到橫塘？

故鄉美景使他魂牽夢縈，只有醉後「西園」〔註52〕才能入夢中。「東
風柳色花香」描摹觸覺、視覺、嗅覺，徜徉其中，心曠神怡的感受油
然而生。然而，夢中景象仍歷歷在目，醒來後卻是離鄉萬里，傷感使
然，眼前所見彷彿故鄉。「鱸鄉」乃用典，《晉書·張翰傳》：「因見秋
風起，乃思吳中菰菜、蓴羹、鱸魚鱠，曰：『人生貴得適志，何能羈
宦數千里以要名爵乎！』遂命駕而歸。」〔註53〕此用以比喻家鄉。最
後，期盼雙淚能夠乘載他的思念，流回「橫塘」（江蘇省吳縣西南）。
詞以西園、鱸鄉、橫塘的空間意象結合鄉愁，將傷惻之情化為哀怨之
詞，益增思鄉的悲怨無奈。

同樣以空間表現思鄉情懷的還有〈減字木蘭花〉（臘前三白），這
首乃詞人帥蜀時作，〔註54〕以「身在高樓，心在山陰一葉舟」表現雖
然身不由己，但心已跳脫束縛，不被高樓所困。藉由空間的想像轉換，
欲化解滿腔愁緒。〈卜算子〉（雲壓小橋深）下片「回首故園春，往事
難重省。半夜清香入夢來，從此薰鑪冷。」也同樣在夢中品味家鄉的
美好，以「清香」強調香味帶給人的熟悉感。

除了有家鄉的空間意象，詞裡也經常會寫到「樓」的空間，如
「西樓」、「南樓」、「高樓」。〈惜分飛〉換頭即寫西樓：

易散浮雲難再聚，遮莫相隨百步。誰喚行人去？石湖煙浪
漁樵侶。　　重別西樓腸斷否？多少淒風苦雨。休夢江南
路，路長夢短無尋處。

上片以懷想家鄉「石湖」的悠閒自在結束，下片則轉入西樓離別時的
斷腸，對比的方式，也好似是他的情感轉折。結拍情感濃烈，歸鄉之
路長，然夢境卻苦短，醒來徒增惆悵，直道出夢境的殘酷。另外，〈浣

〔註52〕 「西園」位於江蘇省吳縣閶門外，乃詞人故鄉風景。
〔註53〕 〔唐〕房玄齡等原撰、楊家駱主編：《新校本晉書并附編六種》卷九
　　　　十二〈張翰傳〉（台北：鼎文，1979年），頁2384。
〔註54〕 黃聲儀：《石湖詞研究及箋注》，頁116。

溪沙・新安驛席上留別〉亦有「西樓」：

　　送盡殘春更出遊，風前蹤跡似沙鷗，淺斟低唱小淹留。

　　　　　月見西樓清夜醉，雨添南浦綠波愁，有人無計戀行舟。

這首詞作於乾道九年（1173）閏月七日赴廣右途中，〔註55〕鷗乃一漂泊之禽鳥，因此以鷗喻羈旅。夜已深沉，詞人卻因思緒萬千，醉酒解愁，眼前望去的無邊細雨更添內心鬱悶。以空間襯托孤寂心緒，將羈旅的孤單、濃烈的情懷全都投入一處處的家鄉美景裡，充滿臨別的顧戀與深情。

　　登樓所見常都是苦悶、悲愁之情。之所以如此，馬元龍提出，登高望遠使人視野廣闊，佇立峰頂或高樓憑欄時，一目千里的遼闊一方面喚醒了主體一貫被壓抑的遠志遙情，另一方面，遺世獨立又引發了主體的孤獨之感。而且也因為登高望遠，人視力的侷限性就相形明顯，因為視野變得豐富，遠距離的大量事物卻變得朦朧而渾沌，與心理上迷惘和悲哀產生「異質同構」〔註56〕。以思鄉的人來說，登高望遠而思鄉懷人產生的悲涼就在於兩者的可「望」而不可即，此處的「望」又只是「想望」，望的只是心中的形象，但是這些山水卻使他靈魂可以徜徉其中得到安慰與休寧。〔註57〕對石湖來說，登樓產生的孤獨感，如：〈念奴嬌〉（雙峰疊障）「碧城凝望，高樓縹緲西北。腸

〔註55〕《驂鸞錄》有相關記載：「七日，將發南浦，終日雨，諸司來集，遂留行，夜分大雪作，燃炬照江中，舞蝶塞空，亦奇賞也。」〔宋〕范成大撰；孔凡禮點校：《范成大筆記六種》（北京：中華書局，2004年），頁49。

〔註56〕「異質同構」是西方格式塔心理學派提出，認為審美體驗就是對象的表現性及其力的結構（外在世界），與人的神經系統中相同的力的結構（內在世界）的同型契合。譬如，「春山」與人的「笑」雖然是不同質的，但它們的力的結構是相同的，都屬於上升的類型，因此，「春山」與「笑」就是異質同構關係，它們之間的聯繫與溝通，產生了「春山淡冶而如笑」的美好句子。童慶炳：《中國古代心理詩學與美學》（北京：中華，1997年），頁154～160。

〔註57〕參馬元龍：〈登高望遠　心瘁神傷──兼論中國人的生命意識〉，《華中師範大學學報》（人文社會科學版）第37卷第4期（1998年7月），頁52～56。

斷桂冷蟾孤，佳期如夢，又把闌干拍」，對於未來的未知，及離鄉的孤單感受，都藉由登高迸發出。登高而生心中的想望則如〈南柯子〉（悵望梅花驛）：「香雲低處有高樓。可惜高樓、不近木蘭舟」，雖然自言「不怕樓高酒力寒」（〈減字木蘭花〉（玉煙浮動）），然而何嘗不是一種因為擔憂而自我催眠的心態。

　　上述對空間意象與內心感觸的揣摩，可從自然山水的遊賞，如「新酒好，就船況有魚堪買。」、「只要銀瓶倒」、「任碧箭、十丈捲金波，長鯨吸。」看出他狂飲作樂的盡興，也因為他「忘卻天涯漂泊地，尊前不放閒愁入」因此，面對老去，能以「綠鬢新點吳霜，尊前強健，不怕衰翁號。」、「歸鬢任霜，醉紅未老」表現自己不因年老而意志消頹，反而投身山林，寄情山水。以大自然洗滌耳目、提昇心靈，創造出獨特的韻味。羈旅別離時，故鄉景致則成為朝思暮想的對象，如「醉後西園入夢，東風柳色花香。」「夕陽如錦，恰似鱸鄉」，心中愁思也與「高樓」的空間意象相互結合，如「高樓縹緲西北」、「重別西樓腸斷否」，彰顯飄零的愁。

三、風物意象與生命追求：燒香曳簟眠清樾

　　除了時間、空間與生活關係密切，食、衣、住、行也是日常所不可或缺，詞中對生活意象的琢磨繽紛了詞意。希望藉由詞中出現的食、衣等觀察詞人物質享受，再以遊覽賞花的活動探討詞人精神生活，進而，將兩方面加以結合，探索其生命追求。

（一）飽食暖衣下的物質享受

　　宋代的農業相當興盛，范成大在《吳郡志》寫到「吳中自昔號繁盛，四郊無曠土，隨高下悉為田。」〔註58〕從耕地的利用狀況即可知當時農業的盛產。詞中對稻作的描寫，如〈浣溪沙・江村道中〉上片「十里西疇熟稻香，槿花籬落竹絲長，垂垂山果掛青黃。」寫出農村稻作即將收成時的遠處飄香，以及滿眼望去，花、竹、果生長的情形，

〔註58〕〔宋〕范成大：《吳郡志》卷二（北京：中華書局，1985 年），頁 10。

農村豐收的景象與滿足帶給詞人喜悅之情。另外，〈朝中措〉則寫到更多物產：

> 身閒身健是生涯。何況好年華。看了十分秋月，重陽更插黃花。　　消磨景物，瓦盆社釀，石鼎山茶。飽喫紅蓮香飯，農家便是仙家。

除在涼風中賞月、插黃花，更以瓦盆盛酒、石鼎烹茶，「社釀」指祭社神之日所用的酒，〔註59〕石鼎指石製的鼎，元・陳時中〈碧瀾堂賦〉：「汲石鼎以烹茶，則泉潔而茶香。」〔註60〕有上等的茶與酒可享用，滿是閒情逸致。此外，尚有「紅蓮香飯」，《吳郡志》對紅蓮稻的說明為：

> 紅蓮稻，自古有之，陸龜蒙別墅懷歸詩云：「遙為晚花吟白菊，近炊香稻識紅蓮」則唐人已書，此米中間絕不種，二十年來農家始復種，米粒肥而香。〔註61〕

對米飯的要求已不僅要填飽肚子，更要「米粒肥而香」，對吃的講究顯示其富裕與閒情，無怪乎詞人感到如在仙家一般。以時間意象搭配輕鬆自在的風物意象，更使詞顯動人力量。

除了有稻，南方亦植麥。北宋初年，官府為了改變「江北之民雜植諸穀，江南專種粳稻」的舊耕作制度，於是鼓勵北方人民種稻，南方種麥類等作物，南方便不再專種稻。南宋初年，北方人口大批向南遷徙，因為北方人愛吃麵食，麥價迅速提高，種麥者獲利較多，且官府規定佃客如種麥不需向地主繳納麥租，因此，南方植麥面積也就不斷擴大。〔註62〕〈蝶戀花〉（春漲一篙添水面）：「秀麥連岡桑葉賤」，可見當時麥的種植，〈減字木蘭花〉（臘前三白）：「歸田計決，麥飯熟時應快活。」則為享受美食的快意。同樣以農產品入詞的尚有〈浣溪

〔註59〕黃聲儀：《石湖詞研究及箋注》（台北：台灣師範大學國文研究所，1975年），頁76。

〔註60〕黃畬：《石湖詞校注》，頁15。

〔註61〕〔宋〕范成大：《吳郡志》卷三十「土物」（北京：中華書局，1985年），頁284。

〔註62〕參朱瑞熙：《宋代社會研究》（河南：中洲書畫社，1983年），頁3。

沙〉（紅錦障泥杏葉韉）寫的是經過臨平鎮所見「絳裙青袂斸薑田」、
〈減字木蘭花〉（折殘金菊）：「橙子香時新酒熟」、〈滿江紅〉（千古東
流）：「荻筍蔞芽新入饌」，反映出當時的飲食之外，也間接點出享用
的感受。

　　不僅有上等的稻麥可食，也有多樣酒類可享用，如〈朝中措〉
（身閒身健是生涯）：「瓦盆社釀，石鼎山茶」；〈宜男草〉（籬菊灘蘆
被霜後）：「橘中曾醉洞庭酒」；〈念奴嬌〉（十年舊事）：「醉京花蜀
酒」；〈虞美人〉（落梅時節冰輪滿）：「錦江城下杯殘後，還照鄞江
酒。」各樣的酒反映他所處的空間雖然不同，生活享受則一。衣著也
呈顯物質生活的一部分，如〈虞美人〉（玉簫驚報同雲重）：「王孫
沈醉猱氈幕，誰怕羅衣薄。」〈眼兒媚〉（酣酣日腳紫煙浮）：「妍暖破
輕裘。」〈水調歌頭〉（萬里漢家使）的「風露冷貂裘」，夏天有絲
織的羅衣，冬天有輕暖的皮裘，也有貂毛做的皮裘，藉由衣著表現當
時的情態、溫度與氣候。也有以此加強詞中情感，如〈醉落魄〉（雪
晴風作）以「今年翻怕貂裘薄」表現「寒似去年，人比去年覺」的情
態；〈滿江紅〉（柳外輕雷）：「弄蕊攀條春一笑，從教水濺羅衣溼」
透過輕薄羅衣的濺濕傳達湖邊玩耍的情態，春天的景致也就為之生
動。有時用典也會寫到衣著，如〈水調歌頭〉（細數十年事）「空敝黑
貂裘」、〈醉江月〉（浮生有幾）「誰似當日嚴君，故人龍袞，獨抱羊裘
宿。」，選取衣著以突顯人物落魄或隱居的情態，彷彿重回歷史，親
見親感。

　　另外，物質享受尚有〈醉落魄〉（棲烏飛絕）寫夜晚賞笙聲，從
「燒香曳簟眠清樾」可看出焚香之外，還有一床竹蓆為伴，在月光照
射的樹蔭下休息，閒適舒服的感受盪漾於花間月下。雖然表現日常隱
居生活境況情狀，但也注入閒雅悠遠、淨瑩清澄的趣味，表現自我擺
脫塵囂的襟懷與高潔的品格。〔註63〕

〔註63〕參喬力：〈情深與境闊：范仲淹范成大詞對讀〉，《范學論文集・下冊》
　　　　（香港：新亞洲文化基金會有限公司，2004年），頁45。

（二）遊覽賞花時的精神昇華

宋代人有賞花的習俗，每當花開時節，城市裡的男女紛紛結伴賞花，士大夫家多闢私家花園，但花開時節允許外人前來觀賞。〔註64〕南宋賞花益盛，王偉勇形容富豪們「擅勢一時，富甲一方，遂廣置園林亭臺，爲朋輩雅集聚會之所」〔註65〕，范成大官至參知政事（副宰相），復任職許多地方官，因此生活總能維持在高水準，文人雅士的賞花樂趣自是他生活的一部分。

石湖詠海棠的詩有數首，如〈錦亭然燭觀海棠〉：「從今勝絕西園夜，壓盡錦官城裡花」〔註66〕極力讚美海棠。後人詠海棠甚至以爲典故，如劉克莊〈摸魚兒・海棠〉：「悵玉局飛仙，石湖絕筆，孤負這風韻。」即用范成大詠海棠事表現對海棠的讚美。除詩以外，亦有詠海棠之詞，如〈浣溪沙・燭下海棠〉：

> 傾坐東風百媚生。萬紅無語笑逢迎。照妝醒睡蠟煙輕。
> 采棟橫斜春不夜，絳霞濃淡月微明。夢中重到錦官城。

這首詠燭下海棠，首兩句點化白居易〈長恨歌〉：「回眸一笑百媚生，六宮粉黛無顏色」之跡，寫出花在風中搖曳、微笑的嬌媚姿態。而海棠在燭光的照明下，更形美麗，使他憶起蜀都的海棠，而在夢中再度回到滿是美麗海棠的錦官城。從末句可判斷此首爲范成大五十二歲離蜀後所作，錦官爲主治錦之官，因以爲城名，在今四川成都縣南。成都舊有大城少城，少城在大城西，即錦官城也。〔註67〕

另一首詠海棠作品爲〈醉落魄・海棠〉：

> 馬蹄塵撲，春風得意笙歌逐。欵門不問誰家竹，只揀紅妝，高處燒銀燭。　碧雞坊裡花如屋，燕王宮下花成谷。不須悔唱關山曲，只爲海棠，也合來西蜀。

關於此闋創作時間，楊長孺（楊萬里長子）〈石湖詞跋〉有云：「淳熙

〔註64〕朱瑞熙：《宋代社會研究》，頁311。
〔註65〕王偉勇：《南宋詞研究》（台北：文史哲，1987年），頁56。
〔註66〕〔宋〕范成大：《范石湖集》，頁235。
〔註67〕黃聲儀：《石湖詞研究及箋注》，頁69。

戊戌，先生歸自浣花，是時家尊守荊溪，置酒卜夜，觸次從容，先生極談錦城風景之盛，宦情之樂，因舉似數闋，如〈賦海棠〉云：『馬蹄塵撲……。』」〔註68〕可知此闋作於詞人帥蜀時期，即淳熙三（1176）、四（1177）年，詞人五十、五十一歲間。首兩句化用孟郊〈登科後〉「春風得意馬蹄疾」之意，又增加「笙歌」的音樂元素，使場面更加盡情快意。「款門不問誰家竹」用王徽之賞竹之事寫出賞花逸趣。「只揀紅妝，高處燒銀燭。」用蘇軾〈海棠〉「只恐夜深花睡去，高燒銀燭照紅妝」，詞人改用之後，以「只揀」強調對海棠的獨鍾。〔註69〕結拍二句也為李曾伯〈醉蓬萊‧代壽昌州守叔祖〉：「記石湖佳句，為海棠花，合來西蜀」所化用，足見他對海棠的喜愛為人所知，作品亦為人所欣賞。

花的美麗與香味沁人，能使人有視覺與嗅覺的雙重感受，如〈虞美人‧紅木犀〉：

> 誰將擊碎珊瑚玉，裝上交枝粟。恰如嬌小萬瓊妃，塗罷額黃嫌怕、污燕支。　　夜深未覺清香絕，風露溶溶月。滿身花影弄淒涼，無限月和風露、一齊香。

紅木犀是桂花的一種，因為開紅花，又名丹桂。擊碎珊瑚原是石崇用以炫耀自身之富裕，石湖活用典故，以擊碎珊瑚玉裝上交枝粟來比擬紅木犀之美。美麗之外，隨著夜色的深沉，花香愈形飄散，伴隨著月色，陶醉的情態迴旋在夜色花影之中。〈玉樓春‧牡丹〉也寫出花香：

> 雲橫水繞芳塵陌，一萬重花春拍拍。藍橋仙路不崎嶇，醉舞狂歌容倦客。　　真香解語人傾國，知是紫雲誰敢覓？滿蹊桃李不能言，分付仙家君莫惜。

〔註68〕黃畬：《石湖詞校注》，頁118。

〔註69〕范成大對海棠的喜愛還可見於《吳郡志》記載：「蓮花海棠，花中之尤也。凡海棠雖豔麗，然皆單葉，獨蜀都所產重葉，豐腴如小蓮花。成大自蜀東歸，以瓦盆漫移數株置船尾，纏高二尺許，至吳乃皆活，數年遂花，與少城無異。」〔宋〕范成大：《吳郡志》卷三十（北京：中華書局，1985年），頁288。

這首詞從賞花的景致寫起，寫到自己「醉舞狂歌」的盡興。對於「倦客」來說，「眞香解語」更是心靈的慰藉，也可見他將花許爲知音的態度。

從他對海棠的欣賞、喜愛，進而移植海棠、宴客賞花，以及對花香的細細感受，可見他生活的樂趣與情趣。同時，這也是他生命追求的一部份。雖然有愛民如子的胸懷及對國家局勢的憂心，但因爲宋代官員的俸祿優厚，使他也能有賞花的物質條件，並進而擁有豐富的精神生活。

綜上所述，石湖生命的追求，可從幾個方向來看，首先是「身閒」、「身健」，有這兩個條件才能有心去追求物質與精神享受，次則是「瓦盆社醲」、「石鼎山茶」、「紅蓮香飯」、「羅衣」、「貂裘」、「燒香曳簞」等的物質享受，再則是文人雅士間的遊覽賞花，沉醉於花的美麗與花香之中，得到精神的昇華。

四、典故意象與精神思致：周郎去後賞音稀

藉由時間、空間與風物意象能勾勒出當下詞人的心境、感受與生活，典故意象的使用，則是藉由另一個時空、事件以傳達詞人的想法。用典是創作裡重要的手段，透過作者的詮釋，將原先的故實或正用或反用，創造出耳目一新的藝術美感，同時也能使人對於作者想表達的內容心領神會。

（一）功業無成思歸山林

建功立業本是古代士人所追求的人生目標，但是羈旅的苦悶與長途跋涉常使人生發思歸山林之意，對於身體羸弱的石湖更是如此。赴廣西途中，道經浙江省桐廬縣西之嚴子陵釣台，懷古之情油然而生，因而寫下〈酹江月・嚴子陵釣台〉〔註70〕，全詞爲：

〔註70〕 《驂鸞錄》記載「癸巳年正月一日，巳午間至釣台。率家人子登台講元正禮，謁三先生祠。……薄宦區區如此，豈惟愧羊裘公，見篤師灘子，慚顏亦厚……。」〔宋〕范成大撰；孔凡禮點校：《范成大

浮生有幾，歡娛娛常少，憂愁相屬。富貴功名皆由命，何
必區區僕僕。燕蝠塵中，雞蟲影裡，見了還追逐。山間林
下，幾人真個幽獨。　　誰似當日嚴君，故人龍袞，獨抱
羊裘宿。試把漁竿都掉了，百種千般拘束。兩岸煙林，半
溪山影，此處無榮辱。荒臺遺像，至今嗟詠不足。

此地相傳為東漢隱士嚴光隱居之地，嚴光事跡見《後漢書·逸民傳》：
「嚴光，字子陵，一名遵。會稽餘姚人也。少有高名，與光武同遊學。
及光武即位，乃變名姓，隱身不見，帝思其賢，乃令以物色訪之。後
齊國上言：『有一男子，批羊裘釣澤中。』帝疑其光，乃備安車玄纁，
遣使聘之。」〔註71〕光武即位後，他不戀棧權位，隱居不見。范成大
此時四十八歲，回首一生仕途顛頓、長年離鄉，而有起拍「歡娛常少，
憂愁相屬」的心緒，並萌生何必為富貴功名辛苦奔走的想法。也感慨
人生所追逐的不過是「燕蝠塵中」〔註72〕、「雞蟲影裡」〔註73〕的小
事，因此讓他疑惑在這山林之中，真正能放下一切幽居獨處的有幾
人？僅能以山林聊慰心靈，感受「此處無榮辱」罷了。以典故抒發感
觸，盼自己能同嚴光一般歸隱山林，然際遇不同，人生抉擇亦不同，
終究只能在「荒臺遺像」間嗟詠的感慨。

同樣以典故表現歸隱之思的尚有〈念奴嬌〉（吳波浮動）下片：
家世回首滄洲，煙波漁釣，有鷗夷仙跡。一笑閒身遊物外，

〔註71〕　〔南朝宋〕范曄撰、〔唐〕李賢等注：《後漢書·逸民傳》（台北縣：
史學出版社，1974 年），頁 2763。
〔註72〕　〈烏臺詩案〉：「蘇舜舉言，聞人說一笑話云：燕以日出為旦，日入
為夕；蝠蝠以日入為旦，日出為夕，爭之不決，訴之鳳凰，路逢一
禽，謂燕曰：『鳳凰渴睡，都是訓狐權攝。』軾贈舜舉云：『奈何效
燕蝠，屢欲爭晨暝。』以譏諷王廷，老等如訓狐（貓頭鷹），不分別
是非也。」這個故事旨在比喻不分辨是非。
〔註73〕　指杜甫〈縛雞行〉：「小奴縛雞向市賣，雞被縛急相喧爭。家中厭雞
食蟲蟻，不知雞賣還遭烹。蟲雞於人何厚薄？吾叱奴人解其縛。雞
蟲得失無了時，注目寒江倚山閣。」比喻無關輕重的細微得失。〔唐〕
杜甫著，〔清〕楊倫箋注：《杜詩鏡銓》（台北：華正，1989 年），頁
735。

筆記六種》，頁 44～45。

來訪扁舟消息。天上今宵，人間此地，我是風前客。濤生
殘夜，魚龍驚聽橫笛。

「鴟夷仙跡」指的是范蠡，范蠡幫助越王勾踐復國之後即離去，原因
為「范蠡以為大名之下，難以久居，且勾踐為人，可與同患難，難以
處安。」因此「浮海出齊，變姓名自謂鴟夷子皮。」〔註74〕范蠡以洞
察人心的智慧功成身退，後來經商致富，也得到人民的敬重，其生活
為石湖所嚮往。嚴光與范蠡皆放棄富貴而隱居山林，石湖以二人之典
入詞，表現欽佩與羨慕之意，也寓有他內心的渴望。另外，前章已討
論過的〈水調歌頭〉（萬里籌邊處）結拍「老矣漢都護，卻望玉關歸」，
亦藉漢都護班超表達思歸之意，平靜中亦寓期盼。

有時也將嫦娥神話寫入詞中，增添各樣情感，如〈水調歌頭〉（細
數十年事）上片寫中秋賞月，下片則云：

斂秦煙，收楚霧，熨江流。關河離合、南北依舊照清愁。
想見姮娥冷眼，應笑歸來霜鬢，空敝黑貂裘。釃酒問蟾兔，
肯去伴滄洲。

國家局勢非一人能改變，因此詞人往往憂心忡忡，從局勢動盪，想到
自己的漂泊。月亮的圓，對比「關河離合」的破碎，更添愁緒。最後
泛入想像，想像著嫦娥應是冷眼看他已白的鬢髮，與一事無成的功
業。「黑貂裘」用蘇秦的典故，他遊說秦王「書十上而說不行，黑貂
之裘敝，黃金百斤盡，資用乏絕，去秦而歸。」〔註75〕詞人此時五十
二歲，對於這些年的遷徙，他感慨自己年華老去，功業無成，於是斟
酒問月，是否肯陪他回到故鄉。此時的他，充滿思歸之情，他在《吳
船錄》中也言：「然余以病丐骸骨，倘恩旨垂允，自此歸田園，帶月
荷鋤，得遂此生矣。」〔註76〕然現實中卻無法如願回到田園，因此藉

〔註74〕〔漢〕司馬遷著，瀧川龜太郎注：《史記會注考證》卷四十一〈越世
　　　　家〉（台北：宏業，1994年），頁657。

〔註75〕〔漢〕劉向輯錄：《戰國策・秦策》（台北：中國子學名著集成編印
　　　　基金會，1978年），頁92。

〔註76〕《吳船錄》，《范成大筆記六種》，頁226。

典故抒發國家之憂，羈旅之愁。

語典的使用也能表白他的歸心，如〈朝中措〉：

> 長年心事寄林扃。塵鬢已星星。芳意不如水遠，歸心欲與
> 雲平。　　留連一醉。花殘日永，雨後山明。從此量船載
> 酒，莫教閒卻春情。

上片表現韶光易逝，年華老去，希望身心都有依託，實現自我理想。
末兩句寫得柔婉，卻富含意義，俞陛雲釋曰：「『芳意』二句，較唐人
『水流心不競』、『雲在意俱遲』句同就雲水寫懷，而別有意味。」
〔註77〕，其中所引兩句為杜甫〈江亭〉〔註78〕，錢鍾書認為此二句充
滿「理趣」，心物兩契，景物中便含道理，使心與物相凝合。〔註79〕
石湖此處雖無蘊含理趣，然淺淡平和中，卻藏有深沉的傷感與自我的
追尋，或許就是俞氏認為別有意味之因。

（二）變遷流逝傷神感悟

詞中所關心的除了家國之外，有時也會有因時、因地或是思念他
人的情懷展現，前者如〈臨江仙〉抒發賞笙時的情感：

> 羽扇綸巾風嫋嫋，東廂月到薔薇。新聲誰喚出羅幃。龍鬚
> 將笛繞，雁字入箏飛。　　陶寫中年須簡裡，留連月扇雲
> 衣。周郎去後賞音稀。為君持酒聽，那肯帶春歸。

首句先刻劃出詞人從容不迫情貌，接著寫他正享受新作樂曲與笛聲、
箏聲並奏的音樂。下片寫出若欲娛情悅志、宣洩鬱悶則要以這些音樂
享受來陶冶身心，並且融入其中，以月為扇，以雲為衣，自能有一番
輕鬆賞玩一切的豪興。此刻的音樂如此美好，只可惜沒有賞音的周

〔註77〕 俞陛雲：《唐五代兩宋詞選釋》（上海：上海古籍出版，1985年），頁360。

〔註78〕 杜甫〈江亭〉：「坦腹江亭臥，長吟野望時。水流心不競，雲在意俱遲。寂寂春將晚，欣欣物自私。故林歸未得，排悶強裁詩。」〔唐〕杜甫著，〔清〕楊倫箋注：《杜詩鏡銓》（台北：華正，1989年），頁568～569。

〔註79〕 周振甫、冀勤編著：《錢鍾書談藝錄讀本》（上海：上海教育出版社，1992年），頁7。

瑜,《三國志・吳志・周瑜傳》:「曲有誤,周郎顧」〔註 80〕,周瑜音樂造詣高,即使三爵以後,曲子有錯誤之處,旋即能指出。雖然這場音樂饗宴沒有周瑜在場,卻有願意賞音的詞人,此刻他就不妨把自己當作周瑜,成為演奏者的「知音」,呼應首句「羽扇綸巾」。蘇軾〈念奴嬌〉(大江東去):「遙想公瑾當年,小喬初嫁了,雄姿英發。羽扇綸巾,談笑間,檣櫓灰飛煙滅。」以「羽扇綸巾」形容周瑜,詞人在起拍加以引用,就隱含自己此刻作為演奏音樂者的知音身分,直至末二句才又提出,首尾貫串,使典故更加渾融。

接著,因舊地重遊而用典抒情的則如〈千秋歲・重到桃花塢〉:

> 北城南埭。玉水方流匯。青樾裡,紅塵外。萬桃春不老,雙竹寒相對。回首處。滿城明月曾同載。　　分散西園蓋。消減東陽帶。人事改,花源在。神仙雖可學,功行無過醉。新酒好。就船況有魚堪買。

下片寫他回憶過去,「分散西園蓋」化用曹植〈公宴〉:「清夜游西園,飛蓋相追隨」〔註 81〕之典,詞人感於昔日於西園的熱鬧繁華已經不再,因此反用典故。「消減東陽帶」則是用沈約典故,約曾任東陽太守,並在〈與徐勉書〉寫到消瘦情況:「解衣一臥,支體不復相關,上熱下冷,月增日篤,取煖則煩,加寒必利,後差不及前差,後劇必甚前劇。百日數旬,革帶常應移孔,以手握臂,率計月小半分。」〔註 82〕詞人以此典故表現因思念而身形消瘦。人事易變,人們無法掌握未來的每一刻,當他思及此,也就滿懷愁緒,但至歇拍,依舊以積極面做結。先用典以凝聚情感,再將情感昇華,就顯得凝練。

至於〈南柯子〉則以愛情故事的典故訴說心中款曲:

〔註 80〕 楊家駱主編:《三國志附編》卷五十四(台北:鼎文,1979 年),頁 1265。

〔註 81〕 〔魏〕曹植著,趙幼文校注:《曹植集校注》(北京:人民文學,1984 年),頁 49。

〔註 82〕 〔清〕嚴可均校輯:《全上古三代秦漢三國六朝文》卷二十八(北京:中華書局,1958 年),頁 7~8。

> 悵望梅花驛，凝情杜若洲。香雲低處有高樓。可惜高樓、
> 不近木蘭舟。　　縅素雙魚遠，題紅片葉秋。欲憑江水寄
> 離愁。江已東流、那肯更西流。

與所愛分離的痛苦及詞中人的深情、思念，都在詞中悠悠漫出，彷彿朝朝暮暮都沉浸於期待與哀傷之中，而以紅葉題詩故事訴說心中期盼。唐僖宗時，宮女韓氏以紅葉題詩，自御溝中流出，爲于祐所得，認爲必宮中美人所作也，自此思念，精神俱耗，後亦題一葉，投溝上流，韓氏亦得而藏之。後帝放宮女三千人，祐娶韓氏，韓氏於佑之書笥中見紅葉，兩人因此相認。韓氏與于祐的愛情故事藉由「紅葉題詩」﹙註83﹚而產生，這之中充滿巧妙與緣分，此時，男女相隔兩地，自然希望也能有巧妙的機緣讓彼此明白摯情不渝，只是事與願違，徒增感傷。

　　有時，因節日而興起思古之情，如上巳的活動爲「祓禊」﹙註84﹚，從王羲之〈蘭亭集序〉之後，「曲水流觴」便成爲祓禊的主要活動，〈破陣子・祓禊〉即是寫此日的活動與感受：

> 漂泊天隅佳節，追隨花下群賢。只欠山陰修禊帖，卻比蘭
> 亭有管絃。舞裙香未湔。　　淚竹斑中宿雨，折桐雪裡蠻
> 煙。喚起杜陵饑客恨，人在長安曲水邊。碧雲千疊山。

下片憶起杜甫的一生，用「恨」字表現內外的困窘與不堪。以杜甫的際遇自比，強化心裡的痛苦。

　　綜上所言，范成大以典故表現其精神、想法，如以嚴光、范蠡、班超、蘇秦之人物典故，以及化用杜甫「水流心不競，雲在意俱遲」表現自己「功業無成，思歸山林」；也有以周瑜、沈約之典故寫世事的變遷，以紅葉題詩典故加深男女間情感。典故的使用雖然只是一筆

────────────

﹙註83﹚　「紅葉題詩」之典故可見於《太平廣記》卷第一百九十八〈文章類・
　　　　顧況〉、〈文章類・盧渥〉（台北：新文豐，1996 年），頁 611。
﹙註84﹚　《歲時廣記》卷十八：「藝苑雌黃曰，三月三日，謂之上巳，古人以
　　　　此日禊飲於水濱。又韻語陽秋曰，上巳於流水上洗濯，祓禊，去宿
　　　　垢，謂之禊，禊者，潔也。」，頁 195。

帶過,但是蘊含的歷史背景、人物際遇,就能使讀者產生聯想,增加詞意的豐富性。

第三節 意象之修辭藝術

前文討論意象界定時,已說明意象的產生乃藉由作者將主觀感受、情感色彩加於物象之上而形成,藉由修辭,可以讓主觀感受更鮮明,情感色彩更濃烈,使讀者易於體會。黃慶萱在《修辭學》中亦云:「修辭的內容本質,乃是作者的意象。」他認為修辭學中的「辭」,在內容方面,就是作者主觀意識將客觀形象加以選擇、組合所產生的意象。〔註85〕因此修辭可以說是幫作者更生動的將「意」傳達成「象」以成為「意象」的憑藉。因此本節討論意象如何藉由修辭,以幫助作者表情達意以及彰顯作者內在思緒。

一、情貌的生動:摹況、通感

「摹況」在文學作品裡佔有重要的地位,黃慶萱《修辭學》將之定義為:「對自己感受到的各種境況和情況,特別是其中的聲音、色彩、形狀、氣味、觸感等,恰如其實地加以形容描述。」〔註86〕包括聽覺、嗅覺、味覺、觸覺都屬於摹況的範圍。藉由感覺的描寫,摹擬當時的情景,使意象逼真、情境栩栩如生。「摹況」是將各種感官所感受到的如實描寫,但如果本來是視覺呈現,卻以聽覺傳達,就非單純的「摹況」了,而成為「通感」。「通感」是錢鍾書提出的一種描寫法,他認為古代批評家和修辭學家似乎都沒有提出此種方法。〔註87〕感官之間,看似各司其職、各不相通,其實透過藝術,這些感覺卻往往相互融通,為作品增添豐富的感受,而這種藝術作品上互為相通的各種感覺稱之為「通感」。

〔註85〕黃慶萱:《修辭學》(台北:三民,2007年),頁5~6。
〔註86〕黃慶萱:《修辭學》(台北:三民,2007年),頁67。
〔註87〕錢鍾書:《舊文四篇》(上海:上海古籍,1979年),頁50。

（一）摹況

視覺、聽覺、味覺、觸覺、嗅覺都屬於摹況的範圍，因味覺在《石湖詞》裡的描寫較少，因此僅討論另外四種感覺的摹況，並且以歸納的方式，探討詞人使用上的偏好以及爲詞中增加何種面貌。

1、視覺展現

論及感覺，最重要的莫過於視覺。描寫山水美景時，若以「芳草鵝兒，綠滿微風岸。」視覺描寫則能使形象凸顯、畫面更加立體。人的五官中，視覺是最優位的器官，而視、聽兩種感官乃是審美傳達的主要通道。〔註88〕然視覺又可以分成色彩美、線條美、動態美等等，此處以色彩的討論爲主，一則是因爲色彩最易進入記憶之中，再則是色彩能夠表現感情、不同的色彩也能引起不同的心理反應。

《石湖詞》中，黃色系的使用在各種顏色裡的描寫較爲突出。除了因爲大自然中菊花、向日葵爲黃花，黃色也是秋天豐收之色。此外，黃色在中國古代傳統文化是一個極富象徵意義的色彩，在漢代成爲帝王之色，因此被當作「尊色」，成爲皇權、崇高、尊嚴的象徵。〔註89〕賴瓊琦《設計的色彩心理》也提到黃色像太陽一樣耀眼、明亮，活潑、醒目，能夠讓人感到充滿希望。〔註90〕《石湖詞》中，對黃色的使用，如〈醉落魄〉：

> 棲烏飛絕。絳河綠霧星明滅。燒香曳簟眠清樾。花影吹笙，滿地淡黃月。　　好風碎竹聲如雪。昭華三弄臨風咽。鬢絲撩亂綸巾折。涼滿北窗，休共軟紅說。

對月色之描摹頗受稱賞，如俞陛雲云：「『淡黃月』句已頗清新，更有吹笙人在花影中，風情絕妙。近人鷗堂詞『月要被他，愁作酒般黃』，

〔註88〕 參吳曉：《意象符號與情感空間──詩學新解》（北京：中國社會科學出版社，1993 年），頁 51～58。

〔註89〕 參駱峰：《漢語色彩詞的文化審視》（上海：上海辭書出版社，2003 年），頁 24～25。

〔註90〕 賴瓊琦：《設計的色彩心理》（台北縣：視傳文化，1997 年），頁 164。

著意描寫，不若『滿地淡黃月』五字渾融。」〔註91〕對「滿地」一句極為稱賞。這一句氣勢不同於〈念奴嬌〉（吳波浮動）「中流翻月，半江金碧」，也較〈浣溪沙・燭下海棠〉（傾坐東風百媚生）的「絳霞濃淡月微明」更加具體，淡黃月色，微暗中又有亮度，再加上起拍所述之仰望所見，銀河上點綴著綠霧與明滅的星，以顏色與明暗抓住當下的那一刻，更能符合風物意象所營造的優閒感受。

　　除了黃色以外，紅色表現強烈、熱情且活力充沛，綠色系則展現無限生機，亦使人聯想到大自然、清新、舒服、溫和。藍色則表現深邃安靜，海水和天空都是藍色，因此展現了大自然悠然自得的永恆生命。〔註92〕將不同的顏色疊加，則能更有張力，如〈菩薩蠻〉：

> 小軒今日開窗了，揉藍染碧緣階草。檐佩可憐風。杏梢煙
> 雨紅。　　飄零歡事少。鬢點吳霜早。天色不愁人。眼前
> 無限春。

首句以「開窗」將視野擴展開，「揉藍」一句狀階下草青碧繁盛貌，透過顏色的鋪展彷彿使人親臨其中。「杏梢煙雨紅」因為杏梢的紅使得煙雨似乎也成為紅色，又因這片紅，為詞中帶來熱鬧的感受。

　　由主觀感受與聯想力，使這首詞帶給人的清晰、安靜與舒服的印象，也更添生命力。至下片出，才使讀者明白，這一切美好的景色卻展現在愁人眼前，反襯飄零者的孤單。「無限春」所帶來的顏色也是繁複的，間接的呼應上片所敘顏色，使詞意完整收束。

　　除了有顏色以外，「無色」也是另一番感受，且更為強烈，如〈念奴嬌〉：

> 雙峰疊障，過天風海雨，無邊空碧。月姊年年應好在，玉
> 關瓊宮愁寂。誰喚癡雲，一杯未盡，夜氣寒無色。碧城凝
> 望，高樓縹緲西北。　　腸斷桂冷蟾孤，佳期如夢，又把
> 闌干拍。霧鬢風鬟相借問，浮世幾回今夕。圓缺晴陰，古
> 今同恨，我更長為客。嬋娟明夜，尊前誰念南陌。

〔註91〕俞陛雲：《唐五代兩宋詞選釋》（上海：上海古籍，1985 年），頁 359。
〔註92〕賴瓊琦：《設計的色彩心理》（台北縣：視傳文化，1997 年）。

夜晚有明月高掛，此時他卻言「夜氣寒無色」，以觸覺的寒冷再加上視覺上的無色，表現他的失望、落魄。這首詞押入聲韻，王易《詞曲史・構律》云：「入韻迫切」〔註93〕入聲迫切之感，與「無色」的視覺效果加強詞裡低沉情調，也可見修辭與聲情相結合，更能相得益彰。

2、聽覺展現

聽覺也是傳達審美的另一方式，古典文學對聲音描摹常有佳作，最著名者如歐陽脩〈秋聲賦〉及蘇軾〈赤壁賦〉，藉由聲音留下當時聽覺感受，也能讓讀者有深刻感受。第二章曾討論范成大和姜夔對於音樂的討論，由此可知石湖的音樂素養，或許因為如此，《石湖詞》中對於聲音的描寫就不少，如有音樂聲、刻漏聲、人物聲、自然聲、動物聲……，這些聲音都展現不同的生活情調。如〈秦樓月〉即是以漏聲帶起情感的佳作，全詞為：

> 樓陰缺，闌干影臥東廂月。東廂月，一天風露，杏花如雪。
> 　　隔煙催漏金虯咽，羅幃暗淡燈花結。燈花結，片時春
> 夢，江南天闊。

樹影遮樓，月色提醒夜晚的到來，女子獨立風露之中，一天的等待又成空。上片以景色寫她的疲倦、寂寞，下片以聽覺過度，漏聲嗚咽表現當時的安靜，以及人物的孤獨、愁苦，並暗含光陰虛擲的惆悵、怨恨，藉由漏聲總結上片含蓄的情感、空靈的氛圍，以咽字透露自身心緒，將情緒擺盪至最低，之後又揚起情感，以燈花結暗示將有喜事，讓她得以在夢中一解思念。從「樓陰缺」、「一天風露」、「杏花如雪」可以看到詞人在「金虯咽」之前已在累積詞中女子的寂寞與傷心，直至換頭才釋出情感，聲音蘊含的感情是延續前文而來，也就極富張力。

相較於〈秦樓月〉藉由漏聲表現的整體情調較為壓抑，〈西江月〉（北客開眉樂歲）則是奔放的，寫節日之歡愉：「不惜燈前放夜，從

〔註93〕王易：《詞曲史》，頁283。

教雪後留寒。水晶簾箔萬花鈿。聽徹南樓曉箭。」末句對易逝韶光充
滿珍惜之情，以見相似的聲音，在不同的情景中，也能開展出各式情
感，且將聲音置於結拍，亦能使聲音具有流盪出的效果。

其次，以樂曲聲來說，則有〈鷓鴣天〉：

> 休舞銀貂小契丹。滿堂賓客盡關山。從今嫋嫋盈盈處，誰
> 復端端正正看。模淚易，寫愁難。瀟湘江上竹枝斑。碧雲
> 日暮無書寄，寥落煙中一雁寒。

將樂曲放在起拍，並直言「休舞」，彷彿空氣裡的音樂戛然而止，帶
來強烈的力度。另外，〈念奴嬌〉亦有樂曲聲：

> 十年舊事，醉京花蜀酒，萬葩千蕚。一棹歸來吳下看，俯
> 仰心情今昨。強倚雕闌，羞簪雪鬢，老恐花枝覺。揩摩愁
> 眼，霧中相對依約。　　聞道家讌團欒，光風轉夜，月傍
> 西樓落。打徹梁州春自遠，不飲何時歡樂。沾惹天香，留
> 連國艷，莫散燈前酌。襪塵生處，為君重賦河洛。

先有樂曲「梁州」的演奏，最後有「重賦河洛」，配合詞裡「不飲何
時歡樂」的想法，呈現昂揚的情調。前已提及這首詞所押為覺韻與藥
韻，這兩韻能傳達出活潑的聲情，因此搭配詞意，不但有現場的樂曲
聲，詞也能傳達美妙的聲情效果。

再次，樂曲聲與大自然聲音的搭配，使詞更加豐富，如〈滿江紅·
雨後攜家遊西湖，荷花盛開〉寫雨後西湖，一幅愜意又清麗婉媚的風
情畫油然而生，試看：

> 柳外輕雷，催幾陣、雨絲飛急。雷雨過、半川荷氣，粉融
> 香泣。弄蕊攀條春一笑，從教水濺羅衣溼。打梁州、簫鼓
> 浪花中，跳魚立。　　山倒影，雲千疊。橫浩蕩，舟如葉。
> 有采菱清些，桃根雙檝。忘卻天涯漂泊地，尊前不放閒愁
> 入，任碧筒、十丈捲金波，長鯨吸。

春天的笑聲、雷聲、水濺聲、梁州曲、簫鼓聲、采菱清些，搭配大自
然的柳、雨絲、荷花、山、雲朵、舟……等景物。全篇藉由聲音讓空
間盪漾春天明朗的氣息，藉空間讓聲音表現得淋漓盡致，也可見修辭

對空間意象之助益。同樣以兩者交織者,尚有〈滿江紅〉:

> 千古東流,聲卷地、雲濤如屋。橫浩渺、檣竿十丈,不勝
> 帆腹。夜雨翻江春浦漲,船頭鼓急風初熟。似當年、呼禹
> 亂黃川,飛梭速。　　　擊楫誓,空驚俗。休拊髀,都生肉。
> 任炎天冰海,一杯相屬。荻筍蔞芽新入饌,鵾絃鳳吹能翻
> 曲。笑人間、何處似尊前,添銀燭。

題目爲「清江風帆甚快,作此與客劇飲歌之」,寫江邊與友人宴飲時
的痛快。開篇以「聲卷地」帶出氣勢,幾分醉意之下,豪壯之情展露
無遺。除了有大江流動聲,更有風帆聲、夜雨翻江,配合著鼓聲、風
聲,此時的激昂之情就如同大禹治水的豪情與決心。詞至下片,擊楫、
鵾絃、鳳吹都表現出聲音效果,〔註94〕最後以笑聲表現沉醉於尊前。
音樂聲、大自然之聲、人聲融爲一爐,以聲音表現豪縱情感,充滿豪
情壯志及賞玩人間的興致。

　　最後,有時聲音也能加強時間意象,如〈秦樓月〉:

> 浮雲集,輕雷隱隱初驚蟄。初驚蟄,鵓鳩鳴怒,綠楊風
> 急。　　　玉鑪煙重香羅浥,拂牆濃杏臙脂溼。臙脂溼,花
> 梢缺處,畫樓人立。

〈秦樓月〉這組詞是范成大詞中具有特色的一組,前四首以朝、晝、
暮、夜四個不同時間爲主軸看似已經完整,但第五首特別以「驚蟄」
爲時間主軸。驚蟄是仲春二月的節氣,此時的雷聲把蟄伏冬眠的蟲類
驚醒,雖然這天的雷聲也許代表了秋天的豐收,但是對於思念的人來
說,這一聲聲的雷卻撼動了思念之愁。聽覺上不僅有雷聲,還有鵓鳩
鳴怒、風吹楊柳急促的聲音,即使她不去翹首盼望思念的人何時回
來,仍然無法避免這些聲音的侵擾。以驚蟄日雷聲之巨大對照結拍「畫
樓人立」的女子形象,使得女子之孤單形象更加深刻,也加強時間意
象之描摹。

〔註94〕黃畬:《石湖詞校注》:「鵾鳩筋作琵琶樂器的弦稱爲鵾絃」、「周靈王
太子晉,即王子喬好吹笙,聲如鳳鳴」,頁79~80。

3、嗅覺展現

嗅覺是一種特殊的感受，雖不似視覺有畫面，卻因爲負載著記憶、體驗，而難以被遺忘。熟悉的香味常伴隨著夢境一同出現，如〈卜算子〉：

> 雲壓小橋深，月到重門靜。冷蕊疏枝半不禁，更著橫窗影。　　回首故園春，往事難重省。半夜清香入夢來，從此重鑪冷。

夢中「清香」能夠喚起往日美好回憶，但醒來後，徒增「熏鑪冷」。在結拍以對比的方式，融入嗅覺與觸覺，使當時的感受更深刻。

此外，〈浣溪沙〉也同樣寫夢中香味：

> 白玉堂前綠綺疏。燭殘歌罷困相扶。問人春思肯濃無。　　夢裡粉香浮枕簟，覺來煙月滿琴書。個儂情分更何如。

換頭的「夢境」承接歇拍的「春思」，即便是夢裡，香味也足以使他陶醉、眷戀不已。上述兩首都結合夢境與嗅覺製造回憶，以「虛實」章法結合「修辭」，更能彰顯詞的魅力。

〈朝中措〉則在夢中涵融更多感受：

> 繫船沽酒碧帘坊。酒滿勝鵝黃。醉後西園入夢，東風柳色花香。　　水浮天處，夕陽如錦，恰似鱸鄉。中有憶人雙淚，幾時流到橫塘。

不僅有嗅覺的「花香」，亦有觸覺感受到的「東風」以及視覺上的「柳色」，而這些都是在夢中所見的「虛」景，也是對家鄉空間意象的描摹，再加上摹況的使用，彷彿一切歷歷在目。

有些在周遭的香味讓人倍覺清新，如〈浣溪沙·江村道中〉：

> 十里西疇熟稻香。槿花籬落竹絲長。垂垂山果掛青黃。　　濃霧知秋晨氣潤，薄雲遮日午陰涼。不須飛蓋護戎裝。

起拍「十里西疇熟稻香」不但點出農村空間，也傳達稻香帶來的農村親切感。同樣的，尚有〈減字木蘭花〉（折殘金菊）：「橙子香時新酒熟」、〈朝中措〉（身閒身健是生涯）：「飽喫紅蓮香飯，儂家便是仙家。」橙香與稻米香都是自然的香味，也都表現農村之豐收與滿足。

　　有時，空氣中有特別的香味，如前舉〈滿江紅‧雨後攜家遊西湖，荷花盛開〉寫出了大雨過後「半川荷氣，粉融香浥」的嗅覺感受，大雨過後，空氣中的氣味有所變化，此時詞人在湖邊，除了嗅到地面蒸發的氣味，荷花香氣也更加散發出，同時，香氣中又帶著濕潤的感受，描寫可謂細微。

4、觸覺展現

　　人們對外界的感受，常都藉由觸覺而來，如四季的變化或風的吹拂，〈南柯子‧七夕〉即寫出秋風的吹動：

> 銀渚盈盈渡，金風緩緩吹。晚香浮動五雲飛。月姊妒人、顰畫一彎眉。　　短夜難留處，斜河欲淡時。半愁半喜是佳期。一度相逢、添得兩相思。

起拍就以微涼的觸覺感受領起全詞。緩緩吹動的風，觸動秋天易引起的傷感，再加上牛郎織女相逢後「一度相逢、添得兩相思」，以及詞裡押支韻和微韻所營造的幽微、抑鬱感受，就使詞韻味豐盈。

　　此外，觸覺感受較常使用的如：寒、冷、涼、暖、濕、重、輕……等。石湖有時在同一詞中多次使用觸覺感受，如〈浪淘沙〉：

> 黯淡養花天。小雨能慳。煙輕雲薄有無間。官柳絲絲都綠遍，猶有春寒。　　空翠溼征鞍。馬首千山。多情若是肯俱還。別有玉杯承露冷，留共君看。

這首詞寫牡丹，牡丹開的日子多是陰陰的微雨日，因此稱為養花天。詞中四次使用觸覺感受。第一個觸覺意象乃是煙的「輕」，煙飄散空中，掌握不住，也無重量，因此詞人以觸覺的「輕」形容之。第二個觸覺意象是春「寒」，即便是柳都已綠，依舊春意寒冷。第三個觸覺意象是「濕」征鞍，征馬即將行遠途，也表示馬的主人即將遠行，然對於牡丹仍有眷戀，因此想像若是牡丹能感受到這般情意，並且願意相報，即使是官舍中牡丹絕品「玉杯」，也能承受露氣的「寒冷」，此為第四個觸覺感受。屢屢使用，將觸覺經營得無比美妙。其實，首句的「養花天」雖沒有寫出任何感受，但是輕陰微雨的天氣其實就隱約

表現微亮的天空中飄著雨，空氣中充滿濕潤感的樣態。以「養花天」概括視覺及觸覺，其實就涵籠全詞的氛圍與感受。當時的「濕」、「冷」及心裡的「寒」彷彿回還往復，迴蕩在當時空氣中。

　　石湖對於觸覺的使用並非片面的點綴詞意，而能結合詞意，提升詞的內涵，如〈三登樂〉：

> 一碧鱗鱗，橫萬里、天垂吳楚。四無人、艣聲自語。向浮雲、西下處，水村煙樹。何處繫船，暮濤漲浦。　　正江南、搖落後，好山無數。儘乘流、興來便去。對青燈、獨自歎，一生羈旅。欹枕夢寒，又還夜雨。

這首詞為羈旅所作，因此充滿慨歎。上片先寫出四周杳無人聲，僅有陣陣艣聲與漲潮聲傳來，接著，以「何處繫船」讓詞中有人，也帶出此人心情之空虛迷惘。詞至結拍，延續著「對青燈、獨自歎，一生羈旅。」的痛苦思緒，交錯著虛實空間。半夢半醒之間，迷離恍惚，夜雨究竟是夢中還是現實，已經分不清了，但是其中的「寒」卻是不變的。這裡「成功的將溫度、觸覺與社會層面的事件做了雙向置動式的互換互容，從而擴大、深化了其內涵，故耐人尋味求索。」〔註95〕以「寒」總結全詞的感受，是生理與心理的絕佳表徵。將「寒」置於結拍，也能使寒的感受隨著詞流盪而出。同樣將「寒」的感受放在結拍之詞，如聽覺感受已提及之〈鷓鴣天〉（休舞銀貂小契丹），結拍為「碧雲日暮無書寄，寥落煙中一雁寒」，這首詞先寫離別宴席，後寫心境。至結拍處，以觸覺感受「寒」和碧雲、日暮、煙與雁的意象交互融合，參雜無書寄的寥落感，延續詞裡的感受，使情思更加悠長。因此，觸覺感受與意象、謀篇相結合，更能為詞營造氛圍。

　　除了有寒的使用，還有和寒相似的「冷」、「涼」，如〈卜算子〉：

> 涼夜竹堂虛，小睡匆匆醒。銀漏無聲月上階，滿地闌干影。　　何處最知秋，風在梧桐井。不惜驂鸞弄玉簫，露溼衣裳冷。

〔註95〕喬力：〈情深與境闊：范仲淹范成大詞對讀〉，《范學論文集‧下冊》（香港：新亞洲文化基金會有限公司，2004年），頁47。

起拍先寫「涼」，結拍再寫「冷」，使全詞都籠罩在夜晚既涼又冷的觸覺感受裡。透過觸覺感受與謀篇的使用，更加彰顯詞中傳達的效果。

（二）通感

除了使用摹況，若有時候想表達更敏銳、獨特的感受，則要透過「通感」。錢鍾書的〈通感〉〔註96〕中，舉出不能理解「通感」造成的問題，如宋祁〈玉樓春〉有句名句：「紅杏枝頭春意鬧。」李漁在《笠翁餘集》卷八《窺詞管見》第七則別抒己見，加以嘲笑云：

> 此語殊難著解。爭鬥有聲之謂「鬧」；桃李「爭春」則有之，紅杏「鬧春」，餘實未之見也。「鬧」字可用，則「炒」字、「鬥」字、「打」字皆可用矣！

可見李漁對於「春意」為何會發出「鬧」不能理解，並且加以揶揄，然錢鍾書認為「鬧」字應解為「形容其花之盛（繁）」，並且是：

> 把事的無聲的姿態說成好像有聲音的波動，彷彿在視覺裡獲得了聽覺的感受。

由此可見他能在前人的說法上，提出自己的見解，利用感覺的融通，將「鬧」字解得相當合理。此外，他更提出宋人詩文裡常用「鬧」字來形容無聲的景色，如以范成大《石湖詩集》卷二〈立秋後二日泛舟越來溪〉之一為例：「行入鬧荷無水面，紅蓮沉醉白蓮酣」。晏幾道〈臨江仙〉：「風吹梅蕊鬧，雨細杏花香」等例子都是。可見，宋祁不是唯一使用「鬧」字者，若不找出當時這樣用的原因，則許多詩詞也都無法獲得解釋。

《石湖詞》中，也有幾首用到通感，如寫紅木犀的〈虞美人〉：

> 誰將擊碎珊瑚玉。裝上交枝粟。恰如嬌小萬瓊妃。塗罷額黃嫌怕、污燕支。　　夜深未覺清香絕。風露溶溶月。滿身花影弄淒涼。無限月和風露、一齊香。

先以擊碎聲、「塗罷額黃」的視覺印象、「清香絕」的嗅覺感受表現「紅木犀」的特色。再以「滿身花影弄淒涼」的情狀寫詞人的融入，

〔註96〕錢鍾書：《舊文四篇》（上海：上海古籍，1979 年），頁 50～61。

增加情感氛圍。結拍收束全詞，製造藝術效果。以「無限月」呼應「溶溶月」，「風」呼應「清香」，「露」呼應「夜深」，除了呼應前文，也將視覺所見的月，觸覺感受到的風，都以嗅覺的「一齊香」表達出，「視覺和嗅覺溝通，似乎灑在花上的月光是傳遞香味的氣流，風和露都沾上紅木犀的香。」〔註97〕如果結尾以「摹況」再次強調花的香，造成的藝術力量相對的較「通感」為弱，因此此處的使用對情調的渲染是有效果的。

以嗅覺取代視覺還有〈浣溪沙〉，詞作為：

催下珠簾護綺叢。花枝紅裡燭枝紅。燭光花影夜蔥蘢。

錦地繡天香霧裡，珠星璧月絳雲中。人間別有幾春風。

這首寫詞人在「燭光花影」下賞花，享受夜的美好。過片「香」是嗅覺感受，「霧」則是視覺所見，霧本無香味，或許是花香撲鼻，使他感到眼前的霧茫茫成為香氣迷濛。相同的使用還可見〈菩薩蠻·元夕立春〉（雪林一夜收寒了）：「綺叢香霧隔」、〈虞美人〉（玉簫驚報同雲重）：「燭燈香霧兩厭厭」、〈菩薩蠻〉（彤樓鼓密催金鑰）：「香霧撲人衣」、〈南柯子〉（悵望梅花驛）：「香雲低處有高樓」、〈念奴嬌〉（湖山如畫）：「來覓香雲花島」、〈滿江紅〉（竹裡行廚）：「故將百和香雲繞」。這些香味不像稻香或橙香是人人都感受得到的，而出以個人主觀感受，意象最動人之處就在於個人主觀感受的鋪寫，在當時的情境下，或許因為某些記憶，使詞中人得以感受到香味。

另外，〈如夢令〉則以聽覺取代視覺：

罨畫屏中客住。水色山光無數。斜日滿江聲，何處撐來小

渡。休去。休去。驚散一洲鷗鷺。

「斜日滿江聲」以聽覺取代眼前所見之斜日，使得映照於水上的斜暉彷彿奏著幽揚的樂曲盈溢江上，更加襯托詞中「水色山光無數」的美景。

接著，有以味覺取代視覺的，如〈惜分飛〉：

〔註97〕李若鶯：《唐宋詞鑑賞通論》（高雄：復文，1996年），頁358。

> 易散浮雲難再聚，遮莫相隨百步。誰喚行人去？石湖煙浪
> 漁樵侶。　　重別西樓腸斷否？多少淒風苦雨。休夢江南
> 路，路長夢短無尋處。

起拍點出主旨，寫一生的漂泊就如同浮雲一樣，浮雲「被風吹散，
又被風吹積」（〈念奴嬌〉（水鄉霜落））隨著風而飄盪，因此難以相
聚。離別時刻令人斷腸，因此感受到是「淒風苦雨」，對雨的描寫大
多是寫雨的大小如：細雨、驟雨、微雨、疏雨，或是時間：夜雨、暮
雨……等，而石湖此處為了表達心中的悽苦之意，以味覺取代視覺，
更深一層。

　　亦有以觸覺取代視覺者，如〈念奴嬌〉（水鄉霜落）下片：「尊前
歌罷，滿空凝淡寒色」，因為「羈愁如織」，就使他眼前望去成為「寒
色」。詞中從「日落天青江白」寫到「滿空凝淡寒色」可見他心情的
起伏，以及夜晚更添涼意的感受，除了外在的涼，內心的寒或許更使
他眼前望去滿是寒色。相較於〈水調歌頭〉（細數十年事）裡的「星
漢淡無色」，此處以通感描寫感受，感受力更強。

　　最後，以視覺取代聽覺的有〈夢玉人引〉：

> 送行人去，猶追路、再相覓。天末交情，長是合堂同席。
> 從此尊前，便頓然少個，江南羈客。不忍匆匆，少駐船梅
> 驛。　　酒斠雖滿，尚少如、別淚萬千滴。欲語吞聲，結
> 心相對鳴咽。燈火淒清，笙歌無顏色。從別後，儘相忘，
> 算也難忘今夕。

這首詞作於詞人離蜀東歸之際，帥蜀二年間，因為政績卓著，深得人
心，因此發成都時，送客數百里不忍別。〔註98〕起拍就點出臨別場
景，因為詞人乃離鄉任官，因此說是「天末交情」，想起以後此處的
宴席中，就不再有他這個江南羈客，思及此，不忍匆匆離去。下片「酒
斠」句說明酒雖然斠滿，卻還比離別的淚少，用映襯的方式襯托出離
別之不捨，更使人動容。這樣的場合，雖有音樂的伴隨，但已不像欣

〔註98〕參黃聲儀：《石湖詞研究及箋注》，頁 105。

賞笙聲時「花影吹笙，滿地淡黃月」（〈醉落魄〉（棲烏飛絕））這樣輕朗的感受，而是感覺「笙歌無顏色」。樂曲原是聽覺接受，這裡以視覺表現，彷彿一切都從彩色變爲黑白畫面，同時也是他心境的投射。其實，《石湖詩集》中也有以「笙歌」作爲通感描寫的，卷二九〈親鄰招集，強往即歸〉：「已覺笙歌無暖熱，仍憐風月太清寒。」此處以觸覺感受來描寫心裡的感受，以見他善於以通感寫心裡感受。

二、情感的強化：轉化、映襯、譬喻

人與大自然之間，關係相當密切，不論是進入山林放鬆身心，抑或躲避紛擾投歸山水，對大自然的喜好與依賴古今皆同。然而，人雖極富情感，大自然卻沒有人類的情感，只能藉由有情人所見，並形諸於筆墨「轉化」成有情之物。如杜甫〈春望〉中名句：「感時花濺淚，恨別鳥驚心」〔註99〕詩人有感於時局的變亂，將一己的感情投射到花上，因此花也流下眼淚，使得物有和人一樣的情感表現，就是轉化的表現方式之一，透過此，也就使情感更爲強化。另外，描述一件事情時，若是孤立的描寫，則因沒有比較，不容易使人明白箇中感受，但若能透過另一組的對比，就能使欲表現的事物更加彰顯，這也就是「映襯」。有時一個意象無法清楚的說明當下的感受，藉由另一個意象的比喻，更能生動傳達原先所要表達者，這即是「譬喻」的方式。可見「轉化」、「映襯」與「譬喻」的修辭能強化情感，以下便探析三者的使用。

（一）轉化

黃慶萱《修辭學》對轉化的定義爲：「描述一件事物時，轉變其原來性質，化成另一種本質截然不同的事物，而加以形容敘述的，叫作轉化。」〔註100〕

〔註99〕〔唐〕杜甫著，〔清〕楊倫箋注：《杜詩鏡銓》（台北：華正，1989 年），頁 296。
〔註100〕黃慶萱：《修辭學》（台北：三民，2007 年），頁 377。

　　石湖家境富裕，又能品賞生活，詞裡常以轉化的方式展現其親身經歷與感受，使植物化無情爲有情，如〈菩薩蠻‧木芙蓉〉全以描寫女子的方式寫花：

　　　　冰明玉潤天然色，淒涼拚作西風客。不肯嫁東風，殷勤霜露中。　　　綠窗梳洗晚，笑把玻璃盞。斜日上妝臺。酒紅和困來。

整首詞看似寫女子，其實人花雙寫，首句以天然色寫女子的純淨、白皙，其實也是木芙蓉花色白表現。「淒涼」句描寫女子的堅持，其實是表現木芙蓉秋冬開花的特色。接著，他以「不肯」二句寫女子意有所屬而願意承受辛苦，其實詮釋木芙蓉寧願忍受霜露，不在春天開花的花性。下片寫女子百無聊賴的打發著時間，先是很晚才梳洗，接著在飲酒中度過，傍晚時分，因爲喝酒，臉上充滿美麗的紅暈。木芙蓉中有一品種名爲「醉芙蓉」，又名「三醉芙蓉」，花色一日三變：清晨爲白色，中午爲桃紅色，傍晚爲深紅色。雖然不能得知詞人是否以此品種寫作，擬人方式已使人可以感受到花的情意。

　　將花人性化的尚有寫桃花的〈鷓鴣天〉（蕩漾西湖采綠蘋）：「桃花暖日茸茸笑，楊柳光風淺淺顰。」將桃花在太陽下盛開的樣子擬成如同人的微笑般，楊柳隨風飄動就像人蹙著眉，展現活潑的自然風情；寫海棠有〈虞美人〉（玉簫驚報同雲重）：「不道海棠消瘦、柳絲寒」、〈浣溪沙‧燭下海棠〉（傾坐東風百媚生）上片：「傾坐東風百媚生，萬紅無語笑逢迎。照妝醒睡蠟煙輕。」「笑逢迎」原先用以形容人，此用以寫花則使花更嫵媚；描寫梅花如〈玉樓春‧梅花〉（佳人無對甘幽獨）：「山深翠袖自生寒，夜久玉肌元不粟。」梅花在深山中，夜深氣涼，袖中寒氣自然而生，然梅花卻未因玉肌受寒而起粟狀之疙瘩，依舊盛放於嚴霜之中。〈霜天曉角‧梅〉（晚晴風歇）：「脈脈花疏天淡」以「脈脈」將花含情欲吐的情思表現出。花的人性化使花更加浪漫與可親、可感，在詞中也更加動人。〈鷓鴣天‧雪梅〉（壓蕊拈鬚粉作團）：「疏香辛苦顫朝寒」，寫梅花在寒風中顫抖；最後是寫牡丹，

如〈浪淘沙〉（黯淡養花天）：「多情若是肯俱還。別有玉杯承露冷，留共君看。」牡丹此時就像人們會有互相回饋情感之意。

此外，范成大常把大自然或是其他無生命之物視作人一般，使得他們彷彿具有人性，如〈眼兒媚〉（酣酣日腳紫煙浮）：「東風無力」將微微吹動之風擬成人的無力；〈念奴嬌〉（湖山如畫）：「一夢三年，松風依舊，蘿月何曾老。」其中「何曾老」即為擬人。〈宜男草〉（舍北煙霏舍南浪）親切問候自然裡的一切：「重尋山水問無恙」、「問小橋、別後誰過，惟有迷鳥羈雌來往。」；〈三登樂〉（路轉橫塘）：「問菟裘、無恙否」，菟裘是魯國邑名，此指退隱所居之地。藉由人性化，大自然彷彿成為他相知相契的朋友一般。此外，〈水調歌頭〉（細數十年事）「釃酒問蟾兔，肯去伴滄洲。」舉杯斟酒的對象卻是蟾兔；〈三登樂〉（方帽衝寒）：「歎年來、孤負了，一蓑烟雨。」表達自己離鄉多年，「孤負」家鄉一切之意。同樣的，〈朝中措〉（天容雲意寫秋光）：「故人情分，留連病客，孤負清觴。」也以「孤負」用於無生命事物之上。以人的角度將自然視作人一般，將山水當成有情有義的朋友、將花朵都視為美人、更將所有無生命都變成有情意，使得意象更為生動，也展現他與萬物相容無隔的友好關係。

以一動詞將無生命變成有生命，如〈秦樓月〉（窗紗薄）「日穿紅幔催梳掠」、〈菩薩蠻〉起拍：「彤樓鼓密催金鑰」用一「催」字使得日光、鼓聲變得人性化。〈秦樓月〉（樓陰缺）：「隔煙催漏金虬咽」除了有「催」之外，尚有「金虬咽」，此處之「咽」或許也將思婦的情感傾洩而出。另外，〈朝中措〉起拍：「東風半夜度關山。」以一「度」字使東風情態得以展現。

此外，「形象化」也是轉化的一種。抽象的事物不容易掌握，因此詞人往往將抽象化為具體，如〈南柯子〉（悵望梅花驛）：「欲憑江水寄離愁」，離愁本是抽象，卻能藉由江水「寄」送，使離愁更加具體。〈水調歌頭〉（細數十年事）的「斂秦煙，收楚霧，熨江流」寫的是從南樓望去的景色，以三個動詞讓抽象化為具體，表現他想要收復

土地的心情，另一方面也是他希望國家能像古時的秦、楚兩國一般強盛。〈霜天曉角〉（少年豪縱）的「多少燕情鶯意，都瀉入、玻璃甕。」年少時的風流、過去的「燕情鶯意」如今只能回憶，裝入甕中將可憶而不可及的情思具體呈顯。

〈鷓鴣天〉也有形象化的描寫，詞爲：

> 嫩綠重重看得成。曲闌幽檻小紅英。酴醾架上蜂兒鬧，楊
> 柳行間燕子輕。　　春婉晚，客飄零。殘花淺酒片時清。
> 一杯且買明朝事，送了斜陽月又生。

上片寫春日的生機。春天滿是綠意，紅花布滿在「曲闌幽檻」旁。蜂兒的喧鬧帶來聽覺的感受，也可想像他們辛勤忙碌的樣子，而燕子也飛行在飄動的楊柳間。上片有靜態、有動態，有視覺、有聽覺，以一幅春天美景帶出春意盎然的感覺。下片不續寫悠揚朗快的情調，而轉以淒迷傷感的情懷，因爲當春日過後，羈旅的飄零使得心情爲之低落，因此希望能藉由酒「買明朝事」，「事」爲抽象，此處卻以「買」表現，也是詞人希望能在酒中度過孤獨的日子的心緒表現。

另一首題爲「席上作」的〈鷓鴣天〉（樓觀青紅倚快晴）表現內涵就和上一首不同，「坐中更有揮毫客，一段風流畫不成。」以「畫」將抽象的「風流」具體化，想將當時的情態、情事畫下來，展現當時的豪縱快意。

（二）映襯

黃慶萱《修辭學》釋「映襯」爲：「在語文中，把兩種不同的，特別是相反的觀念或事實，貫串或對列起來，兩相比較，互爲襯托，從而使語氣增強，使意義明顯的修辭方法。」〔註101〕

《石湖詞》中，使用映襯如〈朝中措〉：

> 天容雲意寫秋光。木葉半青黃。珍重西風祛暑，輕衫早怯
> 新涼。　　故人情分，留連病客，孤負清觴。陌上千愁易
> 散，尊前一笑難忘。

〔註101〕黃慶萱：《修辭學》，頁 409。

起拍點出秋天的季節，接著以半青黃的木葉及西風描寫秋天。秋天正適合飲酒，然而此刻詞人身體不適，不得不放下酒杯，因此有感而發。結拍以「千愁」、「一笑」相互襯托，彰顯「易散」與「難忘」情懷，也懷念尊前的陶醉情意。同樣還有以對襯表現離別時刻的傷感，如〈念奴嬌〉（水鄉霜落）：「人世會少離多，都來名利，似蠅頭蟬翼。」更能強調事實、凸顯情感。

〈鵲橋仙・七夕〉寫牛郎織女的相會：

> 雙星良夜，耕慵織懶，應被群仙相妒。娟娟月姊滿眉顰，
> 更無奈、風姨吹雨。　　相逢草草，爭如休見，重攪別離
> 心緒。新歡不抵舊愁多，倒添了、新愁歸去。

結拍以兩組映襯的方式加強描寫。第一組是針對見面時，「新歡」比不上「舊愁」，第二組是見面後，「舊愁」加上「新愁」，以新、舊對比，回環往復，就如同把這些情感全部「攪」在一起一樣，也呼應「重攪別離心緒」。

此外，〈鷓鴣天〉寫離別時刻，亦使用映襯的方式寫情感：

> 休舞銀貂小契丹。滿堂賓客盡關山。從今嬝嬝盈盈處，誰
> 復端端正正看。　　摸淚易，寫愁難。瀟湘江上竹枝斑。
> 碧雲日暮無書寄，寥落煙中一雁寒。

這首詞是將要離別前所作，別離感受如同《楚辭・九歌・少司命》所云「悲莫悲兮生別離」〔註102〕。古代交通不易，生離常如同死別一般，此去一別，不知何時才能再見，因此情緒自是無法擺落。然而，這種愁緒又不像眼淚般有形，因此言「摸淚易，寫愁難」，離別時的眼淚易描摹，但是萬般愁緒卻難以書寫，以雙襯加強其愁緒。

〈南柯子〉寫男女之間的思念：

> 悵望梅花驛，凝情杜若洲。香雲低處有高樓。可惜高樓、
> 不近木蘭舟。　　緘素雙魚遠，題紅片葉秋。欲憑江水寄
> 離愁。江已東流、那肯更西流。

〔註102〕　〔宋〕洪興祖：《楚辭補注》（台北：大安出版社，1995年），頁104。

分離的苦痛最後藉著「江已東流、那肯更西流」呈顯，「東」、「西」映襯，強調事與願違、悵然若失的傷感。甚且，江水因為地勢，自是向東，無法西流，高樓也不可能移動而接近木蘭舟，此處以兩件不可能發生的事，暗喻兩人見面之遙遙無期。

〈虞美人〉也以「東」、「西」作對比，但營造出的情感卻迥然不同：

> 落梅時節冰輪滿，何似中秋看。瓊樓玉宇一般明，只為姮娥添了、萬枝燈。　　錦江城下杯殘後，還照鄮江酒。天東相見說天西，除卻衰翁和月、更誰知。

以「天東相見說天西」暗喻自己身在異地，卻仍然掛念著家鄉事，說著家鄉的美好，以「東」和「西」表達自己的「身」與「心」之不一致，也凸顯離鄉之思念。

（三）譬喻

譬喻是一種「借彼喻此」的修辭法，凡二件或二件以上的事物中有類似的點，說話、作文時運用「那」有類似點的事物來比方說明這件事物。〔註 103〕如此一來，可使欲傳達的感受或事物更加明確，如〈臨江仙〉上片使用譬喻：

> 萬事灰心猶薄宦，塵埃未免勞形。故人相見似河清。恰逢梅柳動，高興逐春生。

起拍寫出對萬事失落、氣餒的感受。因為羈旅，使他感到「故人相見似河清」，黃河水一千年一清，因此以此譬喻表現見面之難。同樣寫相見之情者，還有〈滿江紅〉：

> 山繞西湖，曾同泛、一篙春綠。重會面，未溫往事，先翻新曲。勁柏喬松霜雪後，知心惟有孤生竹。對荒園、猶解兩高歌，空驚俗。　　人更健，情逾熟。櫻共柳，冰和玉。恐相逢如夢，夜闌添燭。別後書來，空悵望，尊前酒到休拘束。笑簞瓢、未足已能狂，那堪足。

〔註 103〕黃慶萱：《修辭學》，頁 321。

與朋友重會面，久未見面，相惜之情，溢於言表。現實導致無法見面，因此僅能在夢中把酒言歡，如今相見，還害怕相逢就像夢一般，美好而短暫，表現對於見面的珍惜。

愁緒是難以表達的，但詞人以各樣的方式，將愁緒表現得淋漓盡致，如〈念奴嬌〉：

> 水鄉霜落，望西山一寸，脩眉橫碧。南浦潮生帆影去，日落天青江白。萬里浮雲，被風吹散，又被風吹積。尊前歌罷，滿空凝淡寒色。　　人世會少離多，都來名利，似蠅頭蟬翼。贏得長亭車馬路，千古羈愁如織。我輩情鍾，匆匆相見，一笑眞難得。明年誰健，夢魂飄蕩南北。

上片先寫景色，藉由視角的高低、遠近傳達心緒的不穩，〔註104〕歇拍以「滿空凝淡寒色」再度暗示心裡的寒。下片則直接抒發「會少離多」的感慨，並且以「千古羈愁如織」，將難以具象的愁緒，以織布之「細」與「密」傳達，使感受更加明確、深刻。此外，〈眼兒媚〉也寫愁緒：

> 酣酣日脚紫煙浮。妍暖破輕裘。困人天色，醉人花氣，午夢扶頭。　　春慵恰似春塘水，一片縠紋愁。溶溶洩洩，東風無力，欲皺還休。

這首詞爲人所稱賞，尤其是春慵一句。俞陛雲云：「借東風皺水，極力寫出春慵，筆意深透，可謂入木三分。」〔註105〕將春天慵懶的感受比喻成春塘水的縠紋一般，水面被微風吹動，緩慢盪漾，正和人的心理契合。將物理世界與心理世界相對應，也就具有「異質同構」的精神，因此更能動人。

另外，尚有其他心理感受以譬喻表達，如〈菩薩蠻・湘東驛〉：

> 客行忽到湘東驛。明朝眞是瀟湘客。晴碧萬重雲。幾時逢故人。　　江南如塞北。別後書難得。先自雁來稀。那堪

〔註104〕 參第三章第二節「長調時空設計」之討論。

〔註105〕 俞陛雲：《唐五代兩宋詞選釋》（上海：上海古籍，1985 年），頁360。

春半時。

這首寫他赴任途中感受,「別後書難得」使得詞人發抒「江南如塞北」的感嘆,羈客飄零心情尤為凸顯。同樣的,〈浣溪沙〉也以譬喻暗示心理感受:

> 歙浦錢塘一水通。閒雲如幕碧重重。吳山應在碧雲東。
> 無力海棠風淡蕩,半眠官柳日蔥蘢。眼前春色為誰濃。

以「閒雲如幕」將空間阻隔,視野的狹窄暗示心緒之低沉,前文探討「小境」時已提及。可見修辭對於營造詞裡氣氛、詞作風格都有影響。

〈朝中措〉則回憶家鄉的美好:

> 繫船沽酒碧帘坊。酒滿勝鵝黃。醉後西園入夢,東風柳色花香。　　水浮天處,夕陽如錦,恰似鱸鄉。中有憶人雙淚,幾時流到橫塘。

此則在上文「空間意象」亦有討論,夕陽之美,讓詞人想起家鄉的夕陽、美景。以譬喻的方式,使空間、思緒得以轉換,可見修辭亦對詞裡的時空設計有所助益。

綜上所述,修辭對於《石湖詞》謀篇、章法,以及詞牌風格、聲情都有影響,同時,也更強化了時間、空間、風物、典故意象的表現力,製造出更豐富的藝術魅力。

第五章　《石湖詞》之歷代選評

　　作品在不同的時代氛圍與文學思潮下，可能被推崇也可能被貶抑，因此，不同時代的審美眼光中，作品如何被看待，也是研究單一作家的重要課題之一。《石湖詞》歷經宋、元、明、清，因爲散佚頗多，且詞話裡對其整體詞風的批評極少，因此無法從詞話裡建立起對其詞的批評體系。鑒於此，本章以批評的另一種方式──「詞選」〔註1〕，探討歷代對《石湖詞》的評騭。

　　「作詞難，選詞尤難」〔註2〕選詞者需具有鑑賞、審美的眼光，方能在數量極多的詞中選出佳作。選詞之受到重視，乃因帶有時代的印記，能使後人推知當代人的審美喜好，且選本和詞論也有極大的關係，如清代的詞選即寄寓詞派的詞論，因此從選本中，就可看出不同詞派欣賞角度之差異。此外，詞選也能保留詞作，不論是囿於詞爲小道的觀念而不傳，抑或因爲時代已久而散佚的詞，如范成大的〈醉落魄〉（棲鳥飛絕）、〈朝中措〉（長年心事寄林局）等詞都因宋代的詞選

〔註1〕「選擇」本身即爲一種價值判斷行爲的本質特徵，且選本具備目的性、限定性、選擇性、群體性，因此選本也是一種文學批評方式。鄒雲湖：〈導言：選本──一種批評〉，《中國選本批評》（上海：上海三聯書店，2002年），頁1。

〔註2〕陳廷焯：《白雨齋詞話》卷八，唐圭璋：《詞話叢編》（四），頁3970。

選錄得以保存。

　　本章討論宋、元、明、清之詞選及相關批評著作，先蒐羅出有選錄《石湖詞》之選本，再從中挑選出各朝代較具代表性之選本加以討論，選出能夠藉由這一「縱向」之觀察，突顯《石湖詞》在歷代之價值與地位。

第一節　宋代對《石湖詞》之選評

　　每一部詞選的構成，從名稱到選擇的目的、方式都有其相異之處，也由此彰顯各詞選的特色。已有研究論及詞選的各種構成，如蕭鵬整理、分析出詞選具有外部構成與內部構成。外部構成有詞選名稱、編選者、序跋、體例、卷帙、所選詞人及其時代跨度、詞作、品評和圈點，內部構成則有選型、選心、選源、選域、選陣、選系，〔註3〕透過這些構成，則可對詞選有客觀的認識與了解。因此，以下即以外部構成爲主，輔以內部構成，探討《花庵詞選》、《陽春白雪》及《絕妙好詞》對於范詞之評價及何以選錄其詞作。此外，因爲元代僅討論陸輔之《詞旨》，此書乃「風雅派詞論的餘波」〔註4〕，因此併入周密《絕妙好詞》處討論。

一、黃昇《花庵詞選》

　　黃昇《花庵詞選》成書於宋理宗淳祐九年（1249年），全書共二十卷，前十卷爲《唐宋諸賢絕妙詞選》，後十卷爲《中興以來絕妙詞選》。《花庵詞選》之名乃後人更改，黃昇原將此書命名爲《絕妙詞選》，其自序言：

　　　　況中興以來，作者繼出，及乎近世，人各有詞，詞各有體，
　　　　知之而未見，見之而未盡者，不勝算也。暇日裒集，得數

〔註3〕　蕭鵬：《群體的選擇：唐宋人選詞與詞選通論》（1990年南京師範大學博士論文）（台北：文津，1992年），頁5～10。

〔註4〕　方智範等著：《中國詞學批評史》（北京：中國社會科學出版社，1994年），頁132。

百家，名之曰《絕妙詞選》。〔註5〕

這段話說明其編選動機，乃欲使人能「盡」、「見」詞家之作品。書名原為《絕妙詞選》，後人為避免此書與周密《絕妙好詞》混淆，因此加以改動，因黃昇曾隱居於玉林之散花庵，因此以《花庵詞選》為名。此書共選唐五代至南宋後期詞人兩百二十三家，詞一千兩百七十七首，范成大的詞即收錄於《中興以來絕妙詞選》中。

　　蕭鵬稱這本書是「以選為史」，因為這本書乃「每一詞壇的各種層次、各種群體和各個作家的完整面貌之大匯展」〔註6〕，從自序可見出作者有意識的選擇多種風格的作品，序中云：

> 佳詞豈能盡錄？亦嘗鼎一臠而已。然其盛麗如游金、張之堂，妖冶如攬嬙、施之袪，悲壯如三閭，豪俊如五陵；花前月底，舉杯清唱，合以紫簫，節以紅牙，飄飄然作騎鶴揚州之想，信可樂也。〔註7〕

首先揭示他選詞的標準是：「佳詞」，而各種風格的詞，如盛麗、妖冶、悲壯、豪俊都在選詞之列。胡德方在序《花庵詞選》時也特別說明該選的存史觀點，他說「玉林此選，博觀約取，發妙音於眾樂並奏之際，出至珍於萬寶畢陳之中。使人得一編，則可以盡見詞家之奇。」〔註8〕由此可知，選者兼顧詞人作品之多種面貌。《中興以來絕妙詞選》共收南宋范成大詞七首，〔註9〕分別為：

> 酣酣日腳紫煙浮。妍暖破輕裘。困人天色，醉人花氣，午夢扶頭。　　春慵恰似春塘水，一片縠紋愁。溶溶洩洩，東風無力，欲皺還休。（〈眼兒媚‧萍鄉道中乍晴，臥輿中，

〔註5〕　〔宋〕黃昇選：《中興以來絕妙詞選》（台北：台灣商務，1965年），頁1。

〔註6〕　蕭鵬：《群體的選擇：唐宋人選詞與詞選通論》，頁154～156。

〔註7〕　〔宋〕黃昇選：《中興以來絕妙詞選》（台北：台灣商務，1965年），頁1。

〔註8〕　胡德方：〈詞選序〉，《唐宋諸賢絕妙詞選》，王雲五主編：《四部叢刊初編集部‧110》（台北：台灣商務，1965年），頁1。

〔註9〕　〔宋〕黃昇選：《中興以來絕妙詞選》（台北：台灣商務，1965年），頁25。

困甚，小憩柳塘〉〉

畫戟錦車皆雅故。簫鼓留連客住。南浦春波暮。難忘羅襪
生塵處。　明日船旗應不駐。且唱斷腸新句。卷盡珠簾
雨。雪花一夜隨人去。（〈一落索・南浦舟中與江西帥漕酌
別。夜後忽大雪〉）

雪林一夜收寒了。東風恰向燈前到。今夕是何年。新春新
月圓。　綺叢香霧隔。猶記疏狂客。留取縷金旛。夜蛾
相並看。（〈菩薩蠻・元夕立春〉）

客行忽到湘東驛。明朝眞是瀟湘客。晴碧萬重雲。幾時逢
故人。　江南如塞北。別後書難得。先自雁來稀。那堪
春半時。（〈菩薩蠻・湘東驛〉）

千古東流，聲卷地、雲濤如屋。橫浩渺、檣竿十丈，不勝
帆腹。夜雨翻江春浦漲，船頭鼓急風初熟。似當年、呼禹
亂黃川，飛梭速。　擊楫誓，空驚俗。休拊髀，都生肉。
任炎天冰海，一杯相屬。荻筍蔞芽新入饌，鶗絃鳳吹能翻
曲。笑人間、何處似尊前，添銀燭。（〈滿江紅・清江風帆
甚快，作此，與客劇飲歌之〉）

塘水碧。仍帶麴塵顏色。泥泥縠紋無氣力。東風如愛惜。
　恰似越來溪側。也有一雙鸂鶒。只欠柳絲千百尺。繫
船春弄笛。（〈謁金門・宜春道中野塘春水可喜，有懷舊隱〉）

湘江碧。故人同作湘中客。湘中客。東風回雁，杏花寒
食。　溫溫月到藍橋側。醒心絃裡春無極。春無極。明
朝殘夢，馬嘶南陌。（〈秦樓月・寒食日湖南提舉胡元高家
席上聞琴〉）

以這幾首的內容來說，有寫春日水塘邊感受，亦有抒發節日心緒、離
別感受及人生感慨，大致上情調低沉、憂愁，只有〈滿江紅〉一首充
滿悲憤與豪宕，景物的鋪排與其他首亦迥然不同，且此首未被本章所
探討的其他詞選選錄，也可見黃昇選詞的獨到之處。由此七首即可見
《石湖詞》裡所展現不同的內容、情調，和黃昇欲「盡」、「見」詞家

之作品，大致相合，也確能「以選存史」。黃昇選取豪放之作或許也
和當時詞壇風氣有關，南渡之初，尚有北回的決心和信心，辛棄疾繼
承北宋蘇軾豪放詞風，以其才情及滿腔愛國熱情創作，使得豪放派詞
風再次興盛，在詞壇占有一席之地，黃昇《花庵詞選》就反映了愛國
詞派被詞壇接受的事實。〔註10〕

　　黃昇在詞人的題名之下，著錄一段詞人的小傳和總評，「范至能」
之下寫「名成大，號石湖居士。孝宗朝入參大政，詩文超絕，三高亭
記天下之人誦之，嘗爲蜀帥，每有篇章，即日傳布，人以先睹爲快。」
〔註11〕記載了范成大作品膾炙人口的一面，其中「至能」之「至」常
誤作「致」，後人也考訂作「致」爲非，〔註12〕可見選者對於資料的
正確選取。

二、趙聞禮《陽春白雪》

　　《陽春白雪》是南宋後期江湖詞人趙聞禮編選，書名稱爲「陽春
白雪」，透露出此書的格調，以及所錄皆高雅之唱的標準。這本書的
排列方式不像《花庵詞選》在詞人下列其作品，而是將婉約之作放在
正集八卷中，豪放之作則置於外集一卷，而使得同一詞人的不同作品
散列於書中各卷，這牽涉到此書兼選歌〔註13〕、選史與選派的選型背
景。《陽春白雪》以南宋江湖詞人群爲主要選擇對象，范成大雖非江

〔註10〕　參曹秀蘭：《宋代詞選研究》（安徽：安徽師範大學碩士論文，2005
　　　　年），頁 28～29。

〔註11〕　黃昇：《中興以來絕妙詞選》卷二，王雲五主編：《四部叢刊初編集
　　　　部・110》（台北：台灣商務，1965 年），頁 25。

〔註12〕　如方健：〈關於范成大生平行實的考訂〉第一條即爲「范成大字『至
　　　　能』，而非『致能』」《歷史文獻研究》第 18 期（1999 年 9 月），頁
　　　　101。于北山《范成大年譜》亦說明「作『致』者非」。

〔註13〕　蕭鵬認爲此書乃「選歌變體」，所謂「選歌變體」乃相較於「選歌」
　　　　的詞選有所改變，「選歌」指的是像《雲謠集》、《花間集》一類純爲
　　　　徵歌選唱而設的詞選，編選者多爲樂工歌者，「選歌變體」的編選者
　　　　則不再限於樂工，而有詞人、書商等，選型也不再純爲應歌而設。
　　　　蕭鵬：《群體的選擇：唐宋人選詞與詞選通論》，頁 21～41。

湖詞人，但爲江湖詞人劉翰所追隨，或許也是他的詞入選原因之一。這本書可說是從《草堂》、《花庵》到周密《絕妙好詞》的一個中間環結，﹝註14﹞因爲在編選方式及編選時間具有過渡性質，因此探討本書的選詞亦有其重要性。

　　《陽春白雪》選錄范成大的詞共五首，分別見於此書的卷一、卷四和卷七，皆在正集八卷之中，可見趙聞禮雖有選豪放之作，但卻未能如黃昇選入范成大豪放風格的作品。可資注意的是，這本書所選的范詞和《花庵》無一首相同，詞作及卷數如下：﹝註15﹞

> 梅黃（黃梅）時節春蕭索。越羅春潤紗衣（吳紗）薄。斜日雨絲（絲雨日朧）明。柳梢紅未晴。　多愁多病後。不識曾中酒。愁病送春歸。恰如中酒時。（〈菩薩蠻〉卷一）

> 悵望梅花驛，凝情杜若洲。雪（香）雲低處有高樓。可惜高樓、不近木蘭舟。　緘素雙魚遠，題紅片（一）葉秋。欲憑江水寄離愁。江已東流、那肯更西流。（〈南歌子〉卷一）

> 雪晴風作。松梢片片輕鷗落。玉樓天半褰珠箔。一笛梅花，吹裂凍雲幕。　去年小獵灘山腳。弓刀溼遍猶橫槊。今年翻怕貂裘薄。寒似去年，人比去年覺。（〈醉落魄〉卷四）

> 晚晴風歇。一夜春威折。脈脈花疏天淡，雲來去、數枝雪。　勝絕。愁亦絕。此情誰共說。惟有兩行低雁，知人倚、畫樓月。（〈霜天曉角〉卷七）

> 少年豪縱。袍錦團花鳳。曾是京城遊子，馳寶馬、飛金鞚。　舊遊渾似夢。鬢點吳霜重。多少燕情鶯意，都瀉入、玻璃甕。（〈霜天曉角〉卷七）

括號內爲《石湖詞校注》所引，兩者的不同，除了因爲傳鈔造成文字出入，或許和其「選歌變體」的性質有關，爲了便於歌唱，文字上就

﹝註14﹞　蕭鵬：《群體的選擇：唐宋人選詞與詞選通論》，頁160～164。

﹝註15﹞　﹝宋﹞趙聞禮選：《陽春白雪》（北京：中華書局，1985年），頁23、25、112、209。

選取容易琅琅上口者，以便於歌唱。第一、二、四首詞都有寫到「愁」，第三、五首則寓有今昔之感，或許和書中多寫江湖詞人的空虛、寂寞有關。自從《陽春白雪》選入〈霜天曉角・梅〉之後，周密《絕妙好詞》以及朱彝尊《詞綜》、周濟《宋四家詞選》也都有選，使這首詞成為《石湖詞》中被選錄次數第二高者。

三、周密《絕妙好詞》

《絕妙好詞》是宋末元初詞人周密所編，亦即《武林舊事》的作者。此書是一部斷代詞選，選詞始於張孝祥，終於仇遠。范成大詞列於張孝祥之後，為本書第二順位。這本書的地位與重要性如蕭鵬所說：

> 這是一部很有個性特點，體例完備的佳選。因為有完整的斷代體系，有濃厚的宗派意識，它的編選者被當時詞壇前輩譽為「雅思淵才」，「樂府妙天下」，乃是典型的詞人選詞，它又勒成於宋亡以後，這使得編選者能夠完整而冷靜地俯瞰和總結那個千巖競秀、百舸爭流的南宋詞壇。〔註16〕

這部詞的宗派意識可從選詞數量來看，相較於黃昇《花庵詞選》選辛棄疾詞四十二首，周密選辛棄疾詞只有三首，而選較多吳文英、姜夔的作品，可見他選擇上的偏好。這本書所選范詞共五首，〔註17〕〈眼兒媚〉在《花庵詞選》的選作已列舉，《霜天曉角・梅》則《陽春白雪》已選。有學者就認為後人對范成大詞風的偏頗觀感和此選本選錄有關，如周汝昌於《范石湖集・前言》云：

> 從南宋周密《絕妙好詞》選錄了〈眼兒媚〉（萍鄉道中乍晴，臥輿中困甚，小憩柳塘）等闋，後來選本多直承其舊，更不向集中別採瑸璵，以致有的評家竟以為石湖詞格就只像〈眼兒媚〉所寫的「春慵恰似春塘水，一片縠紋愁。溶溶洩洩，東風無力，欲皺還休。」讀了使人渾身「懶洋洋地」

〔註16〕 蕭鵬：《群體的選擇：唐宋人選詞與詞選通論》，頁 192。
〔註17〕 〔宋〕周密輯：《絕妙好詞》（台北：台灣商務，1975 年），頁 2～3。

　　沒有一點氣力。〔註18〕

雖然《花庵詞選》選〈眼兒媚〉先於《絕妙好詞》，然《絕妙好詞》
因為時代較晚，且在清代浙西尚雅的主張裡得到推崇，而對後人的
影響較大。眼兒媚著重於生理感覺和心理印象的描寫，如「酣酣」、
「困」、「醉」、「慵」、「無力」之類主觀的詞頻繁使用，使得自然景物
充分情緒化，也寫得細膩入微，〔註19〕或許也是這首詞屢被選錄的
原因。

　　《絕妙好詞》另外選出的詞有三首：

　　　棲鳥飛絕。絳河綠霧星明滅。燒香曳簞眠清樾。花影吹笙，
　　　滿地淡黃月。　　好風碎竹聲如雪。昭華三弄臨風咽。鬢
　　　絲撩亂綸巾折。涼滿北窗，休共軟紅說。(〈醉落魄〉)

　　　長年心事寄林扃。塵鬢已星星。芳意不如水遠，歸心欲與
　　　雲平。　　留連一醉。花殘日永，雨後山明。從此量船載
　　　酒，莫教閒卻春情。(〈朝中措〉)

　　　樓陰缺。闌干影臥東廂月。東廂月。一天風露，杏花如
　　　雪。　　隔煙催漏金蚪咽。羅幃暗淡燈花結。燈花結。片
　　　時春夢，江南天闊。(〈秦樓月〉)

前兩首在月下、雨後訴說自己的心情，超遠清虛，也能看出石湖的心
境與情致，第三首雖寫女子的思念，卻「雅而不俗」。因此本書所選
的五首，有寫春日午後慵懶之情，有因梅觸緒者，亦有花間月下賞笙
聲的優閒情調，以及思歸、思人情懷。大致上，意深思遠，秀整清雅，
因此這五首詞的入選，都能符合《絕妙好詞》尚雅的精神。

　　另外，若把這些詞與元代陸輔之《詞旨》相對照，陸輔之《詞旨》
選「警句」共九十二則，其中四則為范成大詞：

　　　花影吹笙，滿地淡黃月。石湖，醉落魄
　　　涼滿北窗，休共軟紅說。同上。

〔註18〕　〔宋〕范成大撰：《范石湖集》(台北：河洛，1975 年)，頁 6。
〔註19〕　參喬力：〈情深與境闊：范仲淹范成大詞對讀〉，《范學論文集・下冊》
　　　　　(香港：新亞洲文化基金會有限公司，2004 年)，頁 48。

　　燈花結，片時春夢，江南天闊。前人，憶秦娥。

　　惟有兩行低雁，知人倚、畫樓月。前人，霜天曉角。〔註20〕

前二則同出〈醉落魄〉，共從三首詞選出四句警句，而這三首正是《絕妙好詞》所選。究其原因，和宋末典雅派詞人的宗派意識有關，劉少雄提出宋末典雅派作品之間的關係爲：「由周密將詞家作品結爲一集以提供實際的範例，由張炎以詞話方式闡述創作的基本原則，再由陸行直標舉家數、句例以示後學津途，三家前後呼應，爲姜吳典雅一派樹立了相當的規模。」〔註21〕可見《絕妙好詞》對姜夔一派詞風的宗尚，清代詞壇浙西派崇尚姜夔的清空，因此《絕妙好詞》就得到極高的推崇。

　　綜上所述，宋代的三部詞選中，《花庵詞選》選范詞七首、《陽春白雪》及《絕妙好詞》皆選錄五首，《花庵》選錄雖較多，但范詞在所有詞人選詞數的排名並未列入前十名，反而是《陽春白雪》及《絕妙好詞》范詞居選詞篇目數量的第九名，可見在南宋崇雅風氣之下，范成大的詞雖有豪放與婉約風格，但被選擇而重視者，仍爲近雅之作。另外，宋人陳三聘有《和石湖詞》，對范成大詞極爲推崇，〈和石湖詞跋〉〔註22〕裡提及初得《石湖詞》時感到「夫珍奇之觀，得一而足，況坐群玉之府」，並且「心目爲之洞駭」，可見對《石湖詞》的讚賞。《蕙風詞話》評陳夢弼和石湖詞，云：

　　陳夢弼和石湖鷓鴣天云：「指剝春蔥去採蘋。衣絲秋藕不沾塵。眼波明處偏宜笑。眉黛愁來也解顰。巫峽路，憶行雲。幾番曾夢曲江春。相逢細把銀釭照，猶恐今宵夢似眞。」歇拍用晏叔原「今宵賸把銀釭照，猶恐相逢是夢中」句，恐

〔註20〕〔元〕陸輔之撰，胡元儀原釋：《詞旨下》，《詞話叢編》（一），頁319。

〔註21〕劉少雄：《南宋姜吳典雅詞派相關詞學論題之探討》（台北：國立臺灣大學出版委員會出版，1995年），頁20。宋季詞法傳承參吳熊和：《唐宋詞通論》（杭州：浙江古籍出版社，1985年），頁305～311。

〔註22〕〔宋〕范成大著，黃畲校注：《石湖詞校注》附錄三〈序跋〉（濟南：齊魯書社，1989年），頁119。

夢似眞，翻新入妙，不特不嫌沿襲，幾於青勝於藍。〔註23〕
可見陳三聘對《石湖詞》喜愛之餘所作的和詞也能有一定的水準。
石湖詞作對他不無影響，使他能後出轉精，有「幾於青勝於藍」的
表現。

第二節　明代對《石湖詞》之選評

唐、宋兩代的詞選對明代詞壇有所影響，其中又以《花間集》
和《草堂詩餘》在明詞壇最爲流行。流行既廣，翻刻、續選者多，優
劣雜陳之現象也就很普遍，因此明人或起而欲對花、草二集作一披
沙揀金、總結性整理而有沈際飛《草堂詩餘四集》及卓人月、徐士
俊《古今詞統》。此外，也有從花、草入手，最後選出與明代詞選風
格相異的詞選《花草粹編》。本節即以此三選本考察明人對范詞的欣
賞角度。

一、陳耀文《花草粹編》

《花草粹編》以「花」字代表唐，以「草」代宋，所收爲唐宋間
詞。蕭鵬稱《花草粹編》爲「明代詞選臺外的掉臂獨行者」，甚至譽
此書爲「明代三百年間最有學術價值的一部詞總集。」因爲這本詞
選與絕大多數明代詞選風格迥然不同，採用類似印刷術中的影印技
術，原樣保存了許多珍貴的版本文獻資料。其選詞方式乃常見之詞
以佳詞入選，不常見之詞以搜逸入選，元詞以備調入選這樣三位一
體的格局。〔註24〕《四庫提要》對這部詞選評價爲：「蓋耀文於明代
諸人中，猶講考證之學，非嘲風弄月者比也。雖糾正之詳，不及萬樹
之《詞律》選擇之精，不及朱彝尊之《詞綜》，而裒輯之功，實居二
家之前。」〔註25〕可見這本詞選的價值。

〔註23〕〔清〕況周頤撰：《蕙風詞話》卷二，唐圭璋編：《詞話叢編》（五），
　　　　頁 4433。
〔註24〕蕭鵬：《群體的選擇：唐宋人選詞與詞選通論》，頁 253～256。
〔註25〕〔清〕永瑢等撰：《四庫全書總目提要》冊四十（台北：台灣商務，

　　此書所收范成大詞有三首，〔註26〕分別是〈眼兒媚〉（酣酣日腳
紫煙浮）、〈秦樓月〉（湘江碧）以及〈酹江月〉（浮生有幾），前兩首
《花庵詞選》亦有選錄，近於婉約詞風，第三首乃因《花草粹編》的
選錄而補遺入《石湖詞》，可見此書選錄的價值，詞作爲：

> 浮生有幾，歡歡娛娛常少，憂愁相屬。富貴功名皆由命，何
> 必區區僕僕。燕蝠塵中，雞蟲影裡，見了還追逐。山間林
> 下，幾人眞個幽獨。　　誰似當日嚴君，故人龍袞，獨抱
> 羊裘宿。試把漁竿都掉了，百種千般拘束。兩岸煙林，半
> 溪山影，此處無榮辱。荒臺遺像，至今嗟詠不足。

本章所探討的詞選裡，僅有本書選錄此詞，且這首與明代另兩部詞選
所選〈眼兒媚〉詞風有明顯的不同，彰顯出其特殊之處。這首詞充滿
曠達思想，與《花庵詞選》所選〈滿江紅〉（千古東流）皆爲范詞裡
偏於豪放風格之作，只是〈滿江紅〉仍有憂憤之感，〈酹江月〉則心
境淡遠，有超然物外之情。關於范成大詞的豪放風格，黃德金〈論石
湖詞〉有云：「呈現多風姿的石湖詞還有爲數不少的豪放詞，這裡講
的豪放詞包括激豪與曠放兩個方面」又云「豪放風格的另一類詞即清
曠放達之詞，可以講是石湖詞風格的主格調。」〔註27〕豪放風格的詞
在范詞中的確具有獨特的面貌，陳耀文將之選入《花草粹編》可說在
選詞上能不受他人的影響，獨樹一幟。

二、沈際飛《草堂詩餘四集》

　　《草堂詩餘四集》原題爲《古香岑批點草堂詩餘四集》，又簡稱
《草堂四集》，編者爲明末萬曆年間的沈際飛。〔註28〕《草堂詩餘四

　　　　　1965 年），頁 83～84。
〔註26〕〔明〕陳耀文：《花草粹編》，明萬曆癸未 11 年（1583 年）刊本。
〔註27〕黃德金：〈論石湖詞〉，複印報刊資料編輯部：《中國古代・近代文學
　　　　　研究》（北京：中國人民大學書報資料中心，1990 年）第 8 期，頁
　　　　　128～133。
〔註28〕李娟娟：《草堂四集及古今詞統之研究》（高雄：高雄師範大學國文
　　　　　學系碩士論文，1996 年）第三章針對沈際飛及《草堂詩餘四集》的

集》分別爲《草堂詩餘正集》、《草堂詩餘續集》、《草堂詩餘別集》、《草堂詩餘新集》，四集之中，別集爲沈氏所自選，其餘三選均是以前人的舊選加以翻刻、或是增刪而成，再由沈際飛予以批點評箋。

　　《草堂詩餘四集》僅選范成大詞一首，出現在《別集》中，將〈眼兒媚〉題爲「柳塘」，並在詞旁以不同的圈點方式表現對詞的鑑賞，全首旁均有「。」，表示爲「靈慧新特之句」〔註29〕；「妍暖破輕裘」的「妍」與「破」字以「◎」標示，意爲「鮮奇警策之字」，並在眉批云「妍字得春煖味」及「字字軟溫，著其氣息即醉」可見沈際飛對這首詞字字都頗爲讚賞。《草堂詩餘四集》的詞學批評觀爲「傳情」，《草堂詩餘別集・序》又言「塊然中處，喜則心氣乘之，驚則五臟之氣乘之。人流轉於七情，而《別集》中忤合萬狀，觸目生芽，怵然而驚，啞然而笑，瀾然而泣，嗷然而哭。……」他將「情」當作文學的主要藝術特質，而范成大的〈眼兒媚〉表現春天午後慵懶之情極爲成功，這也許即是被選錄之原因。

三、卓人月、徐士俊《古今詞統》

　　《古今詞統》的編者題爲「杭州卓人月彙選，徐士俊參評」，兩人均是明季浙中文壇上頗爲活躍的文人。〔註30〕《古今詞統》選錄標準有二端，首先是以「摹寫情態，令人一展卷而魂動魄化者爲上」〔註31〕，再則是欲合「婉約」、「豪放」兩種作品風格於一編，而錄有「幽、奇、淡、豔、斂、放、穠、纖」〔註32〕各種不同風格的詞作。《古今詞統》雖然欲收各種不同的詞，但選范成大的詞則僅有一首，

　　　　版本、編錄特色、詞學觀、評點成就有論述，本文對《草堂詩餘四
　　　　集》的介紹均參此論文。
〔註29〕　〔明〕沈際飛評：《草堂詩餘四集發凡・著品》，明崇禎間（1628～
　　　　1644）太末翁少麓刊本。
〔註30〕　李娟娟：《草堂四集及古今詞統之研究》（高雄：高雄師範大學國文
　　　　學系碩士論文，1996 年），頁 119。
〔註31〕　〔明〕孟稱舜：《古今詞統序》，明崇禎間（1628～1644）刊本。
〔註32〕　〔明〕徐士俊：《古今詞統序》，明崇禎間（1628～1644）刊本。

且與《草堂詩餘別集》所收相同，同樣題為「柳塘」，或許和此書「以情選詞」有關。

綜上所述，明代這三部詞選選范詞之中，除了《花草粹編》選錄豪放詞〈酹江月・嚴子陵釣台〉並使此詞得以保留，另兩部都沿襲了宋代《花庵詞選》及《絕妙好詞》已選的〈眼兒媚〉，雖有選范詞，然較無新意。

第三節　清代對《石湖詞》之選評

清代是詞壇的復興期，詞經過元、明兩朝的衰歇，至清代，詞派、詞話、詞選集的興盛，顯示詞再度受到重視。嘉慶以前的詞壇，宗蘇軾、辛棄疾的「陽羨派」與宗姜夔、張炎的「浙西派」最為興盛，之後因為末流走向粗獷叫囂、委靡堆砌之地步，因此逐漸衰歇，張惠言所領導重寄託的「常州詞派」便在此時興起，周濟則是秉承張惠言理論而推廣之者。〔註33〕清代的詞學批評亦隨著這三派的詞學理論而來。

詞派在清代詞壇佔有重要地位，欲建立《石湖詞》在清代之評價，必須與詞壇之派別、理論相結合。因此本章所選擇之選本乃以「詞派」為去取依據，如浙西派取朱彝尊、汪森編選《詞綜》，常州派則取周濟《宋四家詞選》，此外，尚有先宗浙西派，後宗常州派之陳廷焯先後編選《雲韶集》、《詞則》兩部詞選，亦為本章探討的主要範疇。最後，王國維《人間詞話》在詞學批評裡占有重要地位，且特出於清代浙、常兩派，建立獨樹一幟的批評準則，因此本章亦針對詞話裡提及《石湖詞》的部分加以釐析、探究。

一、朱彝尊《詞綜》

朱彝尊是浙西派領袖，《詞綜》是以朱氏為主，由多人分工合作、

〔註33〕參葉慶炳：《中國文學史》（台北：台灣學生書局，1997年），頁365～366。

逐步編纂完成的。《詞綜》的編撰特色最受到注意的即是其尚「雅」精神，汪森《詞綜序》言「鄱陽姜夔出，句琢字煉，歸於醇雅。」他們推崇姜夔、張炎一派，並且把這種精神貫徹到選詞裡，使當時人走出明代詞風，形成清詞的獨特面目。〔註34〕《詞綜》選范成大作品五首，其中有四首皆為《花庵詞選》選過，最後一首則是《陽春白雪》和《絕妙好詞》均選過的〈霜天曉角・梅〉（晚晴風歇）。

　　雖然浙西派尚「雅」，然而，何謂醇雅、雅正，朱彝尊始終未予明確界定。直至浙派中期的厲鶚比較明確的提出「雅正」的標準，他在《群雅集序》言：

> 今諸君詞之工，不減小山，而所託興乃在感時賦物，登高
> 送遠之間，遠而文，澹而秀，纏綿而不失其正，騁雅人之
> 能事。

風格上，「遠而文，澹而秀，纏綿而不失其正」；題材上，「感時賦物，登高送遠之間」，如此則是「騁雅人之能事」。〔註35〕厲鶚是繼朱彝尊後的浙派領導者，他的看法亦可作為「雅正」內涵的參考。

　　以石湖被選入的詞來說，有兩首是赴任途中所作，分別是〈菩薩蠻〉（客行忽到湘東驛）為赴廣右途中所作，〈秦樓月〉（湘江碧）是范成大離開桂林往成都，寒食日道經湖南，於胡元高家所作。〔註36〕〈菩薩蠻〉以「江南如塞北。別後書難得。」抒發情感，道出書信不易，暗示離別之情難以擺落，最後藉由景色「先自雁來稀，那堪春半時」以寓涵愁緒。〈秦樓月〉抒發寒食日於席上聞琴「醒心絃裡春無極」的感受，離別時感受則是「明朝殘夢，馬嘶南陌」。離別後，宴席的場景僅能在夢中出現，而記憶的拼湊又會隨著時光流逝而殘缺，因此有所感慨，這般心緒之下，馬不再是「鳴」，而是「嘶」，強烈的提醒他回到現實。可見，兩首在寫離別情感時，皆能「穠而不艷，直

〔註34〕李睿：《清代詞選研究》（上海：華東師範大學人文學院中國語言文
　　　　學系博士論文，2006年），頁128～134。

〔註35〕參蘇淑芬：《朱彝尊之詞與詞學研究》，頁60。

〔註36〕黃聲儀：《石湖詞研究及箋注》，頁140、144～145。

而不俚」〔註37〕。

　　另外尚有三首，其中兩首寫的是春日塘水邊感受，一首是詠梅，都把自然事物與自身感受結合，如〈謁金門〉（塘水碧）云「泥泥縠紋無氣力」、〈眼兒媚〉（酣酣日腳紫煙浮）亦云「溶溶洩洩，東風無力，欲皺還休。」，〈霜天曉角〉（晚晴風歇）則是藉由梅花，抒發「勝絕，愁亦絕」之感受，感時賦物，情調澹遠。因此，這五首大抵符合「雅正」的審美風格。

　　朱彝尊對范成大詞「雅」的認同還可見於〈秋屏詞題辭〉：

> 花間、尊前而後，言詞者多主曾端伯樂府雅詞，今江、淮以北稱倚聲者，輒曰雅詞，甚矣詞之當合乎雅矣。自草堂選本行，不善學者，流而俗，不可醫。讀秋屏詞，盡洗鉛華，獨存本色，居然高竹屋、范石湖遺音，此有井飲處所必欲歌也。〔註38〕

這段話傳達朱彝尊尚雅的精神之餘，同時批評南宋時坊間編選的《草堂詩餘》。並且稱賞秋屏詞不被時俗影響，近雅而能「盡洗鉛華，獨存本色」，具有高、范二人餘韻。

　　題辭雖是在討論秋屏詞，但是一句「居然高竹屋、范石湖遺音」卻同時表現朱彝尊對此二人的看法，要了解這段話中對兩人的褒貶，就要先知道「秋屏」是何人。秋屏乃清人，本名楊大鯤，字九摶，一字陶雲，又號秋屏，亦號曉屏，江蘇武進人。清順治十六年（1659）進士，改庶吉士，官至山東按察使。〔註39〕《秋屏詞鈔》前除了有朱彝尊題辭，尚有何嘉延、姚潛等人，何嘉延云秋屏「不屑作柔曼之音，純以長調取勝，豔而不靡，麗而不纖，清而不膚，爽而不率。思沉力厚，法備神全，極詞家之能事。」姚潛云：「秋屏詞情恂雅，既

〔註37〕朱彝尊：〈蔣京少〈梧月亭詞〉序〉，《朱彝尊詞集》。
〔註38〕〔清〕馮金伯輯：《詞苑萃編》，唐圭璋編：《詞話叢編》（二）（台北：新文豐，1988年），頁1948～1949。
〔註39〕南京大學中國語言文學系全清詞編纂研究室編：《全清詞・順康卷》第六冊（北京：中華書局，2002年），頁3223。

不流於柔靡，復不蹈於豪放，淡妝濃抹，俱所不事，直得白石玉田神髓。」〔註40〕或許因爲秋屛詞風近於浙西一派，因此得到朱彝尊的讚賞。至於高觀國，劉熙載《詞概》稱他「爭驅白石，然嫌多綺語。」〔註41〕點出高竹屋詞和姜白石詞有相近之處，而范成大與姜白石亦有傳承因緣。〔註42〕既然朱彝尊對《秋屛詞》評價頗高，而且也推崇姜夔，自然對高觀國、范成大兩人就有稱許之意。

其實，石湖近雅的詞風，清人江立在《石湖詞跋》裡亦有揭示：「石湖詞跌宕風流，都歸於雅，所謂清空綺麗，兼而有之，姜、史、高、張而外，杳然寡匹。」清·何夢華亦謂「成大雖以詩雄一代，而詞亦清雅瑩潔，迥異塵囂，小令更甚於長調。」〔註43〕可見因爲浙西派的尙雅，對范詞的欣賞眼光，大部分都傾向其近雅之作。

二、周濟《宋四家詞選》

常州派爲張惠言所領導，周濟繼起推廣，其中張惠言《詞選》未選石湖作品，因此此處探討周濟《宋四家詞選》。常州派重比興寄託，因此張惠言主要在唐五代及溫庭筠詞中挖掘比興之意，周濟則將「寄託」的眼光置於南宋。雖然周濟在思想上宗常州派，但在選詞時，卻呈現浙常兩派的融合，因爲實踐時，無法全然擺脫浙派的影響，這可從《宋四家詞選》的選目與《詞綜》相同，連錯誤也一併沿襲看出。〔註44〕《宋四家詞選》以周邦彥、辛棄疾、王沂孫、吳文英居領袖地位，范成大置於王沂孫之後，僅選〈霜天曉角·梅〉一首：

> 晚晴風歇。一夜春威折。脈脈花疏天淡，雲來去、數枝
> 雪。　　勝絕。愁亦絕。此情誰共說。惟有兩行低雁，知

〔註40〕〔清〕吳貫勉：《秋屛詞鈔》，張宏生編：《清詞珍本叢刊》第 10 冊（南京：鳳凰出版社，2007 年），頁 596～597。

〔註41〕〔清〕劉熙載：《詞概》，唐圭璋編：《詞話叢編》（台北：新文豐，1988 年），頁 3695。

〔註42〕參本論文第二章第二節「傳承因緣」。

〔註43〕〔清〕何夢華抄本《石湖詞》，《石湖詞校注》，頁 2。

〔註44〕李睿：《清代詞選研究》，頁 188～191。

人倚、畫樓月。

這首詞為《詞綜》所選范成大詞其中一首，周濟選這首或許受到朱彝尊的影響，另外，會選這首詠梅詞，或許也和他重寄託的想法相合。石湖詠梅詞的寄託之意，可見於清代蔣敦復《芬陀利室詞話》卷三：「詞原於詩，即小小咏物，亦貴得風人比興之旨。唐五代、北宋人不甚咏物，南渡諸公有之，皆有寄託，白石、石湖詠梅，暗指南北議和事。」〔註45〕南宋詠梅詞興盛，外在的政治環境是導致此現象的原因之一端，詠梅詞除了能抒發個人情感、寫相思離愁更可用來寄寓家國身世。〔註46〕這首詞以梅花的「勝絕」對比自己的「愁亦絕」，未明言所愁為何，留給後人臆測的空間，范成大常在詞裡蘊含家國之憂，或許周濟以此為詞中寄託而選之。

此外，這首詞結拍之巧妙則如同俞陛雲所云：

> 此調末二句最為擅勝，若言倚樓人託孤愁於征雁，便落恆蹊。此從飛雁所見，寫倚樓之人，語在可解不可解之間，詞家之妙境，所謂如絮浮水，似沾非著也。〔註47〕

認為末句從人的角度設想雁，抑或從雁的角度看人，皆無不可。後者的解讀，跳脫詞中人的立場，並使「愁亦絕」的情感暫得舒緩，又較前者更勝一籌。這首詞為朱彝尊與周濟所選，或許因為詞中寄託的情感，與「穠而不靡」的情感鋪陳能夠符合兩派的審美標準。

三、陳廷焯《詞則》

陳廷焯編選過兩部詞選，分別是《雲韶集》與《詞則》，兩書雖同出一人，卻反映清詞前後兩詞派各異其趣的觀點。《雲韶集》的編選始於同治十二年，成書於同治十三年；《詞則》始於光緒六年，成書於光緒十六年，陳氏一前一後編了兩部詞選乃因他晚年對《雲韶集》

〔註45〕〔清〕蔣敦復：《芬陀利室詞話》，《詞話叢編》（四），頁 3675。
〔註46〕參賴慶芳：《南宋詠梅詞研究》（台北：學生書局，2003 年），頁 115
～121、191～246。
〔註47〕俞陛雲：《唐五代兩宋詞選釋》，頁 361。

的編撰不甚滿意，因此重加刪選編成《詞則》。〔註48〕

　　陳廷焯早年追隨浙派，《雲韶集》卷十五朱彝尊條透露出他的詞學思想：「余選此集，自唐迄元，悉本先生《詞綜》，略爲增減，大旨以雅正爲宗，所以成先生之志也。」可見《雲韶集》乃在發揚朱彝尊的學說，以完成朱彝尊之遺志爲己任。〔註49〕《雲韶集》只留下同治十三年稿本於南京圖書館，〔註50〕筆者未能見到此稿本，因此無法得知是否有收入石湖詞，但是他對《石湖詞》的一句評價透過轉錄而得以見到，即《雲韶集》卷六云：

　　　石湖詞音節最婉轉，讀稼軒詞後讀石湖詞，令人心平氣
　　　和。〔註51〕

編《雲韶集》時，陳廷焯對稼軒詞有高度評價，如云「稼軒詞上掩東坡，下括劉、陸，獨往獨來，旁若無人。」、「蘇、辛千古並稱，然東坡豪宕則有之，但多不合拍處。稼軒則於縱橫馳騁中，而部伍極其整嚴，尤出東坡之上。」〔註52〕雖然對稼軒有如此高的評價，依然在論及音節時，以「令人心平氣和」稱美石湖詞，或許和當時陳廷焯追隨浙派思想，講究音律有關。范成大亦善音樂，且與姜夔切磋，因此得到陳廷焯的讚賞。

　　兩年之後，陳廷焯轉而宗常州詞派，並在十餘年中，仿張惠言《詞選》，編選《詞則》四集。〔註53〕《詞則》不是按作者時代順序

〔註48〕李睿：《清代詞選研究》，頁201。
〔註49〕屈興國：〈記陳廷焯《雲韶集》稿本〉，〔清〕陳廷焯著，屈興國校注：《白雨齋詞話足本校注》（濟南：齊魯書社，1983年），頁857。
〔註50〕屈興國〈記陳廷焯《雲韶集》稿本〉云：「據唐圭璋先生說：1930年前後，柳詒徵先生主持南京國學圖書館，陳廷焯長子陳兆瑜應聘到館工作，于時即將陳氏《雲韶集》稿本捐贈⋯⋯。」，《白雨齋詞話足本校注》，頁855。
〔註51〕孫克強編著：《唐宋人詞話》（鄭州：河南文藝出版社，1999年），頁560。
〔註52〕陳廷焯：《雲韶集》卷十四，《清代詞選研究》，頁207。
〔註53〕屈興國：〈從《雲韶集》到《白雨齋詞話》〉，《白雨齋詞話足本校注》，頁871。

排列，而是按作品分類。全書分為《大雅》、《放歌》、《閑情》、《別調》
四集，《詞則》以《大雅》為最高典範，但是可以執《大雅》以「尋
源」，卻不能「執是以窮變」，因此選了《放歌》、《閑情》、《別調》以
窮變。使作詞者可以《大雅》為標準，又能「求諸大雅固有餘師，即
遁而之他，亦即可於《放歌》、《閑情》、《別調》中求大雅，而不至入
於歧。」〔註54〕可見他為學詞者提供了以《大雅》為主，《放歌》、《閑
情》、《別調》三集為輔的門徑，使各種詞的風貌得以並見。

　　范成大有一首詞被收入《別調》中。《別調集序》說明選詞標準
為：

> 嘯傲風月，歌詠江山，規模物類。情有所感而不深，義有
> 托而不理，直抒所事，而比興之義亡。侈陳其盛，而怨慕
> 之情失，窮極其工，意極其巧，而不可以語於大雅。〔註55〕

范詞被收錄的是〈菩薩蠻〉（客行忽到湘東驛），雖然編選《詞則》
時，陳廷焯已宗常州詞派，但是所選的這首詞，卻和《花庵詞選》及
《詞綜》所選相同，而和周濟《宋四家詞選》所選不同，並於眉批上
評「芊雅近正中一派」，由此可見以「雅」評詞及選詞上，都有早年
受朱彝尊影響之跡。〈菩薩蠻〉（客行忽到湘東驛）乃寫離別之情，以
「晴碧萬重雲，幾時逢故人」、「江南如塞北，別後書難得」表現離鄉
赴任的感受，情感婉曲，因此受到朱彝尊的欣賞而選入，然因點到為
止，情感不夠深刻，且未富於比興，因此僅被選錄於《別調》。

四、王國維《人間詞話》

　　王國維身處於清末民初，《人間詞話》為其重要著作。《中國詞學
批評史》稱《人間詞話》為傳統詞學批評的終結與新變，〔註56〕可見

〔註54〕〔清〕陳廷焯：〈詞則總序〉，《詞則》（上海：上海古籍出版社，1984
　　　　年）、《清代詞選研究》，頁 203。
〔註55〕〔清〕陳廷焯編選：《詞則》（上海：上海古籍出版社，1984 年），頁
　　　　531。
〔註56〕參方智範等著：《中國詞學批評史》（北京：中國社會科學，1994 年），
　　　　頁 443。

此書在詞學批評裡的重要地位。清代的詞學批評先有浙西派後有常州派，王國維《人間詞話》則特出於常州詞派之外，以博通中西的眼光論詞，不拘於清代的浙、常兩派，建立自身的批評準則，獨樹一幟，成為近代極有影響的一部批評著作。他對浙派的批評可見於《人間詞話刪稿・三四》：

> 自竹垞痛貶《草堂詩餘》而推《絕妙好詞》，後人群附和之。不知《草堂》雖有褒諢之作，然佳詞恒得十之六七。《絕妙好詞》則除張、范、辛、劉諸家外，十之八九，皆極無聊賴之詞。古人云：小好小慚，大好大慚，洵非虛語。（案：「古人云」以下共十五字，原稿已改作「甚矣，人之貴耳賤目也。」）〔註57〕

這一則表達王國維對《草堂詩餘》及《絕妙好詞》的看法，也批評當時盲從追隨朱彝尊而附和《絕妙好詞》者。此則裡，首先著眼的，便是朱彝尊何以崇《絕妙好詞》而貶《草堂詩餘》，原因和兩本選集所收詞有關。《草堂詩餘》所收以北宋婉約詞為主，基本上不收南宋興起的豪放詞及以姜夔為代表的格律派雅詞。〔註58〕朱彝尊是將《草堂詩餘》作為重北宋、輕南宋的典型加以批判，並在此基礎上言：「世人言詞，必稱北宋。然詞自南宋始極其工，至宋季而始極其變，姜堯章氏最為傑出。」〔註59〕對姜夔極為推崇，而《絕妙好詞》正是收南宋以來詞作，選詞數最多的前三名為周密、吳文英、姜夔，由此可看出此選本的審美標準和朱彝尊的喜好較為接近，使得他極力推崇《絕妙好詞》。

接著，著眼於王國維批評朱彝尊的原因，這和他「一代有一代之文學」的觀念息息相關。基於文體的演變，他重五代北宋，輕南宋，

〔註57〕　〔清〕王國維著；徐調孚校注：《校注人間詞話》（台北：頂淵，2007年），頁 56。《人間詞話》之成書概述參蘇珊玉：《人間詞話審美觀發微》（高雄：復文，2005 年），頁 2～4。

〔註58〕　楊萬里：〈《草堂詩餘》三論〉，《第四屆宋代文學國際研討會論文集》，頁 446。

〔註59〕　朱彝尊：《詞綜・發凡》（鄭州：中州古籍出版，1990 年），頁 4。

〔註60〕這樣的想法屢出現在《人間詞話》，如《人間詞話‧四三》云：「南宋詞人，白石有格而無情，劍南有氣而乏韻。其堪與北宋人頡頏者，唯一幼安耳。」〔註61〕又《人間詞話‧三九》云：「白石寫景之作，如『二十四橋仍在，波心蕩、冷月無聲』、『數峯清苦，商略黃昏雨』、『高樹晚蟬，說西風消息』，雖格韻高絕，然如霧裏看花，終隔一層。梅溪、夢窗諸家寫景之病，皆在一『隔』字。北宋風流，渡江遂絕。抑真有運會存乎其間邪？」〔註62〕王國維對南宋詞持否定的態度，如他反對姜夔寫作時刻意營造，使讀者閱讀時「終隔一層」，但是在南宋詞人中，他卻對辛棄疾頗為稱賞。《人間詞話刪稿‧三四》將「張、范、辛、劉」屏除在「極無聊賴之詞」之外，辛棄疾被屏除是必然的，但此處提及范成大，相較之下就顯得特別，雖然僅一筆帶過，卻能並列於王國維向來所欣賞的辛詞，就有值得探討之處。

　　《人間詞話》中並無對范成大詞有所稱賞，甚至對他的詞也未曾給予評價，卻對《絕妙好詞》所選范詞不加貶抑。《絕妙好詞》選張孝祥詞四首，范成大詞五首，辛棄疾詞三首，劉過詞三首，范詞是這四人當中被選詞最多者，而能不受到批評，或許在某些方面其詞作能符合王國維的批評眼光。王國維詬病南宋者，在於姜夔的「隔」，范成大雖與姜夔熟識，且間接導致婉約詞風的產生，但是他的詞風卻與姜夔差異頗大，范詞雖然有婉約之作，但卻不刻意雕琢，也不鍛句鍊字使詞「清空」而難懂，當然這使他的詞在後人的討論上，遠不如姜夔、吳文英等人，但卻因此避免了「終隔一層」之病。

　　至於，何謂「隔」與「不隔」？以王國維所舉例子來說，上述第三十九則所引姜夔的詞為「隔」；「生年不滿百，常懷千歲憂，晝短苦

〔註60〕此說許多學者討論過，林玫儀導讀：《人間詞話》（臺北：金楓，1987年），頁84～91。葉嘉瑩：《王國維及其文學批評》亦有討論「關於文學演進之歷史觀」，（香港：中華書局，1980年），頁263～270。
〔註61〕王國維著，徐調孚校注：《校注人間詞話》（臺北：頂淵，2007年），頁27。
〔註62〕王國維著，徐調孚校注：《校注人間詞話》，頁23～24。

夜長，何不秉燭遊」是寫情不隔的例子，「天似穹廬，籠蓋四野，天
蒼蒼，野茫茫，風吹草低見牛羊。」則是寫景不隔。〔註63〕葉嘉瑩也
對「隔」與「不隔」有所闡述：

> 如果在一篇作品中，作者果然有真切之感受，且能做真切
> 之表達，使讀者亦可獲致同樣真切之感受，如此便是「不
> 隔」。反之，如果作者根本沒有真切之感受，或者雖有真切
> 之感受但不能予以真切之表達，而只是因襲陳言或雕飾造
> 作，使讀者不能獲致真切之感受，如此便是「隔」。

以此說法對照王國維所舉之例，則可發現姜夔詞在情與景的表達上，
「有心為之的安排造作之意較多」〔註64〕。循此，以石湖被《絕妙好
詞》選入的五首詞來檢視他作品的「隔」與「不隔」，其中，寫景物
者如：

> 棲烏飛絕。絳河綠霧星明滅，燒香曳簟眠清樾。（〈醉落魄〉）
>
> 花殘日永，雨後山明。（〈朝中措〉（長年心事寄林扃））
>
> 晚晴風歇。一夜春威折。脈脈花疏天淡，雲來去、數枝雪。
> （〈霜天曉角‧梅〉）

描寫情感者，如：

> 芳意不如水遠，歸心欲與雲平。……從此量船載酒，莫教
> 閒卻春情。（〈朝中措〉（長年心事寄林扃））
>
> 春慵恰似春塘水，一片縠紋愁。（〈眼兒媚〉（酣酣日腳紫煙
> 浮））
>
> 勝絕。愁亦絕。此情誰共說。惟有兩行低雁，知人倚、畫
> 樓月。〈霜天曉角‧梅〉）

幾乎都能景物真切、情感上自然流露，讀者亦能輕易的從其描寫感
受詞人悠閒愜意或是愁思滿懷。可見這幾則范詞雖未能達到有「境
界」，但是在寫情、寫景及表達上，尚能不過度雕飾、造作，而被王

〔註63〕〔清〕王國維著，徐調孚校注：《校注人間詞話》第四十一則，頁
　　　　26。
〔註64〕葉嘉瑩：《王國維及其文學批評》，頁254。

國維屏除在「極無聊賴」之外。

　　以上所討論宋、元、明、清的詞選共選出《石湖詞》十六首，其中豪放詞有兩首，其餘皆婉約詞，可見在歷來的詞選裡，對石湖的婉約詞風有較多的重視，其中，又以〈眼兒媚〉一首被選錄的次數最多。且因各選者審美眼光及時代宗尚不同，選詞就會有很大的差異，如《花庵詞選》與《絕妙好詞》雖均爲宋代詞選，但所選卻無一首相同。另外，前代詞選對後代詞選的影響頗大，清人所選的范詞也都不出宋人所選。

　　王國維對范成大詞作雖無特別讚賞，亦無加以貶抑的態度，這正是歷來詞評者對范成大詞的整體態度，范成大除了某些詞在詞話裡被讚賞，如王闓運評〈眼兒媚〉爲「自然移情，不可言說，綺語中仙語也，考上上。」〔註65〕或是被舉出爲「警句」〔註66〕的例子，其餘就少見撰寫或編寫詞話者對其詞給予一總評，僅能透過詞選以窺范詞在選者及當時人心中之地位。

〔註65〕〔清〕王闓運評：《湘綺樓評詞》，《詞話叢編》（五），頁4294。
〔註66〕參本章陸輔之《詞旨》所列舉。

第六章　餘　論

　　俯瞰范成大的一生，「創作」在他的人生路途上，始終占有重要的地位，如在出知靜江府的途中寫下《驂鸞錄》，離開成都時，則以《吳船錄》記載所見所感。日記體遊記乘載他的人生，也展現他性情懷抱。另外，使金途中，以《攬轡錄》詳載從宋到金的行程，至金時，賦詩〈會同館〉：「萬里孤臣致命秋，此身何止一漚浮。提攜漢節同生死，休問羚羊解乳不。」也填詞〈水調歌頭‧燕山九日作〉：「對重九，須爛醉，莫牽愁。」，藉此明志、抒愁。晚年歸石湖，則有詩作〈四時田園雜興〉寫農事生活、農民疾苦，詞作〈三登樂〉（路轉橫塘）、（今夕何朝）……等寫晚年歸鄉之喜悅與感慨。凡此，可見他不論何時，皆能以筆墨寫方寸，展現豐富的創作成果。

　　雖然作品粲然可觀，然而，受到重視的程度卻不一，其中，詩的成就向來超越其他作品之光彩，尤以詞最爲詩名所掩。因此，本章先比較其詩詞，再總結其詞的特色與價值，以此貫串本論文之研究心得。

第一節　范成大詞不如詩之思辨

　　范成大詩詞皆流傳至今，然而，在文學史上，詩受重視的程度，始終遠勝於詞。是以，本節在前人研究范詩基礎上，扼要比較其詩詞。

一、詞不如詩之因

范成大以詩名顯，因此，後人論述其詞之成就時，常以詩詞相較而認爲「詞不如詩」，如陳如江在〈范成大詞論〉裡言：

> 范成大這類反映時勢、具有鮮明現實與時代色彩的詞作，
> 在詞集中少得可憐，可以說是屈指可數，完全不同於他的
> 詩直接繼承唐代白居易、王建等人新樂府詩歌的現實主義
> 傳統……。〔註1〕

陳如江以詩蘊含的思想性審視詞，而歸結出詞的思想意義並不大。范成大之詩以反映悲憫情懷、農民生活疾苦著稱，儒者仁民愛物的思想，以及佛家之慈悲觀都展現在他的詩裡，使詩具有時代意義。〔註2〕相較之下，詞因由歌妓演唱，以及宋人「詞爲小道」的詞體觀、創作上的「遊戲觀」，而在思想上，不及詩之深刻。〔註3〕

不僅如此，其詞在「數量」和「題材」上都不如詩，詩存近兩千首，而詞卻僅有百餘首；詩的題材有田園、山水、紀遊、詠史……等等，〔註4〕含蘊豐富，詞雖然也有相似題材，但廣度遠不如詩，且同一題材的作品數量也不多。以田園的作品來說，詩有六十首的組詩〈四時田園雜興〉等，而詞卻僅有個位數，由此可見兩者之落差。

詞不如詩，或許還牽涉到作品對前人的開拓性。《石湖詞》在風格上，未能單就豪放或婉約詞風著力，而後世又多以豪、婉二分，因此討論的空間便減少許多。作品上，自創詞調的作品僅有六首，〈宜

〔註1〕陳如江：《唐宋五十名家詞論・范成大詞論》（上海：華東師範大學出版社，1992年），頁150～151。

〔註2〕本論文第二章曾就范成大之儒釋道思想加以闡述，此不贅述。范成大詩歌之思想，另參呂肖奐：〈悲憫眾生的情懷——范成大詩歌的基調和根源〉，張高評主編：《宋代文學研究叢刊》第十一期（高雄：麗文，2005年），頁173～186。

〔註3〕宋人之詞體觀、創作觀參本論文第二章之探討。

〔註4〕本文第一章已列舉此三種題材之論文，不再贅述。在詠史部分，則有張高評：〈史書之傳播與南宋詠史詩之反饋——以楊萬里、范成大、陸游詩爲例〉，《中正大學中文學術年刊》第十期（2007年12月），頁121～150。

男草〉兩首，〈三登樂〉四首，其中〈宜男草〉的兩首句法不同，正顯示其創作處於嘗試階段，未臻於成熟。石湖之詩，則延續陶淵明以來田園詩的傳統題材，又賦予生命力，展現特殊、鮮明的個人風格，因此錢鍾書稱范成大「可以跟陶潛相提並稱，甚至比他後來居上。」〔註5〕得以在詩史上具有重要地位。是故，詞對前人作品之開拓，無論數量與成熟度均不及詩。

　　據此可知，若就思想之深、數量之多、題材之廣，以及對前人的開拓上，詞自是不能與詩比美。

二、詩詞特色舉隅

　　宋・楊長孺曾在〈石湖詞跋〉提出對范成大詩、詞之看法：

> 吟詠餘思，游戲樂府，縱筆落紙，不琱而工，較之於詩，
> 似又度驊騮前也。〔註6〕

前四句乃對詞之讚賞，表現出宋人對創作詞所持的「遊戲觀」，也可見楊長孺回歸詞體之特色對《石湖詞》加以評論。驊騮是周穆王八駿之一，〔註7〕乃良馬名，末句用以指詞略勝於如同驊騮之詩。跋言難免有溢美之詞，因此詞是否勝於詩，尚有保留餘地，但是此處從詞的特色論詞，能正視詞之形成背景，乃其可貴之處。詩詞本是不同的文體，若能各以其特質衡量二者，則較為公允。

　　以是，審視范成大詩詞時，與其一味的崇詩抑詞，不如調整觀照角度，客觀、審慎地考察詩、詞本有之特色。對於詩詞之辨，王國維《人間詞話・刪稿十二》有精要之論述：

> 詞之為體，要眇宜修。能言詩之所不能言，而不能盡言詩
> 之所能言。詩之境闊，詞之言長。〔註8〕

〔註5〕錢鍾書：《宋詩選註》，頁330。

〔註6〕〔明〕解縉、姚廣孝等纂：《永樂大典》卷二千二百六十六卷（台北：世界，1962年），頁11。

〔註7〕《穆天子傳》載周穆王八駿為：赤驥、盜驪、白異、逾輪、山子、渠黃、驊騮、綠耳。

〔註8〕王國維著，徐調孚校注：《校注人間詞話》（台北：頂淵，2007年），

詞之特色在於「要眇宜修」，此句出自於《楚辭・九歌・湘君》「美要眇兮宜修」，漢・王逸注解爲「要眇，好貌。修，飾也。」宋・洪興祖補注爲「此言娥皇容德之美，以喻賢臣。」〔註9〕「容德之美」涵括外在的「容」和內在的「德」，兩者兼美。另外，《楚辭・遠遊》有「神要眇以淫放」，洪興祖則注解「要眇」爲「精微貌」〔註10〕。葉嘉瑩據此而認爲，「要眇宜修」是最精緻、細膩、纖細、幽微，且帶有修飾性的一種美，王國維正是以此說明詞的美。而詞爲何具有此種美，因爲詞在「形式上」有長短的句式、「領字」〔註11〕的運用，平仄使用也不如詩一般整齊，因此能造成參差錯落、精緻曲折之美，另外，內容上因爲多寫男女愛情相思離別，因此較具有柔婉細膩的女性之美。〔註12〕在此情況下，詞自然「能言詩之所不能言，而不能盡言詩之所能言」。由此可知，王國維以內、外兼具的「要眇宜修」涵括詞體，指出詞內容、形式上之特色，也能正視詞本身的價值。

至於「詩之境闊，詞之言長」，則就詩詞之異立說，蘇珊玉認爲：「詩境闊，它著眼於寫自然之境，是愁緒的排遣，感情的昇華，而非體味愁，玩味愁。而詞境幽，它側重於寫內心之境；詩重煉字，講究詩眼的錘鍊，而詞重煉句，講究句子的精微描繪。」〔註13〕由是觀之，詩在情感流露時，常昇華爲高雅之情，而詞則是沉溺其

〔註 9〕　〔宋〕洪興祖：《楚辭補注》（台北：大安，1995 年），頁 85。

〔註 10〕　〔宋〕洪興祖：《楚辭補注》（台北：大安，1995 年），頁 255。

〔註 11〕　蔣哲倫〈談詞中領字〉歸納領字特點爲：「一、他起源於詞樂聲腔的需要，是依聲填詞的產物；二、它有單字領、雙字領、三字領諸種形態，可以由副詞、介詞、連詞、動詞以及詞組分別充當；三、它位置於一個或一組句子的開頭，通常起著轉接過渡、提挈下文的作用。」《第一屆詞學國際研討會論文集》（台北：中央研究院中國文哲研究所，1994 年），頁 70。

〔註 12〕　葉嘉瑩：《唐宋詞十七講》（北京：北京大學出版社，2007 年），頁 12～16。

〔註 13〕　蘇珊玉：〈《人間詞話》詩詞審美平議——「詩之境闊，詞之言長」〉，頁 253。

中，體驗箇中滋味，因此，詞體在「言」的特質上，較詩容易產生曲盡人心之效果。鑑於上述詩詞之異，及石湖詩素有盛名，因此以詩詞互較，見其旨趣之不同，並了解范成大能否善加發揮詞「言長」之特色。

宋人在中秋節時，家家戶戶皆團聚宴賞，因此在外的遊子也易引發思鄉之情，淳熙四年（1177）中秋，范成大身處鄂州，以創作紀錄當時活動與心緒：

> 誰將玉笛弄中秋。黃鶴飛來識舊遊。漢樹有情橫北渚，蜀江無語抱南樓。燭天燈火三更市，搖月旌旗萬里舟。卻笑鱸鄉垂釣手，武昌魚好便淹留。（〈鄂州南樓〉）

> 細數十年事，十處過中秋。今年新夢，忽到黃鶴舊山頭。老子個中不淺，此會天教重見，今古一南樓。星漢淡無色，玉鏡獨空浮。　斂秦煙，收楚霧，熨江流。關河離合、南北依舊照清愁。想見姮娥冷眼，應笑歸來霜鬢，空敝黑貂裘。釃酒問蟾兔，肯去伴滄洲。（〈水調歌頭〉）

監司、州守於中秋晚邀宴南樓，而范成大賦詩〈鄂州南樓〉及〈水調歌頭〉，﹝註14﹞因此這兩首的創作時間極為接近，更能見出詩詞之異。〈鄂州南樓〉起句化用李白〈與史郎中欽聽黃鶴樓上吹笛〉中「黃鶴樓中吹玉笛」，帶出時間與地點的同時，也以笛聲環繞，更添宴集的雅興。頷聯、頸聯寫登樓所望，尾聯則化用典故，典出三國時孫權欲從建業移都武昌，建業人有歌謠曰：「寧飲建業水，不食武昌魚」﹝註15﹞石湖反用，是無奈也是諷刺，因為自己此時羈旅在外，身不由己。

〈水調歌頭〉起拍不像詩開頭一般詩情畫意，直道出十年來的羈旅生涯，將詞引入深沉、濃烈的愁緒裡。「星漢淡無色，玉鏡獨空浮」更將他所望去的景色，都投以個人的心緒。他的憂愁，除了一己的漂

﹝註14﹞于北山：《范成大年譜》，頁244、271。

﹝註15﹞〔晉〕陳壽：《三國志》卷十六，（台北：台灣商務，1968年），頁1256。

泊，更有「關河離合、南北依舊照清愁」的國家局勢。最後更以「虛」
〔註16〕筆寫嫦娥神話，寫出他的無奈與歸隱之心。

　　詩詞並列，可觀察出詩著重於寫宴集之事、所見之景，僅在尾聯
點出羈旅之情；而詞則在開頭就陳述自己多年的漂泊，以此帶起心中
萬般感觸，其後，景物也都隨著情感而驅使，至下片，更明白述說內
心之愁緒。由此可見，范成大在詩詞內容、情感安排之差異：抒發強
烈的情感於詞中，同樣的情感，在詩裡，僅點到為止。究其因，或許
因為詩在中國傳統文化，與政治教化聯繫，一向都有「言志」的傳統，
因此詩情常顯得莊重，情感也經過淨化、雅化，〔註17〕因此范成大以
詩寫宴集，將情感隱藏在用典之中。詞因為具有上述「要眇宜修」之
特質，故用來寫內心感受，因此范成大以詞寫羈旅之情、家國之感，
情感深刻、動人。

　　此外，乾道八年（1172），范成大與鄰人、友人遊賞石湖，所寫
的詩與詞亦能見出二者之異：

> 窈窕崎嶇學種園，此生丘壑是前緣。隔籬日上浮天水，當
> 戶山橫匝地煙。春入葑田蘆綻筍，雨傾沙岸竹垂鞭。荒寒
> 未辦招君醉，且吸湖光當酒泉。（〈初約鄰人至石湖〉）

> 湖山如畫，繫孤篷柳岸，莫驚魚鳥。料峭春寒花未遍，先
> 共疏梅索笑。一夢三年，松風依舊，蘿月何曾老。鄰家相
> 問，這回真個歸到。　　綠鬢新點吳霜，尊前強健，不怕
> 衰翁號。賴有風流車馬客，來覓香雲花鳥。似我粗豪，不
> 通姓字，只要銀瓶倒。奔名逐利，亂帆誰在天表。（〈念奴
> 嬌‧和徐尉遊石湖〉）

以這兩首的情感表現來看，詞下片以「不通姓字，只要銀瓶倒」展現
詞人的率性，以及沉醉於山水之中之情態；詩則「吸湖光當酒泉」，
認為將山水美景當做酒一般享用即能滿足。詩、詞在情感收放之間有

〔註16〕「虛實」概念採陳匪石《聲執》之說，見第三章。
〔註17〕參蘇珊玉：《《人間詞話》詩詞審美平議——「詩之境闊，詞之言長」》，
　　　　頁248～249。

別，一是以山水爲酒泉，一是沉醉於銀瓶中，此中有精神與物質之異，且強調「只要」銀瓶倒，又較具豪縱之情。

綜上所述，范成大詞與詩並觀，頗能體現詞「要眇宜修」之特質，雖然上文舉的兩首詞，皆非以婉約風格寫情，但在豪放之中所透露的情懷，也能「言詩之所不能言」，使豪放詞亦能有韻味悠長之效果。若以情景之表現來說，情感上，詩情莊重，而詞則一憑內心情感出之，因此有「南北依舊照清愁」之哀愁、「不通姓字，只要銀瓶倒」之豪宕；景物上，詩「實」寫山水景物，詞則以「虛」寫「想見姮娥冷眼，應笑歸來霜鬢」、「一夢三年，松風依舊」，虛境又較實境涵攝更多委婉情思於其中。

不同文體有其擅長承載的題材、內容、藝術表現等，因此不能以詩之長詬病詞，亦不能以詞之長非詩。雖然在歷代評價上，《石湖詞》之地位不如詩，且數量上，詞亦不能與詩等量齊觀，但相較於詩，詞之「言長」，亦耐人尋味，因此不容小覷。

第二節　《石湖詞》之特色與價值

本論文以詞牌風格、意象、歷代評價開拓《石湖詞》研究面向，以下便就各章之研究心得，歸納《石湖詞》之特色與價值。

一、《石湖詞》特色

《石湖詞》之特色可歸納爲三點討論，其一，就承傳與新變而言，石湖因爲身處豪放、婉約詞風的過渡時期，因此作品呈現出豪、婉兩種截然不同的風格。至晚年歸隱石湖，作品又流露出恬淡自適之風，與前二者有所不同。以〈眼兒媚〉（酣酣日脚紫煙浮）寫午後慵懶之情，充滿婉約風格，〈滿江紅〉（千古東流）寫江旁劇飲而生悲憤之情，情感鋪陳、景物描摹都與前首殊異。〈三登樂〉（路轉橫塘）、〈宜男草〉（舍北煙霏）寫詞人回到家鄉，展現與自然間互動、對話，人我、物我不再畛域分明，而能溝通往還，流露自然真率之情。豪放、

婉約風格之中，他能「上承豪放，下開婉約」〔註18〕，已有繼承與變革之意，晚年在自身心境平和、舒朗下，自創詞調，自然眞切，獨具風格，也呈顯石湖詞的開拓之處。

其二，就詞牌而言，小令、長調各具特色。以長調來說，其時空設計與小令迥然不同，乃因長調以取景之大、視野之廣，及由古至今的時間跨度，塑造出「大境」，讓詞產生一種開闊氣勢；小令則以侷限的時間與空間，製造淡婉的情調，營造出「小境」的特色。此外，小令之特色還可就謀篇章法而言，起拍除了能提綱挈領，以營造氛圍，更能以清雅情調創造恬淡有味的境界，也以此渲染全詞氣氛；過片能承上啓下以貫串全詞，亦有以相同情思，另轉一意，結拍時，能畫龍點睛，以「警句做結」，更能將詞意宕開，使得情思悠長，餘韻無窮。且能以順敘、插敘營造詞的「曲直」，以憶往事、寫夢境、設想開創「虛實」，再以點染展開「疏密」，展現詞作的深邃餘韻。長調則以「憶往事」、「寫夢境」、「設想」進入另一個時空，不但能加強詞裡蘊含的情景，也更添詞中曲致。

在作品與詞韻的結合上，頗能聲情相合。如以語韻的「幽咽」之情表現〈三登樂〉（一碧鱗鱗）中「對青燈、獨自歎」、〈三登樂〉（方帽衝寒）「歎年來、孤負了，一蓑烟雨」的感嘆，更以尤侯韻的憂傷、哀怨，表現〈水調歌頭〉（細數十年事）中「十處過中秋」的漂泊、〈水調歌頭〉（萬里漢家使）「歲晚客多病」的傷感……等，以押韻之聲情融入詞裡的感情，使兩者相得益彰，增添詞中吞吐之致。

其三，意象之營造展現人生面貌、生命意識；意象之修辭，則對於詞作風格、謀篇章法、時空設計、聲情均有所助益。《石湖詞》以時間意象展現「縱情快意時的賞玩心境」及「節序文化下的孤寂心境」，雖同爲節日，卻因年齡、際遇之差異，表現情志亦有所別。他也以「自然風光」、「羈旅離別」兩者不同的空間意象，塑造出各異的

〔註18〕 王偉勇：《南宋詞研究》（台北：文史哲，1987 年），頁 280。

內心感觸，藉由時空與身心感受相交錯，展現意象與作者之心靈相
繫。此外，並以「飽食暖衣下的物質享受」、「遊覽賞花時的精神昇華」
呈現生命追求，以典故意象傳達「功業無成思歸山林」、「變遷流逝傷
神感悟」。透過意象，能尋繹出作者之人生面貌與生命意識，對於其
人其詞都能有更深入的認識。

　　意象之修辭，藉由「摹況」之視覺、聽覺、嗅覺、觸覺使情貌生
動；「轉化」、「映襯」則因為將物賦予人之情感，或是藉由對比彰顯
欲表現之事物，而使得情感為之強化；最後藉由「譬喻」以彼喻此，
以有類似點的事物，使欲傳達的感受或事物更加明確。「通感」則以
感覺相互融通，為作品增添豐富的感受，如以「無限月和風露、一齊
香。」將視覺所見的月，觸覺感受到的風，都以嗅覺的「一齊香」表
達出。另外，《石湖詞》裡還有以嗅覺、聽覺、味覺、觸覺取代視覺
者，亦有以視覺取代聽覺，皆能加強情調的渲染。藉由修辭不但能加
強詞中美感體驗，營造詞裡悠揚餘韻，與謀篇、章法、時空設計、聲
情相結合，更為詞增添動人的藝術魅力。

二、價值與影響

　　《石湖詞》的價值可從歷代選者對《石湖詞》的選擇來探討。
本論文考察宋、元、明、清十本選集所選出的《石湖詞》十六首，雖
然豪放詞僅選兩首，其餘皆婉約詞，數量上極不平均，但也能呈顯
這兩者詞風均能得到肯定，只是有程度上的差別。選錄次數最多的
是〈眼兒媚〉（酣酣日脚紫煙浮），被選錄七次，明·沈際飛《草堂詩
餘四集》選錄〈眼兒媚〉之餘，並評道「妍字得春煖味」及「字字軟
溫，著其氣息即醉」可見這首詞的感染力量。清代乃詞的復興，浙
西派與常州派占重要地位，浙西派朱彝尊編選的《詞綜》選范成大
詞五首，常州派張惠言《詞選》雖未選范詞，但繼承他的周濟在《宋
四家詞選》選范詞一首，陳廷焯早年宗浙西，後轉宗常州，宗常州
時編選的《詞則》亦有選《石湖詞》一首。浙西尚「雅」，宗南宋，

推崇姜夔、張炎，重視詞中的「騷雅」、「清空」，但至末流則重形式，無法表達隱曲心緒，因此常州詞派出，重比興寄託，挖掘詞中言近旨遠之意。兩派宗尚不同，選詞標準自有差異，然兩派的選本都有選《石湖詞》，即可看出他的詞所受到的重視，也能藉由選詞的不同，明瞭宗派間的差異，以及相同的選詞呈現出理論與實際選詞的扞格。

此外，王國維《人間詞話》對南宋詞頗有微詞，卻對專選南宋詞的《絕妙好詞》評道：「除張、范、辛、劉諸家外，十之八九，皆極無聊賴之詞。」，將此四家〔註 19〕被選入的詞摒除在他對南宋詞的否定之外，可見這四家在他批評理論裡具有的地位。其中，辛棄疾向為王國維稱賞，此處將范成大與之並列，也是對范成大詞間接的肯定。甚者，雖然王國維對姜夔詞風有批評，卻不因為范成大與姜夔的交情，或是宗姜夔一派的朱彝尊選范成大詞五首，而影響他對范成大的評價，表現他在詞學批評上，具有獨到眼光，不受前人影響，也顯示范詞也有值得注意之處。

范成大也對詞風的形成有影響，因為他對姜夔的賞識，並贈以小紅，留下一段佳話，姜夔日後成為婉約派大家，范成大亦有功勞。清代論詞絕句稱賞姜夔時，常亦提及范成大，如厲鶚〈論詞絕句十二首〉第五首：「舊時月色最清妍，香影都從授簡傳。贈與小紅應不惜，賞音只有石湖仙。」馮煦〈論詞絕句十六首〉第九首：「垂虹亭子笛綿綿，吸露餐風解蛻蟬。洗盡人間烟火氣，更無人是石湖仙。」總之，不論在詞創作上的承繼與創新，或是因為他賞識人才，而對姜夔產生影響，都使他在詞壇上有不可忽視的地位。

綜上所論，范成大及其詞作對於宋代詞壇有其貢獻，雖然作品有優點亦有缺點，但是仍能瑕不掩瑜，因此今人史仲文《兩宋詞史》提出：「(石湖) 詞的影響或許不是很大，但如果遺漏了他，就顯得詞史

〔註 19〕 施議對《人間詞話譯注》指出「張、范、辛、劉」為「張孝祥、范成大、辛棄疾、劉過」。(台北：貫雅文化，1991 年)，頁 290。

有缺。」〔註20〕因爲他的詞能進入人心，誠如清代陳廷焯《雲韶集》對范詞評價道：「石湖詞音節最婉轉，讀稼軒詞後讀石湖詞，令人心平氣和。」〔註21〕雖然以「心平氣和」強調其音節上之特點，但是用作讀其詞的整體感受亦無不可。其清婉之作品風格，以及詞中營造出花間月下、春日午後的氣氛、情調，常都能烙印人心。因此，雖然詞作成就未能與詩齊觀，然而，其特色與價值，亦不容小覷，此亦爲本研究之初衷。

〔註20〕史仲文：《兩宋詞史》（北京：中國社會出版社，2005 年），頁 231。
〔註21〕陳廷焯：《雲韶集》卷六，此則收錄於孫克強編著：《唐宋人詞話》（鄭
　　　州：河南文藝出版社，1999 年），頁 560。

參考書目

一、專書

（一）古籍文獻 （按作者朝代排列）

范成大專著及箋注

1. 《范石湖集》，宋・范成大，台北：河洛，1975 年。
2. 《范石湖集》，宋・范成大、富壽蓀標校，上海：上海古籍，2006 年。
3. 《吳郡志》，宋・范成大，北京：中華書局，1985 年。
4. 《范成大筆記六種》，宋・范成大撰；孔凡禮點校，北京：中華書局，2004 年。
5. 《石湖詞校注》，宋・范成大撰；黃畬校注，濟南：齊魯書社，1989 年。

詩詞文集、筆記、雜記

1. 《杜詩鏡銓》，唐・杜甫著，清・楊倫箋注，台北：華正，1989 年。
2. 《歲時廣記》，宋・陳元靚，北京：中華，1985 年。
3. 《夢梁錄》，宋・吳自牧，台北：廣文，1986 年。
4. 《武林舊事》，宋・周密，台北：新興，1979 年。
5. 《白石詩詞集》，宋・姜夔，台北：華正，1974 年。
6. 《中興以來絕妙詞選》，宋・黃昇選，台北：台灣商務，1965 年。
7. 《陽春白雪》，宋・趙聞禮選，北京：中華書局，1985 年。
8. 《誠齋詩集》，宋・楊萬里，台北：臺灣中華，1970 年。

9. 《楚辭補注》，宋・洪興祖，台北：大安，1995 年。

10. 《絕妙好詞》，宋・周密輯，台北：台灣商務，1975 年。

11. 《詞旨》，元・陸行直，台北：藝文，1967 年。

12. 《花草粹編》，明・陳耀文，明萬曆癸未 11 年（1583 年）刊本。

13. 《古香岑草堂詩餘》，明・顧從敬選，沈際飛評，明崇禎間（1628～1644）太末翁少麓刊本。

14. 《古今詞統》，明・卓人月彙選，徐士俊參評，明崇禎間（1628～1644）刊本。

15. 《習苦齋畫絮》，清・戴熙撰、清・惠年編，民國九年（1920）影印清光緒十九年（1893）刊本。

16. 《秋屏詞鈔》，清・吳貫勉，南京：鳳凰出版社，2007 年。

17. 《詞綜》，清・朱彝尊編，台北：台灣中華書局，1966 年。

18. 《詞則》，清・陳廷焯編選，上海：上海古籍出版社，1984 年。

19. 《宋四家詞選》，清・周濟輯，北京：中華，1985 年。

20. 《鄭板橋集》，清・鄭燮，台北：九思，1979 年。

21. 《彊村叢書》，清・朱祖謀校輯，台北：廣文，1970 年。

經史專著

1. 《史記會注考證》，漢・司馬遷原著，瀧川龜太郎注，台北：宏業，1994 年。

2. 《戰國策》，漢・劉向輯錄，台北：中國子學名著集成編印，1978 年。

3. 《後漢書》，南朝宋・范曄撰，台北縣：史學出版社，1974 年。

4. 《國史補》，唐・李肇，台北：世界，1968 年。

5. 《建炎以來朝野雜記》，宋・李心傳，北京：中華書局，1985 年。

6. 《宋史》，元・脫脫等同修，台北：藝文，1972 年。

7. 《歷代名臣奏議》，明・黃淮、楊士奇同編，台北：台灣學生書局，1964 年。

8. 《永樂大典》，明・解縉，姚廣孝等纂，台北：世界，1962 年。

9. 《蘇州府志》，明・盧熊，台北：成文，1983 年。

10. 《二十二史箚記》，清・趙翼，台北：商務，1968 年。

詩話、詞話

1. 《後村詩話》，宋・劉克莊，台北：廣文，1971 年。

2. 《避暑錄話》，宋・葉夢得，北京：中華書局，1985 年。

3. 《詩人玉屑》，宋・魏慶之，台北：世界書局，1971 年。

4. 《白雨齋詞話足本校注》，清・陳廷焯著，屈興國校注，濟南：齊魯書社，1983 年。

5. 《校注人間詞話》，清・王國維著；徐調孚校注，台北：頂淵，2007 年。

（二）當代專著（按出版順序排列）

范成大相關專著

1. 《范成大研究》，張劍霞，台北：學生書局，1985 年。

2. 《范成大年譜》，孔凡禮，濟南：齊魯書社，1985 年。

3. 《范成大年譜》，于北山，上海：上海古籍出版社，2006 年。

4. 《范成大詩選注》，高海夫選注，上海：上海古籍出版社，1989 年。

5. 《范成大詩歌賞析集》，顧志興主編，四川：巴蜀書社，1991 年。

6. 《范成大詩選》，周汝昌選注，北京：人民文學出版社，1997 年。

詩、詞與文藝批評相關專著

1. 《古典文學研究資料彙編・楊萬里范成大卷》，湛之編，北京：中華書局，1964 年。

2. 《詞曲史》，王易，台北：廣文出版社，1971 年。

3. 《中國詩學——設計篇》，黃永武，台北：巨流，1976 年。

4. 《文學與音律》，謝雲飛，台北：東大，1978 年。

5. 《舊文四篇》，錢鍾書，上海：上海古籍，1979 年。

6. 《王國維及其文學批評》，葉嘉瑩，香港：中華書局，1980 年。

7. 《古典詩詞藝術探幽》，夏紹碩，台北：漢京，1984 年。

8. 《唐五代兩宋詞選釋》，俞陛雲，上海：上海古籍，1985 年。

9. 《唐宋詞通論》，吳熊和，杭州：浙江古籍出版社，1985 年。

10. 《詞與音樂關係研究》，施議對，北京：中國社會科學出版社，1985 年。

11. 《朱彝尊之詞與詞學研究》，蘇淑芬，台北：文史哲，1986 年。

12. 《文心雕龍讀本》，王更生，台北：文史哲，1986 年。

13. 《詞學考詮》，林玫儀，台北：聯經，1987 年。

14. 《南宋詞研究》，王偉勇，台北：文史哲，1987 年。

15. 《唐宋詞史》，楊海明，南京：江蘇古籍出版社，1987 年。

16. 《詞話叢編》，唐圭璋編，台北：新文豐，1988 年。

17. 《中國詩歌藝術研究》，袁行霈，台北：五南，1989 年。

18. 《詩美學》，李元洛，台北：東大出版，1990 年。

19. 《詩歌意象論》，陳植鍔，北京：中國社會科學出版社，1990 年。

20. 《人間詞話譯注》，施議對譯注，台北：貫雅文化，1991 年。

21. 《群體的選擇：唐宋人選詞與詞選通論》，蕭鵬，台北：文津，1992 年。

22. 《錢鍾書談藝錄讀本》，周振甫、冀勤編著，上海：上海教育，1992 年。

23. 《唐宋五十名家詞論》，陳如江，上海：華東師範大學出版社，1992 年。

24. 《南宋詞史》，陶爾夫、劉敬圻，哈爾濱：黑龍江人民出版社，1992 年。

25. 《詞學研究書目》，黃文吉主編，台北：文津，1993 年。

26. 《中國詩學》，陳慶輝，台北：文史哲，1994 年。

27. 《中國詞學批評史》，方智範等著，北京：中國社會科學出版社，1994 年。

28. 《第一屆詞學國際研討會論文集》，曾純純編輯，台北：中央研究院中國文哲研究所，1994 年。

29. 《南宋姜吳典雅詞派相關詞學論題之探討》，劉少雄，台北：國立臺灣大學出版委員會，1995 年。

30. 《詞的審美特性》，孫立，台北：文津，1995 年。

31. 《詩歌與人生——意象符號與情感空間》，吳曉，台北：書林，1995 年。

32. 《詞學論著總目》，林玫儀主編，台北：中央研究院中國文哲研究所籌備處發行，1995 年。

33. 《唐宋詞鑑賞通論》，李若鶯，高雄：復文，1996 年。

34. 《宋詞正體》，施議對，澳門：澳門大學出版中心，1996 年。

35. 《中國文學史》，葉慶炳，台北：台灣學生書局，1997 年。

36. 《中國古代心理詩學與美學》，童慶炳，北京：中華，1997 年。

37. 《厲鶚及其詞學之研究》，徐照華，高雄：復文，1998 年。

38. 《中國歷代詞分調評注·水調歌頭》，王兆鵬等評注，成都：四川

文藝出版社，1998 年。

39. 《中國歷代詞分調評注・滿江紅》，謝桃坊評注，成都：四川文藝出版社，1998 年。

40. 《中國歷代詞分調評注・蝶戀花》，李璉生評注，成都：四川文藝出版社，1998 年。

41. 《中國歷代詞分調評注・念奴嬌》，岳珍評注，成都：四川文藝出版社，1998 年。

42. 《文藝心理學》，朱光潛，台北：台灣開明書店，1999 年。

43. 《宋詩選註》，錢鍾書，北京：生活・讀書・新知三聯書店，2001 年。

44. 《二十世紀中國文學研究・宋代文學研究》，張毅，北京：北京出版社，2001 年。

45. 《詞牌故事》，蔣韶，西安：陝西師範大學出版社，2002 年。

46. 《唐宋詞格律》，龍沐勛，台北：里仁，2002 年。

47. 《宋代文學研究年鑑》，劉揚忠、王兆鵬、劉尊明主編，武漢：武漢出版社，2002 年。

48. 《中國文學史》，袁行霈主編，北京：高等教育出版社，2002 年。

49. 《中國選本批評》，鄒雲湖，上海：上海三聯書店，2002 年。

50. 《南宋詠梅詞研究》，賴慶芳，台北：台灣學生書局，2003 年。

51. 《唐宋詞匯評・兩宋卷》，吳熊和主編，杭州：浙江教育出版社，2004 年。

52. 《中國古代文學創作論》，張少康，台北：文史哲，2004 年。

53. 《詞學史料學》，王兆鵬，北京：中華書局，2004 年。

54. 《人間詞話審美觀發微》，蘇珊玉，高雄：復文，2005 年。

55. 《宋代詠物詞史論》，路成文，北京：商務印書館，2005 年。

56. 《兩宋詞史》，史仲文，北京：中國社會出版社，2005 年。

57. 《讀詞常識》，夏承燾、吳熊和，北京：中華書局，2005 年。

58. 《詞牌釋例》，嚴建文編著，杭州：浙江古籍出版社，2006 年。

59. 《宋代文學史》，孫望、常國武主編，北京：人民文學出版社，2006 年。

60. 《杜甫詩之意象研究》，歐麗娟，台北：花木蘭文化出版社，2006 年。

61. 《篇章意象論——以古典詩詞爲考察範圍》，仇小屏，台北：萬卷

樓，2006 年。

62. 《唐宋詞十七講》，葉嘉瑩，北京：北京大學出版社，2007 年。

63. 《詞學研究方法十講》，王兆鵬，北京：北京大學出版社，2008 年。

其他

1. 《宋代社會研究》，朱瑞熙，鄭州：中州書畫社，1983 年。

2. 《中國節令史》，李永匡、王熹著，台北：文津，1995 年。

3. 《宋代社會經濟史論集》，梁庚堯，台北：允晨文化，1997 年。

4. 《設計的色彩心理》，賴瓊琦，台北：視傳文化，1997 年。

5. 《章法學論粹》，陳滿銘，台北：萬卷樓，2002 年。

6. 《范學論文集》上、下冊，景范教育基金會，香港：新亞洲文化基金會有限公司，2004 年。

7. 《范學論文集》三、四卷，范止安主編，香港：景范教育基金會，2006 年。

8. 《意象學廣論》，陳滿銘，台北：萬卷樓，2006 年。

9. 《宋代社會生活研究》，汪聖鐸，北京：人民出版社，2007 年。

10. 《修辭學》，黃慶萱，台北：三民，2007 年。

二、學位論文

（一）台灣地區

1. 《石湖詞研究及箋注》，黃聲儀，台北：台灣師範大學碩士論文，1975 年。

2. 《宋代詞選集研究》，劉少雄，台北：台灣大學中國文學研究所碩士論文，1985 年。

3. 《范成大山水田園詩研究》，林天祥，台南：成功大學歷史語言研究所碩士論文，1985 年。

4. 《范成大田園詩研究》，文寬洙，台北：政治大學中國文學研究所碩士論文，1986 年。

5. 《草堂四集及古今詞統之研究》，李娟娟，高雄：高雄師範大學國文學系碩士論文，1996 年。

6. 《陸游與范成大的書法研究——兼論宋金的蘇黃米傳統》，王心悅，台北：台灣大學藝術史研究所碩士論文，1998 年。

7. 《宋詞中的神話特質與運用》，李文鈺，台北：國立台灣大學中國

文學研究所博士論文，2003 年。

8. 《范成大紀遊詩研究》，高碧雲，台北：台灣師範大學國文系在職進修碩士班，2004 年。

9. 《入蜀記與吳船錄比較研究》，卓玉婷，高雄：高雄師範大學國文教學研究所碩士論文，2006 年。

（二）大陸地區

1. 《宋代詞選研究》，曹秀蘭，蕪湖：安徽師範大學碩士論文，2005年。

2. 《南宋孝宗詞壇研究》，金國正，上海：華東師範大學博士論文，2006 年。

3. 《清代詞選研究》，李睿，上海：華東師範大學人文學院中國語言文學系博士論文，2006 年。

三、期刊論文

（一）台灣地區

1. 〈影響詩詞曲節奏的要素〉，曾永義，《中外文學》第 4 卷第 8 期，1976 年 1 月。

2. 〈屬鸚論詞絕句的傳承與創新〉，宋邦珍，《輔英學報》第 11 期，1991 年 12 月。

3. 〈人間詞話「大境」「小境」探義〉，江明玲，《中華學苑》第 54 期，2000 年 2 月。

4. 〈南宋四大家間之交遊考述〉，陳義成，《逢甲人文社會學報》第 6 期，2003 年 5 月。

5. 〈《人間詞話》詩詞審美平議──「詩之境闊，詞之言長」〉，蘇珊玉，《高雄師大學報》，第 16 期，2004 年 6 月。

6. 〈詞體「領字」之義界與運用〉，王偉勇、趙福勇，《成大中文學報》第 14 期，2006 年 6 月。

7. 〈史書之傳播與南宋詠史詩之反饋──以楊萬里、范成大、陸游詩為例〉，張高評，《中正大學中文學術年刊》第 10 期，2007 年 12 月。

（二）大陸地區

1. 〈論范成大〉，于北山，《江海學刊》第 4 期，1982 年。

2. 〈范成大交遊考略〉，于北山，《中華文史論叢》第 25 卷，1983

年 2 月。

3. 〈試論境界的大和小〉，顧冠華，《江海學刊》第 4 期，1985 年。

4. 〈論石湖詞〉，黃德金，《中國古代·近代文學研究》第 8 期，1990 年。

5. 〈登高望遠　心瘁神傷——兼論中國人的生命意識〉，馬元龍，《華中師範大學學報》（人文社會科學版）第 37 卷第 4 期，1998 年 7 月。

6. 〈關於范成大生平行實的考訂〉，方健，《歷史文獻研究》第 18 期，1999 年 9 月。

7. 〈平生故人端有幾——范成大與陸游的交往〉，徐新國，《古典文學知識》第 87 卷，1999 年 11 月。

8. 〈范成大與楊萬里的交往〉，徐新國，《古典文學知識》第 93 卷，2000 年 11 月。

9. 〈治桂三年嶺表流芳——記范成大在桂林〉，何開粹，《中共桂林市委黨校學報》第 3 卷第 1 期，2003 年 3 月。

10. 〈理脈可尋　自然移情——范成大〈眼兒媚〉品賞〉，徐新國，《古典文學知識》第 2 期，2004 年。

11. 〈宋代詩人范成大在處州的政事與創作〉，彭小明、趙治中，《廣西社會科學》第 9 期，2004 年。

12. 〈范成大治蜀述論〉，張邦煒、陳盈潔，《四川師範大學學報》第 31 卷第 5 期，2004 年 9 月。

13. 〈由范成大詞到康熙詩〉，容若，《明報月刊》第 40 期，2005 年 7 月。

14. 〈試論詩莊詞媚的原因〉，萬美娟，《山東教育學院學報》第 1 期，2006 年。

15. 〈南宋書家范成大的書法藝術及佳作考析〉，許國平，《文物世界》第 3 期，2007 年。

16. 〈借問浮世有幾回嬋娟明月——范成大〈念奴嬌·雙峰疊嶂〉解讀〉，阮忠、于蓓李，《古典文學知識》第 1 期，2007 年。

17. 〈高山仰止　景行行止——于北山《范成大年譜》讀評〉，趙維平，《淮陰師範學院學報·哲學社會科學版》第 3 期，2007 年。

附錄：歷代詞選選石湖詞統計

（此表乃筆者自行統計，版本依第五章所引）

作　者	宋			明			清		
	黃昇	趙聞禮	周密	陳耀文	沈際飛	卓徐人士月俊	朱彝尊	周濟	陳廷焯
書　名	花庵詞選	陽春白雪	絕妙好詞	花草粹編	草堂詩餘四集	古今詞統	詞綜	宋四家詞選	詞則
選詞數　　　選　詞	7	5	5	3	1	1	5	1	1
眼兒媚(酣酣日腳)	✓		✓	✓	✓	✓	✓		
一落索(畫轂錦車)	✓								
菩薩蠻(雪林一夜)	✓								
菩薩蠻(客行忽到)	✓						✓		✓
滿江紅(千古東流)	✓								
謁金門(塘水碧)	✓						✓		
秦樓月(湘江碧)	✓			✓			✓		
醉落魄(棲烏飛絕)			✓						
朝中措(長年心事)			✓						
憶秦娥(樓陰缺)			✓						
霜天曉角(晚晴風歇)		✓	✓				✓	✓	
菩薩蠻(梅黃時節)		✓							
南柯子(悵望梅花驛)		✓							
醉落魄(雪晴風作)		✓							
霜天曉角(少年豪縱)		✓							
醉江月(浮生有幾)				✓					